KB033693

섬은
도피처가
아니다

섬은 도피처가 아니다

1판 1쇄 찍음 2020년 3월 12일
1판 1쇄 펴냄 2020년 3월 19일

지은이 | 린 혜
펴낸이 | 고운숙
펴낸곳 | 봄 미디어

기획 · 편집 | 김민지, 김지우
표지 디자인 | 우물

출판등록 | 2014년 08월 25일 (제387-2014-000040호)
주소 | 경기도 부천시 길주로 64, 1303(굿모닝 오피스텔)
영업부 | 070-5015-0818 편집부 | 070-5015-0817 팩스 | 032-712-2815
E-mail | bommedia@naver.com
소식창 | http://blog.naver.com/bommedia

값 9,000원

ISBN 979-11-5810-899-1 03810

섬은
도피처가
아니다

린혜 장편 소설

Contents

프롤로그

향도의 손님

매미의 울음은 언제나 길게 이어졌다. 힘없는 팔로 던진 돌이 붕 포물선을 그렸다. 나무를 맞췄는데도 매미의 울음이 끊어지기는커녕 더욱 거세졌다. 애꿎은 참새들만 하늘로 포르르 날아갔다.

멍한 눈길로 새의 잔상을 뒤쫓던 여자가 길게 하품을 뱉었다. 그러자 건너편 남자가 연필을 쥐고 바쁘게 써 내려가던 손을 뚝, 멈췄다.

깨끗하고 반듯한 문제집 겉면에 여자가 써 준 그의 이름이 크게 적혀 있었다. 김시현. 부를 때마다 마음에 바람이 드나드는 듯 선선해지는 이름이었다.

"선생님, 많이 피곤하세요?"

공손한 목소리에 여자가 눈을 끔뻑거렸다. 하얗고 작은 얼굴에 졸음이 뭉게뭉게 서려 있었다. 부정하려고 손사래를 치던 그녀였지만, 이내 축 늘어지며 수긍했다. 확실히 피곤했다.

"어제 수영을 오래 해서 그런가 봐. 좀 졸리긴 하네."

섬은 해가 일찍 지는 편이었다. 그걸 알고 있으면서도 노을에 취해 꽤 멀리까지 헤엄을 쳤다가 땅으로 돌아오는 데 너무 많은 힘을 썼다. 아직도 두 다리에 저릿저릿 쥐가 날 정도였으니 더 설명할 필요도 없었다.

"커피라도 타 드릴까요?"

남자는 슬그머니 연필을 내려놓고 무릎걸음으로 물러났다. 금방이라도 은쟁반에 시원한 커피 한 잔을 담아 가져올 기세였다. 퍽 고마운 제안이었으나 여자는 벌떡 몸을 일으켜 앉은뱅이 탁자를 바짝 당겨 앉았다. 속이 쓰려 커피가 당기지는 않았다.

"채점부터 하자. 다 풀었어?"

"네, 여기요."

계산과 정답이 바르게 적힌 문제집을 들여다보며 여자가 채점을 시작했다. 새하얗고 가느다란 손가락에 들린 색연필이 유유하게 종이를 돌아다니며 빨간 동그라미를 그렸다.

남자는 다소 긴장한 모양새로 그 모습을 지켜보았다. 시선은 점차 문제집을 떠나 여자의 손가락과 손목에, 이윽고 입술과 눈에 도달했다.

오밀조밀한 이목구비에 습관처럼 잘근거리는 입술이 무르익은 꽈리처럼 도톰하고 붉었다. 여자가 칭찬을 던질 때까지 남자의 시선은 그곳을 떠나지 못했다.

"그래도 늦게 시작한 것치고는 진도가 꽤 빠르네. 머리가 좋아서 그런가?"

부드러운 칭찬이었다. 남자가 어깨를 으쓱하며 수줍게 웃었다.

"선생님이 잘 가르쳐 주셨으니까요."

"내가 며칠이나 가르쳤다고. 누가 보면 오래 가르친 은사님인 줄 알겠어."

지당한 지적이었다. 여자가 남자한테 본격적으로 공부를 가르친 건 한 달도 채 지나지 않았으니까. 그런데도 남자는 모든 결과가 여자의 공로 덕분이라는 것처럼 반짝반짝 눈을 빛냈다.

그녀는 쑥스러운 마음에 헛기침만 하다가 색연필을 내려놓았다. 채점이 끝난 종이에는 딱 한줄기의 비만 내려 있었다.

"잘했는데 한 문제 틀렸어. 좀 아깝다. 그래도 이건 좀 난

이도가 있거든? 설명해 줄 테니까 가까이 와 봐."

작은 손이 제 옆자리를 톡톡 두드렸다. 남자는 다정한 부름에도 옴짝하지 않고서 여자의 눈만 빤히 바라보았다. 우물쭈물하는 모양새가 꼭 화장실을 가지 못해 안달이 난 어린아이 같았다. 여자가 의아한 마음에 그를 재촉했다.

"이리 오라니까. 왜 그래?"

그제야 남자가 머뭇대던 걸 멈추고 내내 꺼내고 싶었던 얘기를 속삭였다.

"오늘은…… 상 없어요?"

"뭐?"

"아뇨, 그게."

용기 내어 물어본 기세가 사그라졌는지 남자가 푹 고개를 숙였다. 가만 보니 귀 끝이 달아올라 터질 지경이었다. 졸린 눈으로 그 모습을 훑어보던 여자가 피식 입꼬리를 올렸다. 제 앞에서만 저렇게 수줍어하는 남자의 얼굴이 익숙해질 법도 했건만 매번 볼 때마다 새로웠다.

"너 어쩐지 유난스럽게 열심히 풀더라. 제사는 뒷전이고 잿밥에만 관심이 있지, 아주?"

"꼬, 꼭 그런 건 아니고요."

남자가 발끈하듯 언성을 높였지만, 여자가 어깨를 툭 건들자 맥없이 움츠러들었다. 고분고분한 태도가 주인 앞에서 맥을 못 추는 강아지처럼 순진했다.

"이제는 말대꾸까지 하네."

"열심히 하면 상 주겠다고 지난주에 그러셨잖아요."

그래서 열심히 한 건데.

남자는 입술을 뾰족하게 모으고서 우물거렸다. 새초롬한 표정이 한눈에 봐도 토라진 눈치였다. 어이가 없다고 타박하면서도 여자가 실실 웃었다. 저보다 한참은 어린 남자가 고작 뽀뽀 하나 받고 싶어서 안달 난 걸 보니 우스울 수밖에 없었다. 굳이 저한테 이렇게까지 목맬 이유가 있을까 싶기도 했다.

"대신 상 받고 더 열심히 하기다? 오답도 확실하게 검토하고. 나중에 검사할 거니까."

"네, 네!"

기다리던 허락이 떨어지자 남자의 안색이 환하게 트였다. 그는 냉큼 여자의 곁으로 달려가 앉았다. 공손하게 무릎까지 꿇은 자세가 여자를 신성시하듯 경건했다.

참나, 여자는 실없이 웃다가 소곤거렸다.

"눈 감아야지."

"뜨면 안 돼요?"

씁, 여자가 혀를 차며 고개를 가로저었다. 남자는 아쉬움을 억누르고서 겨우 눈꺼풀을 감았다. 시야가 온통 새까맣게 물들고 나서야 보드라운 감촉이 입술에 닿았다. 살며시 느리게 문질러지는 살갗의 느낌에 자연히 신경이 곤두섰다.

눈을 감고 있으니 머릿속에 온통 여자의 도톰하고 붉은 입술만 그려졌다. 바다로부터 밀려오는 짠 내 섞인 바람에도 여자의 향기는 쉽게 지워지지 않았다.

섬에서는 절대 맡을 수 없는 뭍의 향기. 남자는 태어나서 지금껏 겪어 본 적 없는 세계의 향기. 그게 그녀의 향기였다.

상은 짧고 강렬했다. 여자는 조심스레 입술을 떼어 냈다. 건조했던 입술이 어느새 촉촉하게 젖어 있었다. 남자가 고요히 눈을 떴다. 물기까지 일렁이는 눈동자가 새까만 열기를 띠고 있었다. 상기된 표정은 어린 나이와 어울리지 않게 미묘한 기운이 있었다.

"……전보다 훨씬 부드럽네."

여자는 서둘러 어색한 마음을 갈무리했다. 멀어진 입술을 아쉽다는 듯 바라보던 남자가 천천히 고개를 끄덕였다. 마른침을 삼키는 목울대가 크게 움직였다. 그녀까지 꼴깍, 침을 삼키게 할 만큼 역동적인 움직임이었다.

"선생님이 잘 가르쳐 주셨잖아요. 전 배운 대로만 했어요."

남자의 손이 꾸물꾸물 움직였다. 조심스러우면서도 거침

없이 다가오는 남자의 그림자에 여자가 풀썩 쓰러졌다. 그가 뒤통수를 감싸고 넘어트린 덕분에 통증은 없었다. 다만 아까보다 짙어진 열기에 괜히 심장이 뛴 게 문제였다.

"선생님이 야……, 야해서 그런 거예요."

말릴 틈도 없이 남자가 확 달아오른 얼굴 그대로 어물어물 농을 쳤다. 자신이 던진 말에 스스로 부끄러워하는 모습이 여간 웃긴 게 아니었다.

여자는 그만 웃음을 터트리면서 고개를 젖혔다. 목덜미가 그대로 드러나자 남자의 배꼽 아래서부터 뻐근하게 치솟던 열기가 더욱 커졌다.

매끄럽고 둥근 어깨너머 바닷속 해초처럼 퍼진 머리칼도, 마른 몸에도 적당히 봉긋한 가슴의 윤곽도. 여자의 몸 구석구석이 남자의 미숙한 성욕을 자극했다.

"너 점점 못 하는 말이 없다."

"진짜예요."

선생님이 너무 예뻐서, 그래서 그런 거예요. 자연스럽게 책임을 전가한 남자가 더 참지 못하고서 여자의 목덜미에 입술을 묻었다. 깊이 들이마시는 숨소리에 간지러움이 일었다.

여자는 잔뜩 목을 움츠리고서 한숨 같은 신음을 뱉어 냈다. 순박했던 섬의 청년은 어디로 가고 완연한 늑대 한 마리가 품에 안긴 느낌이었다.

하긴, 얘는 첫날부터 거침이 없었지.

여자는 고개를 절레절레 저으며 남자를 밀어내는 대신, 두 손을 그의 어깨에 두르며 깍지를 꼈다. 움찔하고 굳어진 남자가 다시 애틋하게 매달렸다. 그는 언제나 벼랑 끝에 매달린 사람처럼 굴었다. 그 아슬아슬한 느낌이 풋풋하고 청량한 마음을 더욱 돋보이게 했다.

"상이 너무 과한 거 아니야? 슬슬 떨어져, 김시현."

"조금만 더요."

"너 진짜……."

여자는 난처한 기색으로 웃었다. 상으로 입맞춤하면 안 되겠냐는 제안을 거절하지 못한 건 제 쪽이었지만, 설마 입맞춤 한 번에 이렇게나 달려들 줄은 몰랐다. 제 몸 위에 엎어진 남자의 아랫도리가 잔뜩 불룩해진 걸 느끼니 더욱 착잡했다. 꼭 아무것도 모르는 애를 꾀어내 제게 매달리게 하는 기분이었으니까.

그런 여자의 마음을 아는지 모르는지, 남자는 뜨거운 시선으로 여자의 하얀 피부를 훑었다. 그는 이미 희고 봉긋한 가슴에 도드라진 젖꼭지의 모양새를 알고 있었다. 그곳을 가볍게 핥고 살짝 깨물면, 여자가 얼마나 아찔한 표정으로 반응하는지도 기억했다. 그 모든 걸 알면서도 그냥 껴안고만 있으라는 건 고문이나 다름없었다. 적어도 남자한테는 그랬다.

그러나 남자는 허락 없이 여자의 몸 이곳저곳을 더듬거나 대뜸 사타구니에 손을 뻗지 않았다. 함부로 여자의 몸을 만지기 싫었다. 대신 건들면 부서질 유리 조각을 만지듯 신중하게 여자의 목덜미와 귀를 만지작거렸다. 보드라운 살결이 모든 신경을 앗아 갔다.

"내일은…… 배 타러 나가야 해요. 아마 이틀은 못 볼 거예요."

그는 여자의 하얀 목에 가벼운 입맞춤을 남기며 자그맣게 중얼거렸다. 얼굴이 보이지 않는데도 목소리만으로 잔뜩 풀 죽은 게 느껴졌다. 귀엽다는 생각에 여자가 웃으며 다부진 그의 어깨를 토닥였다.

"그래."

"그동안 선생님 보고 싶어서 어떡해요? 하루도 힘든데, 이틀이라니."

"뭘 어떡해. 이틀이면 금방이야. 시간이 얼마나 빨리 가는데."

칭얼거림에도 여자는 그저 웃을 뿐이었다. 그 태도에 남자는 약간의 아쉬움을 느끼며 한숨을 내쉬었다. 그녀와 자신이 느끼는 시간의 흐름이 무척이나 다른 듯했다.

여자의 곁에 있으면 1분이 1초처럼 빨랐다. 반대로 그녀가 곁에 없으면 1분이 1년처럼 길었다.

하지만 여자는 아니었다. 그녀는 자신이 곁에 있든 없든, 언제나 멍한 표정으로 하루를 보낼 뿐이었다. 무감각하고 성실하게 하루의 일정을 착착 해내면서.

'가지 말라고 붙잡아 주면…… 미련 없이 남을 텐데. 아마도 선생님은 아니겠지.'

남자는 아쉬운 대로 여자의 몸을 와락 끌어안고 마음껏 향기를 맡았다. 이 섬에서 그녀와 처음 만났던 날이 떠올랐다. 그때도 여자의 몸에서는 이토록 깊은 뭍의 향기가 났었다.

남자에게는 처음과도 같았던, 다른 세계의 향기였다.

1부

스물일곱의 여자

1. 한여름 하룻밤

갈매기 우는 소리가 요란했다. 낚싯배에서 내리자마자 고개를 들었다. 머리 위로 날아가는 갈매기가 해를 가렸는데도 햇볕이 얼마나 쨍한지 눈이 시렸다. 느리게 눈꺼풀을 깜박이다가 어깨의 가방을 추켜올렸다. 커다란 트렁크 백 앞주머니에 네모난 명찰이 튀어 나왔다.

문지우.

명찰 가운데 박힌 내 이름 석 자가 까맣게 반질거렸다. 주변에 사람이라고는 나와 낚싯배 주인 둘뿐이건만, 누가 볼 새라 명찰을 앞주머니 깊숙이 욱여넣고 지퍼를 단단히 잠갔다.

"아저씨, 여기가 선착장 맞아요?"

선착장이라고 부르기에도 민망할 정도로 작은 나루터였다. 낚싯배가 닿은 곳도 널빤지 하나 없이 울퉁불퉁한 바위 틈새였다. 애초에 배도 개인 낚싯배였으니, 선착장이라고 딱히 다를 게 없었다.

"섬 쪼가리에 그런 게 어디 있어? 그냥 아무 데나 배 댈 수 있으면 거기가 선착장이지."

아저씨가 껄껄 웃으며 손을 내밀었다. 뱃삯을 달라는 뜻이었다. 미덥지 못한 대답에 입술을 오물거리다 지갑을 열어 지폐 몇 장을 꺼냈다. 값을 받은 남자가 미련 없이 키를 돌렸다. 낚싯배는 하얗게 부서지는 물살과 함께 섬을 떠났다.

홀로 남게 되자 고요함이 찾아왔다. 멍하니 낚싯배가 사라진 방향을 바라보았다. 하얀 물거품이 인 자리에 이름 모를 벌레가 둥둥 떠다녔다. 그 밑으로 조그마한 그림자도 아른거렸다. 물고기거나, 혹은 다른 생물이거나. 코를 킁킁대자 허공에 떠돌던 짠 내가 가슴 깊이 스며들었다. 바닷바람의 냄새가 어릴 적 맡았던 것과 거의 흡사했다.

향도. 외할머니가 어릴 적 엄마와 살던 고향. 그러나 내 고향은 아닌 섬.

나는 서울로 상경하여 살던 엄마의 배 속에서 아홉 달도 못 채운 미숙아로 태어났다. 그 탓에 어릴 적부터 몸이 안 좋아 엄마 속을 들들 볶았다.

내가 태어나고 3년 만에 이혼한 엄마는 그날로 짐을 싸서 향도에 내려갔다. 그녀의 요양 아닌 요양 때문에 내 유년 시절은 대부분 바닷바람과 물고기 비린내로 얼룩져 있었다.

"외할머니 집이 어디더라."

희미한 기억에 의지하며 천천히 걸음을 옮겼다. 거친 바위를 몽땅 올라가고서야 섬의 전경이 시야에 잡혔다. 여름을 맞이하여 푸릇푸릇한 녹음이 우거진 땅에 누군가 꽂아둔 풍향계가 끼익끼익 흔들렸다.

들기로 열여덟 가구 정도가 산다고 했는데, 어릴 적보다 훨씬 줄어든 숫자였다. 그래서인지 아무리 주변을 살펴도 지나가는 인기척이 느껴지지 않았다. 돌아다니는 건 갈매기와 나비가 전부였다.

외할머니에게 연락하기 위해 무의식적으로 휴대폰을 켰지만, 이내 실수라는 걸 깨닫고 아차 싶었다. 아니나 다를까 전원을 켜지자마자 요란한 진동 소리가 귀를 때렸다. 까만 화면에 부재중 통화 목록이 수차례 지나갔다. 한숨과 함께 다시 전원을 종료했다.

그냥 가야겠다, 결심하고 가방을 둘러매자 묵직한 감각이 등을 내리눌렀다. 낑낑대며 가파른 언덕을 올라갔다. 내리쬐는 햇볕에 이마가 땀으로 축축하게 젖어 들었다. 피부에 맺힌 땀방울이 목선을 타고 가슴골 아래로 유유히 사라졌다.

저 멀리 가구가 복작복작 모인 동네가 보였다. 지붕만큼은 그리스 산토리니를 방불케 할 만큼 새파란 색이었지만, 갈라진 벽은 한눈에 봐도 노후되어 보였다. 높은 언덕에 올라가니 마당 평상에 모여 앉아 옥수수를 다듬는 노인들의 모습까지 보였다.

어릴 때 잠깐 살다가 뭍으로 간 타향 손님인 나를 섬사람들이 어떻게 받아들일지 아직 알 수 없었다. 그저 무덤덤하게 받아들여 주길 바랄 뿐이었다. 어쨌거나 외할머니의 손녀이니만큼 고깝게 보이진 않을 것이다.

가만히 마른침을 삼키다 걸음을 옮겼다.

금방 찾을 수 있으리라 싶던 자신감과 달리, 해가 반쯤 기울 때가 되고서야 외할머니의 집을 찾을 수 있었다. 온 가구의 대문을 이리저리 기웃대며 노력한 결과였다. 마지막에는 결국 외할머니의 이름을 말한 뒤 주민의 도움으로 찾았지만.

"이게 누구야!"

마당에서 까만 해녀복을 정리하던 노인이 버선발로 뛰쳐

나와 나를 반겼다. 해녀복은 볼품없이 바닥을 뒹굴었고 금세 흙먼지로 얼룩덜룩해졌다. 나는 나지막이 바람 소리를 내며 웃었다.

"할머니, 보고 싶었어요."

"우리 공주님이 연락도 없이 어쩐 일이래! 서울에서 지낸다고 하지 않았나?"

할머니가 괄괄한 목소리로 외치면서도 나를 꽉 끌어안았다. 푸근한 품에 안긴 채 슬며시 눈을 감았다. 집을 찾느라 지쳐서 할머니의 포옹이 너무나도 포근했다. 그녀의 품에서도 물고기 비린내와 바다의 짠 내가 났다. 살며시 입맛을 다시자 소금기까지 느껴졌다.

평생 물질로 자식을 키워 낸 외할머니는 아직도 일을 그만두지 않았다. 엄마도 넉넉한 살림살이를 유지하지 못했기 때문에, 차마 외할머니더러 쉬라고 할 수 없었다. 용돈을 보낼 처지가 아니었으니까. 그나마 다행인 건 외할머니가 일을 무척이나 좋아하여 불만이 없다는 점이었다.

"미영이 고게 또 사고 쳤니?"

사고라는 말에 씩 입꼬리를 올렸다. 오래전 엄마가 이혼하여 향도에서 지냈던 이후, 얼굴을 본 적이 드물다 보니 걱정부터 되는 모양이었다. 고개를 저으며 할머니를 안심시켰다.

"엄마 잘 지내. 지금은 일본 갔어요."

엄마도 외할머니를 닮아 일을 무척 좋아했다. 아마도 우리 집 핏줄 천성이 그런 듯했다. 사진작가라는 직업은 수입이 변변치 않았지만, 엄마는 작업을 위해 자주 외국으로 떠나곤 했다.

외할머니는 제대로 된 일을 하라며 엄마를 무척 못마땅하게 여겼고, 그 때문에 나는 어릴 적부터 공부 열심히 하라는 충고를 귀 따갑게 들었다. 다시 서울로 올라가자마자 우등생이 된 것도 외할머니의 영향이 컸다.

"며칠 좀 쉬려고 휴가 냈는데, 정신없어서 연락을 못 드렸어요. 당분간 할머니 집에서 지내도 돼요?"

쭈뼛쭈뼛 용건을 꺼냈다. 할머니는 엄마 다음으로 편하고 다정한 사람이었다. 가끔 통화하며 안부를 묻는 게 고작이었지만, 언제나 천사처럼 따듯했다.

그 사실만 믿고서 대책도 없이 향도까지 내려오고 말았다. 꾸역꾸역 버티던 서울살이를 잠시 멈추고 휴가까지 내며 도망칠 정도로 생활이 각박해져 어쩔 수 없었다. 거기서는 하루도 더 버틸 자신이 없었으니까.

지켜보던 할머니의 고개가 의아함으로 갸웃거렸다. 그러나 이내 투박한 손등이 무거운 짐을 뺏어 갔다. 가방은 휘청거리다 할머니의 품에서 떨어졌다.

"귀한 휴가를 왜 이 섬 구석 오는 데 쓰고 있어? 거참, 이리 와 봐라."

허락이었다. 마음속에서 폭죽이 요란한 소리를 내며 펑펑 터졌다. 뛸 듯이 기뻐하며 할머니의 뒤를 쪼르르 따라갔다. 그러다 그녀가 향하는 곳이 방이 아니라 마당 한편이라는 걸 깨닫고서 걸음을 멈췄다.

"연락을 먼저 주고 오지. 하필 지금 천장에 물이 새서 몸 뉠 곳이 없다."

"물이요?"

"빗물 말이다. 지난주에도 한참 쏟아졌는데 그릇으로 막느라 죽는 줄 알았지 뭐냐. 공사를 다시 해야 쓰겠어. 일단 할미는 회관서 지내는데……."

"그럼 나도 거기서 지내면 안 돼요?"

"뭐야?"

툭 던진 말에 할머니가 펄쩍 뛰었다. 마을회관은 말만 회관일 뿐, 사실상 버려진 창고를 개조해서 쓰는 공간이나 다름없다는 설명이 이어졌다. 보석처럼 귀한 손녀를 설마 그곳에서 자게 하겠냐면서 할머니가 투덜거렸다.

"거기서 못 지낸다. 우리 공주님이 그런 데서 어떻게 자. 쥐도 막 나오는데."

"쥐가 나와요?"

온몸에 소름이 돋을 뻔했다. 나는 예전부터 쭉 동물을 무서워했다. 그나마 무서워하지 않는 동물이 있다면 강아지 정도였다. 조그마한 강아지는 길거리에도, 동네 산책길에도 워낙 많아서 두려움이 덜했다.

"가만있어 봐라."

할머니가 부엌으로 들어가 한참을 뒤적대는 동안, 우두커니 서서 마당을 둘러보았다. 마당 구석에 자리 잡은 이름 모를 나무에 파릇파릇한 이파리가 잔뜩 돋아 있었다. 생기가 물씬 느껴졌다.

"저쪽 커다란 나무 보이지?"

잠시 눈을 감고 콩콩 향기를 맡는데, 뒤쪽으로 다가온 할머니가 품에 뭔가를 턱 안겨 주었다. 세 단으로 나눠진 놋쇠 찬합이었다.

"그 뒤에 집이 하나 더 있거든. 거기서 짐 두고 자. 찬합은 거기 있는 애한테 주고."

"애라뇨?"

적잖이 당황스러웠다. 그렇다면 이미 누가 지내고 있는 집에서 자라는 소리인가? 어물거리는 사이 할머니가 나가라며 연거푸 재촉했다. 땅거미가 지기 전에 서둘러 출발하라는 눈치였다.

"김시현이라고 있을 건데. 오늘부터는 그 집에서 못 지낸다고 전해라. 너 써야 한다고."

"누구 집인데요?"

"그 애 집은 아니다."

낡아서 그렇지, 있을 건 다 있다. 안심하라며 덧붙인 말
에 별수 없이 발길을 돌렸다. 김시현. 예쁜 이름이었다. 흰
피부에 머리를 양 갈래로 땋은 여자아이의 모습이 머릿속에
몽글몽글 그려졌다.

집은 어떨까. 어쩌면 향도 아이들이 아지트처럼 지내는
장소일지도 몰랐다. 어린애들은 그런 걸 좋아하는 편이 아
니었던가. 저도 어릴 적 놀이터 구석 상자 더미를 아지트
삼아 놀던 적이 많았다.

"내일 아침에 밥 먹으러 여기 오는 거 잊지 말고!"

더 머무를 틈도 없이 할머니가 등을 냅다 떠밀었다. 크게
휘청거리다 돌려받은 가방을 품에 안았다. 달그락대는 찬합
의 소리가 영 시끄러웠다.

오랜만의 회포를 풀 여유는 없었다. 할머니는 그대로 걸
음을 옮겨 골목 어귀로 사라졌다. 회관으로 향하는 길이 벌
써 어둑어둑했다. 망설임도 없이 돌아서는 걸 보면, 그 집
이 어지간히 안전한 모양이었다.

할머니가 사라진 장소를 짧게 쳐다보다 콧등을 훌쩍이고
서 방향을 틀었다. 일러 준 대로 비탈길 위에는 커다란 나

무 한 그루가 있었다. 큰 가지 하나에 매달린 흰 천이 바람에 펄럭대며 나부꼈다. 어쩐지 으스스한 풍경이었다.

할머니도 참, 이상한 남자라도 만나면 어떡하라고 날 혼자 보낸담. 내심 겁이 나 조심조심 비탈길을 올라갔다. 편견이 있는 건 아니었으나 뭍이든 섬이든 남자를 조심해야하는 건 똑같았다. 특히나 지금처럼 어둑어둑해지기 직전의 시간에는.

초조한 걸음이 지나간 자리에 흙먼지가 부스스 흩어졌다.

집은 생각보다 괜찮았다.

하얀 벽에 파란 지붕이 깔끔해서 보기 좋았고, 마당에도 할머니의 집처럼 나무 몇 그루가 단출하게 심어 있었다. 다른 게 있다면 이파리 하나 없이 깡말랐다는 점이었다. 언제부러져도 이상하지 않을 만큼 메마른 나무껍질이 거칠게 일어나 있었다.

대문을 밀자 거슬리는 쇳소리가 울려 퍼졌다. 숨을 몰아쉬며 안으로 들어섰다. 무거운 가방에 찬합까지 들고 비탈길을 올라오느라 이마에는 땀이 흥건했다. 우여곡절 끝에 마당으로 발을 내디디자마자 가방부터 털썩 내려놓았다.

동시에 가까운 거리에서 우당탕 소리가 들렸다. 시선이

잽싸게 소리가 난 방향을 향했다. 마당 왼쪽 수돗가에서 한 남자가 넘어진 채 놀란 토끼 눈을 하고 있었다. 오늘 향도에 도착하고서 처음 마주친 남자였다.

"어······."

학생인지 앳된 생김새에 순박한 느낌이 가득했다. 볕 아래서 열심히 일한 흔적인 듯 볼이 발갛게 그을려 있었는데, 잡티 없이 말간 얼굴이 고운 인상이어서 묘한 매력이 있었다. 몇 번을 다시 봐도 이런 섬 구석에 박혀 있을 법한 외모는 아니었다.

말을 잇지 못하고 시선을 옮겼다. 탄탄한 상체와 다부진 어깨에 물방울이 군데군데 맺혀 있었다. 남자의 손에 들린 그물에도 물방울이 매달려 있었다. 아무래도 그물을 손질하다가 내 등장에 놀라서 나자빠진 모양새였다.

그물을 쥔 손등에 푸른 핏줄이 돋아 있었다. 팔뚝을 보니 힘 꽤나 쓸 것 같았다. 생활로 다부졌을 잔 근육이 팔뚝에서부터 어깨까지 부드럽게 이어졌다. 선이 예쁜 몸이었다. 쭉쭉 뻗은 팔다리를 보며 요즘 애들은 발육이 참 좋구나 싶은 생각도 들었다.

키는 훌쩍 크고 얼굴은 작으니 가끔 TV에서나 보던 아이돌 같기도 했다. 서울에서 지냈으면 인기 많았을 얼굴이었다. 녹음이 진 섬의 풍경과 어울리는 싱그러움이 남자의 얼굴에 녹아 있었다.

멀리서 불어온 바람에 남자가 눈을 깜빡이자 풍성한 속눈썹이 가늘게 떨렸다. 나도 모르게 마음속으로 찰칵, 소리를 냈다. 문득 저 모습을 사진으로 찍어 남기고 싶다는 생각마저 들 정도였다. 처음 본 사람의 시선을 이렇게까지 뺏을 수 있다니 절대 흔한 일이 아니었다.

"안녕하세요."

먼저 부드럽게 인사를 건넸다. 살갑게 군 목소리에도 남자는 침묵으로 일관했다. 잠깐의 정적이 흘렀다. 이어서 남자가 딸꾹질을 시작했는데, 창피했는지 한 손으로 살며시 입을 가렸다. 발갛게 질린 얼굴을 보니 여간 부끄러운 게 아닌 듯했다.

"놀랐어요? 미안해요, 저는 아랫집…… 윤정숙 할머니 외손녀예요. 할머니 아신다면서요?"

더듬더듬 내뱉은 설명을 듣고 나서야 남자가 흠칫하며 자세를 고쳤다. 물이 묻은 바지를 털 생각조차 못 했는지 주춤주춤 일어난 남자의 머리칼이 산만하게 흐트러졌다. 새까만 머리칼과 다르게 눈은 옅은 갈색이었다. 남자의 생김새를 빤히 살피다가 어색함을 참고 자기소개를 했다.

"저는 문지우라고 해요. 그쪽이 김시현 씨 맞나요?"

설마설마하면서 질문을 던졌는데, 놀랍게도 남자는 두

눈을 반짝이더니 냉큼 고개를 끄덕였다. 설마가 사람 잡는다더니 딱 그 꼴이었다. 여자애일 줄 알았는데, 남자애였을줄이야. 내 편협한 사고방식을 자책하면서 속으로 쓴웃음을삼켰다.

어이가 없어 허허 웃고만 있는데 남자가 쭈뼛쭈뼛 물러났다. 손질하던 그물을 양손에 꽉 쥐고서 물러나려는 모습이 사극에나 나오던 궁녀처럼 공손하고 얌전했다.

찢어진 눈꼬리나 뾰족한 얼굴선을 보면 날카로운 인상인데도 몸가짐은 순한 양이었다. 내 시선이 한동안 남자의 어색한 몸짓에 머물렀다.

"몇 살이에요?"

직업상 학생을 많이 상대했던 터라 앳된 인상이 신경 쓰였다. 열아홉은 되었을까? 아무리 봐도 나이가 썩 많아 보이지 않는 생김새에 눈길이 갔다.

"스물하나요."

질문을 던지고서야 첫 만남에 좀 무례할 수도 있겠다 싶었으나 남자는 망설임도 없이 대답을 꺼냈다. 곤혹스러워하는 눈치도 아니었다. 애초에 숨길 필요가 없는 문제라고 여긴 듯했다.

"스물하나라고요? 진짜?"

돌아온 대답이 놀라웠다. 눈을 둥그렇게 뜨고서 언성을

높였다. 목청을 숨기지 않자 남자가 움찔하며 어깨를 수그
렸다.

"거짓말."

"진짜예요. 스물하나."

남자가 거듭 나이를 강조했다. 저를 어리게 본다는 걸 느
꼈는지, 어깨를 반듯하게 펴고 거듭 대답하는 모양새가 어
리숙하면서도 당찼다.

재차 남자의 외모를 찬찬히 뜯어 살폈다. 나이를 듣고 보
니 그제야 성인인 티가 조금 풍겼다. 특히나 얇은 옷자락
너머로 드러난 근육의 윤곽은 완연한 성인 남자의 그것이었
다.

"미안해요."

순순히 사과를 건네자 이번에는 남자가 당황하며 손사래
를 쳤다. 사과받는 것에 영 익숙지 않은 몸짓이었다. 나는
가방을 챙기고 뒤뚱뒤뚱 움직였다.

"전 스물일곱이에요."

"네?"

화들짝 놀라는 목소리가 들렸다. 걸음을 멈추고 그를 돌
아보며 작게 웃었다. 화장을 대충 한 탓인지, 아니면 땀 때
문에 그마저도 다 지워진 탓인지 남자의 눈에는 제 나이가
더 많아 보였나 싶어 조금 민망했다. 멋쩍게 볼을 긁적이는

내 어깨가 힘없이 처졌다.

"왜 그렇게 놀라요? 나이 많아 보여서?"

"아뇨, 어려 보이셔서요."

남자의 대답은 이번에도 뜻밖이었다. 반사적으로 풋, 웃음을 터트렸다가 빤히 바라보는 남자의 시선에 큼큼 헛기침을 내뱉었다.

"억지로 칭찬하지 않아도 괜찮은데."

"그런 거 아니에요."

혹여나 제 말이 오해라도 살까 싶었는지 남자가 서둘러 대답했다. 알겠다며 고개를 끄덕이다가 다시 걸음을 옮겼다.

"제가 들어 드릴게요. 이리 주세요."

커다란 가방을 짊어진 내 모습이 그냥 지켜보기엔 너무 버거워 보였는지, 남자가 그물을 내버려 두고 잽싸게 다가왔다.

"괜찮……. 아야, 이게 왜 이래."

"주세요."

끝내 가방을 빼앗겼다. 멋쩍은 얼굴로 찬합을 챙겼다. 무거운 건 전부 그의 손으로 넘어가고, 혼자 가벼운 찬합만 달랑 들고 있자니 스스로 뻔뻔스럽다는 생각이 들었다. 그렇지만 나이가 조금이라도 어린 남자가 힘은 잘 쓸 테니 아무렵 어떤가 싶기도 했다. 마루로 올라가는 남자의 뒤를 쪼르르 쫓아갔다.

댓돌을 보니 그가 먼저 벗어 둔 신발이 보였다. 신발이라고 부르기에도 민망할 만큼 낡은 슬리퍼였다. 그 옆에 제 단정한 구두를 벗어 놓자니 영 어울리지 않았다. 멍하니 구두를 살피는 동안, 남자는 내 가방을 반질반질한 마루에 조심스레 내려놓고 주춤거렸다.

"참, 이건 할머니가 전해 드리래요. 드시라고."

마침내 마루 위로 올라와 찬합을 건넸다. 계속 품에 안고 있었는데도 찬합은 여전히 서늘했다.

"아, 잠시만요."

남자가 허둥지둥 문을 열었다. 마루가 있어 창호지 문이면 어쩌나 했지만, 다행히 반투명한 유리와 철로 만들어진 미닫이문이었다. 낮은 소음과 함께 문이 열리자마자 노란 장판이 한눈에 들어왔다. 세상에. 나지막이 감탄하며 안을 들여다보았다.

네모난 방은 구석의 서랍장 하나와 곱게 갠 이불을 제외하고는 텅 비어 있었다. 분명 그가 이 집에서 지냈다고 들었는데도 사람 사는 냄새가 전혀 느껴지지 않는 공간이었다. 남자는 방에 들어가 어색하게 서성였다. 따라 들어가다가 서랍장 위 바구니를 발견하고 눈을 크게 떴다.

"이건 제가 할머님께 내일 전해 드릴게요. 아직 다 못 해서요."

내 눈길을 알아차린 시현이 먼저 입을 뗐다.

"저게 다 그쪽 물건이에요?"

서랍장 위 바구니에는 천과 반짇고리가 단정히 들어 있었다. 아마도 구멍이 난 옷감 같았는데 양이 상당했다. 집에서 조금씩 할 만한 양은 아니었다. 섬 주민들한테 일감이라도 받나 싶었다.

"바느질 잘하나 봐요. 대단하다."

내가 지금 전래 동화를 보고 있나? 어안이 벙벙해져서 그를 쳐다보았다. 남자가 처음으로 얼굴을 발그레 물들였다. 역시나 이번에도 칭찬을 듣는 게 어색했는지 수줍어하는 반응이었다.

"저한테 부탁하실 거 있으시면, 언제든지 맡겨 주세요."

"아, 네."

부탁할 일이 있기야 할까 싶었지만, 일단 대답을 마쳤다. 성인 남자가 직접 바느질까지 한다는 게 보통 신기한 일이 아니었다. 여태 공부에만 매달려 살아오느라 청소나 요리 등 집안일에 통 재주도 관심도 없는 나로서는 더 놀랄 수밖에 없었다.

"저기, 그런데……."

멀뚱멀뚱 서 있자 그가 입술을 달싹였다.

"윤정숙 할머님께서 혹시 집을 비워 달라고 하셨나요?"

그제야 할머니의 말이 떠올랐다. 가볍게 손뼉을 치며 그 말을 수긍했다.

"네, 맞아요. 사실 제가 외할머니 집에 좀 묵으려고 휴가를 냈는데, 지금 천장에 물이 샌다고 하더라고요. 그래서 여기서 지내라고 하셨어요."

열심히 돌려 말하는데 입꼬리가 가늘게 떨렸다. 차라리 어린아이가 아지트로 쓰는 공간이었더라면, 집으로 돌아가라 쉽게 말할 수 있을 터였다.

그러나 눈앞의 상대는 무슨 사정으로 이 집에서 지내는지 알 수가 없는 성인 남자였다. 외할머니가 말했던 것처럼 당당하게, 앞으로 당신은 이 집에서 지낼 수 없게 되었다며 통보하긴 애매한 구석이 있었다.

"여기가 그쪽 집 아닌 건 맞아요?"

담담히 내 말을 듣는 남자의 표정이 여간 안쓰러운 게 아니었다. 조심스레 질문을 덧붙이자 그는 여태까지와 마찬가지로 일말의 표정 변화 없이 고개를 끄덕였다. 딱히 집에 미련을 가진 표정은 아니었다.

"그렇구나, 앞으로 손녀분께서 이 집을 쓰셔야 하는군요."

오히려 산뜻하게 내 설명을 수긍하는 태도였다. 보란 듯 성큼성큼 걸음을 옮기기까지 했는데, 금방이라도 방을 비워 줄 기색이 역력했다. 미련 없는 태도를 보니 그의 집이 아니라는 건 확실했다. 뒤늦게 안심하며 편안한 얼굴로 돌아왔다.

"청소를 미리 해 둬서 다행이네요. 어지러운 상태였으면 지내기 불편하셨을 텐데. 마당의 그물하고 저 바구니만 챙겨서 금방 나갈게요."

"천천히 해도 괜찮아요."

내가 말리거나 말거나, 남자는 부산스럽게 짐을 챙기기 시작했다. 짐이라고 해 봤자 가방 하나와 바구니가 전부였다. 그물도 마당에 있었다.

"그럼 편히 쉬세요."

짐을 어깨에 멘 남자가 이내 꾸벅 고개를 숙이더니 댓돌로 내려가 신발을 신었다. 나가기 전 문을 닫아 주는 것도 잊지 않았다. 순식간에 홀로 남겨져 천장을 바라보다가 털썩 주저앉았다.

고작 한 명이 사라졌을 뿐인데 조그마한 방이 심하게 휑해진 느낌이었다. 좁고 어두워서 그런 걸까. 깜빡이는 백열등을 바라보며 아예 벽에 등을 기댔다.

온몸의 힘을 빼고 축 늘어지자 피로함이 파도처럼 밀려

왔다. 그대로 눈을 감으면 잠에 빠질 만큼 깊은 피로였다. 꾸벅꾸벅 조는 대신, 천근만근 무거운 팔을 내밀어 가방의 내용물을 정리하기 시작했다.

커다란 가방에 온갖 짐이 하나둘씩 튀어 나왔다. 잡다한 화장품과 옷가지, 실수로 가져온 문제집 몇 권과 반지 하나.

너저분하게 짐을 풀다가 반지를 발견하고 인상을 찌푸렸다. 매끈매끈한 은색 반지 안쪽에 누군가의 이름이 영문자로 박혀 있었다.

"내 정신 좀 봐. 저걸 아직도 못 버리고 가져왔네."

얼굴을 와락 일그러트리고 반지를 도로 가방 깊숙이 집어넣었다. 그랬는데도 분이 풀리지 않아 입술을 잘근거렸다. 일부러 다 잊고자 섬까지 내려왔는데, 최악의 물건을 들고 와 버렸다니. 머리를 박박 긁으며 짜증을 감내하는 찰나, 별안간 문밖에서 큰소리가 울려 퍼졌다.

"헉!"

깜짝 놀라 어깨를 움츠렸다. 철문 너머로 거세게 흔들리는 나무의 그림자가 비쳤다. 천둥소리가 두어 번 이어지더니, 곧 비 쏟아지는 소리가 가세했다. 때 이른 폭우였다.

여름이라지만, 아직 장마철은 아니지 않나?

고개를 절레절레 젓다가 마저 짐을 정리하고 이불을 폈다. 빨래한 지 얼마 지나지 않은 듯 이불에서는 깔끔한 비누 향기가 가득했다. 세제도 아니고, 비누 향기라니. 낯설지만 좋은 향기에 코를 묻고 킁킁댈 때였다.

똑똑. 하마터면 놓칠 뻔했을 만큼 작은 소음이 귓가에 맴돌았다. 이불 향기를 맡던 모습이 들켰나 싶어 화들짝 상체를 일으켰다. 다행히 소리는 방 안이 아닌 문밖에서 나고 있었다. 뭔가 싶어 눈을 가늘게 뜨자 미닫이문 너머 그림자가 아른거렸다. 바람결에 흔들리는 나무 그림자치고는 크고 가까웠다.

"죄송해요. 안에 계세요?"

가늘게 떨리는 목소리가 들렸다. 방금 집을 떠났던 남자, 시현의 음성이었다. 그냥 들어와서 물어봐도 될 텐데도 혹여나 내 기분이 상할까 싶었는지 조심스러운 태도였다. 서둘러 헝클어진 머리를 대충 정리하고 크게 소리쳤다.

"문 열고 말씀하세요! 안 들려요!"

말을 마치기 무섭게 천둥소리가 재차 방 안에 울려 퍼졌다. 이러다 집이 무너지는 게 아닐까 염려스러울 정도로 거센 천둥이었다. 미닫이문에 비친 그림자 역시 한 번 움찔하며 놀라는 게 보였고, 이내 문이 살짝 열렸다.

"저기, 정말 죄송한데요."

얼빠진 얼굴로 문 틈새로 보이는 남자의 몰골을 바라보았다. 머리부터 발끝까지 축축하게 젖은 남자가 가늘게 떨

며 처량한 차림새로 나를 내려다보고 있었다. 비 맞은 강아
지도 그보다는 가여워 보이지 않을 터였다.

그 와중에도 짐은 지켜야 했는지, 벗은 티셔츠로 둘둘 말
아 품에 꼭 껴안은 게 안쓰러웠다. 빗물에 젖은 남자의 상
체가 고스란히 드러났다. 탄탄한 피부 여기저기에 미세한
흉터가 있었다.

"무슨 일인데 그래요? 우산 없어요?"

약간의 침묵 끝에 겨우 대답을 던지고 모른 척 시선을 피
했다. 앳된 인상의 남자는 생각보다 몸이 좋았다. 얼굴만
보면 어려 보이는데, 몸은 또 스물하나라고 하기엔 지나치
게 성숙했다. 서울에서 운동하는 남자들이 만든 근육하고는
달랐다. 오래된 생활로부터 길러진 근육이었다.

"다른 집에 가려고 해 봤는데 너무 어두워져서요. 비, 비
도 오고."

추위에 달달 떠는 남자의 설명은 이랬다. 이 집에서 지낼
수 없으니 다른 집으로 떠나려 했는데, 하필 비까지 오고
늦은 저녁이라 마땅히 갈 곳이 없다는 얘기였다.

당황스러운 마음에 미간을 좁혔다. 대체 무슨 사정이길
래 집도 없이 이리저리 전전하는 걸까. 여기도 자기 집이
아니라 그러더니, 아예 갈 곳도 없다 그러고.

대답 없이 쳐다보기만 하자 남자의 눈빛이 이리저리 흔

들렸다. 스스로 생각하기에도 어려운 부탁이다 싶었는지 주눅이 든 태도였다.

"오늘만…… 마지막으로 딱 하룻밤만, 여기서 잘 수 없을까요?"

남자가 어렵게 건넨 말에 놀라서, 나는 그만 돌처럼 쩡쩡 굳어졌다. 방이 따로 있는 것도 아니고 딱 하나뿐인 집이었다. 장성한 성인 남녀가 이 좁은 공간에서, 심지어 하나밖에 없는 이불을 같이 덮고 자도 괜찮은 걸까? 망설임을 숨기지 못하고 머뭇거리자 시현이 축 어깨를 늘어트렸다.

"안 될까요?"

그렇지 않아도 푹 젖은 남자가 순진무구한 얼굴에 처연한 표정까지 짓고 있자니 동정심이 마구 솟아났다.

입술을 잘근잘근 씹으며 고민했다. 확실히 비도 오는 데다가 밤도 늦었고, 지금 외할머니가 있는 마을회관까지 찾아가 의견을 물어보는 건 어리석은 짓이었다. 어두컴컴한 길목을 지나 찾아가기도 무섭고.

"아무리 그래도 같은 방에서 자기 좀 그래서요."

나지막이 중얼거린 말에 시현이 허겁지겁 입을 열었다.

"저는 마루에서 자도 상관없어요. 문 잠그고 주무셔도 되고요."

"마루에서 어떻게 자요!"

45

어이가 없어 소리치자 시현의 두 눈이 휘둥그레 뜨였다. 내가 왜 지적하는지 정말 모른다는 반응이라 어이가 없었다.

"마, 많이 자 봤어요. 저는 정말 괜찮아요. 비가 와서 벌레도 별로 없을 거예요."

그는 서둘러 변명을 덧붙이며 마루를 가리켰다. 지붕 덕에 마루가 젖지는 않았지만, 그렇다고 해도 잠들기에 좋은 환경일 리는 없었다.

"그런 게 아니라……."

"비 피해서 잠만 잘 수 있으면 그걸로 족해요."

남자가 거듭 설명하며 애원했다. 문이야 잠그면 그만이라지만, 진짜로 마루에서 자겠다니. 곤란한 마음에 한숨을 내쉬다가 결국 허락을 건넸다. 시현은 강아지가 꼬리라도 치듯 화색이 도는 얼굴로 감사하다며 연신 허리를 숙였다.

얼떨떨한 기분에 휩싸여 볼을 긁적였다. 스스로 생각하기에는 배려 같지도 않은 배려였는데 저렇게까지 좋아하는 걸 보자니 괜스레 찝찝했다. 그렇다고 방으로 들이기에는 불안했다.

"그럼, 주무세요."

"아, 네."

망설이는 나와 달리 시현은 주섬주섬 얼마 되지 않은 짐을 챙겨 문을 닫았다. 바깥에서 부스럭대는 소음이 몇 번 이어지더니 미닫이문 위 그림자가 사라졌다. 그가 정말로 마루에 누운 듯했다.

이불을 덮고 불을 껐지만, 한 번 예민하게 곤두선 감각이 쉽사리 가라앉지 못했다. 바깥에서 간간이 들리는 빗소리에 귀를 기울여 봐도 인기척은 없었다. 남자는 있는 듯 없는 듯 존재감을 지우는데 재주가 있었다.

몇 번 더 천둥이 쳤다. 천장이 거세게 흔들릴 때마다 불안감이 하늘을 찔렀다. 물론 그럴 리 없겠지만, 저러다 시현이 벼락이라도 맞는 건 아닌가 걱정까지 들 정도였다. 참 허무맹랑한 가설이었으나 찝찝함이 더해졌다.

"……으!"

결국, 한 시간 가까이 지난 끝에 이불을 걷어 버렸다. 상체만 일으켜 문을 힘주어 밀었다. 그리고 그 사이로 빼꼼히 고개를 내밀자 굼벵이처럼 바짝 웅크려 자는 남자의 모습이 보였다. 새근새근 숨소리와 달리 다부진 어깨가 덜덜 떨고 있었다. 여름이라지만 비까지 오는데 쌀쌀하지 않을 리 없었다. 거기에 쫄딱 젖기도 했고.

아까는 괜찮다고 고집부리더니, 저럴 줄 알았지.

피식거리는 잔웃음이 입술 사이로 새어 나왔다. 들으라는 식으로 낮게 기침을 내뱉자 남자의 눈꺼풀이 스르르 열렸다. 깊이 잠들지 못했는지 바로 기척을 느낀 눈치였다.

시현은 의아한 얼굴로 고개를 들었다. 그러다 문틈 사이 내 얼굴을 발견하고 깜짝 놀라 상체를 일으켰다. 부스스하게 일어나 까치집 진 머리칼이 어수룩한 분위기를 풍겼다. 눈을 가늘게 뜨고서 웃어 버렸다. 내 미소에 남자의 볼이 화끈 달아올랐다.

"저…… 왜 그러세요? 제가 코라도 골았나요?"

걱정 가득한 얼굴로 더듬대는 그를 향해 손을 뻗었다. 가까이 오라며 휙휙 손짓하자 시현이 고개를 갸우뚱거리면서도 슬그머니 다가갔다. 말을 참 잘 듣는구나 싶었다.

"그냥 들어와서 자요."

"네? 저는 괜찮아요."

"벌벌 떨면서 고집부리지 말고. 그쪽 신경 쓰여서 나까지 잠을 못 자겠어요. 들어오면 뭐, 이성을 잃고 나한테 덤벼들까 봐 걱정돼서 그래요?"

짓궂은 농담이었다. 시현은 그럴 리 있겠냐면서 새빨개진 얼굴로 내 말을 부정했다. 이 정도 농담에 얼굴까지 붉히다니, 순진하다고 생각하면서 문을 더 활짝 열었다. 웃음소리가 습한 허공으로 흩어졌다.

"얼른 들어와요."

흐린 새벽빛 아래 내 팔이 허여멀건 상아처럼 하얗게 드러났다. 편한 티셔츠 차림이라 맨살을 가릴 틈이 없었다. 괜히 남자를 들이니 뒤늦게 드러난 피부가 신경 쓰였다.

"그럼 실례하겠습니다."

시현은 짧게 내 팔을 쳐다보다가 후다닥 고개를 떨구었다. 공손한 인사와 함께 그가 문턱을 넘자마자 또 한 번 천둥이 쳤다. 서둘러 문을 밀어 닫았다.

푹 젖었던 시현의 몸이 잠깐 사이 보송하게 말라서 그나마 다행이었다. 눈치 살피며 어정쩡하게 구석에 서 있던 그를 향해 베개를 건네주었다.

"베개가 두 개더라고요. 이불은 하나인데 어떡할까요?"

"덮고 주무세요. 저는 더위를 많이 타서 괜찮아요."

더위를 많이 타는 것치고는 사시나무처럼 덜덜 떨던데. 허둥지둥 베개를 받자마자 누워 버리는 모습에 또 웃음이 터질 뻔했지만, 더 권유하지 않고 조용히 이불을 덮었다.

아예 등을 돌려 누워 버린 남자의 귓불이 어둠 속에서도 선연하게 보일 만큼 붉었다. 뭘 그리 부끄러워할까 싶어 빤히 쳐다보는데 자그마한 목소리가 들려왔다.

"······감사합니다."

기특한 인사였다. 씩 웃으며 눈을 감았다. 걱정과 달리 긴장은 하나도 없었다. 도리어 안도감에 노곤해진 몸 위로 피로함이 다시금 내려앉았다.

잠에 빠진 건 순식간이었다.

✤   ✤   ✤

수군대는 목소리가 어디를 가도 따라붙었다. 화장실을 갈 때도, 학원을 나가 거리를 걸어 다녀도 마찬가지였다. 혼자 있어도 이명처럼 들리는 잡음에 정신이 아득해졌다. 전부 나에 대한 악담이었다.

"유 선생님 바람피웠다며? 그것도 재수생이랑. 그래서 이번에 학원도 관둔 거라잖아. 문 선생님은 애인에 학생까지 잃고, 앞으로 어떡해?"

"지금 문 선생이 문제야? 강사에 우수생까지 나란히 잃은 건 학원도 마찬가지인데."

답답한 마음에 귀를 틀어막아도 소리는 사라지지 않았다. 오히려 선명해지며 복잡한 상념을 가득 채웠다.

"이 손해를 어떻게 메꿀 거야? 애초에 문 선생이 애인 관리를 잘했어야지."

"문 선생한테 무슨 문제가 있는 거 아냐? 그러니까 남자가 나

돌지. 학생한테 질투해서 수업 중에 소리 질렀다는 소문도 있던데, 정말인가?"

"그래서 유 선생도 같이 그만둔 거야?"

그날 우연히 목격한 풍경은 아직도 머릿속에 못처럼 박혀 사라지지 않았다. 아무도 없는 교실에 단둘이 남아 있던 두 사람.

내가 제일 좋다며 스승의 날에 카네이션까지 따로 선물했던 여학생, 입사할 때부터 제 곁을 든든하게 지켜 준 남자.

그 둘이 한데 엉겨 붙어 입을 맞추고 있었다. 징그러운 문어처럼.

"그만해! 꺼져!"

아무리 악을 써도 그 풍경은 지워지지 않았다. 오히려 시간이 지날수록 더 과장되어 눈앞을 어른거렸다. 죄송하다며 울던 학생은 꿈속에 나와 보란 듯 나를 비웃었다. 당신처럼 일에만 매달리고 바쁘게 사니까, 꾸미지 않고 사근사근하게 굴지 않으니 버림이나 받는 거라며 수군거렸다.

남자 쪽도 별반 다르지 않았다. 돌이켜 생각해 보면 그는 매사 불만이 잦은 편이었다. 왜 좀 더 꾸미지 않느냐고, 일만 하니 성격이 재미가 없다고. 취미 생활도 가지고 교양도 있어야 하지 않겠냐며 불평하기 바빴다.

한때는 누구보다 좋아했던 남자였다. 애인으로부터 그런 불평을 듣는데 기쁠 리가 없었다. 조금 더 생활이 여유로워지면 생각해 보겠다며 피하던 논쟁이었지만, 때로는 그의 취향에 맞춰 피곤한 몸을 이끌고 억지로 움직인 적도 있었다.

그 노력에 대한 대가가 결국 바람이라니. 우레처럼 들이닥친 현실을 믿고 싶지 않았다. 그래서 도망쳤다. 도망쳐도 악몽은 눈을 감기만 하면 따라와 머릿속을 잠식했다. 이번에도 마찬가지였다.

수렁 같은 악몽에 허우적대며 인상을 구겼다. 별안간 차가운 손이 이마를 짚었다. 얼음처럼 차가운 손이었다.

"저기요."

놀라서 번쩍 눈이 뜨였다. 남자는 눈이 마주치자 저가 더 놀라며 뒤로 물러났다. 이마를 짚었던 손도 저만치 멀어졌다. 크게 당황하여 어물거렸다.

"어, 왜요?"

식은땀으로 젖은 등이 찝찝하기 그지없었다. 악몽에 시달린 탓이었다. 비틀비틀 상체를 일으키는데 시현이 뜬금없이 죄송하다는 말과 함께 컵을 건넸다. 컵 안에 담긴 물이

푸르스름하게 찰랑거렸다.

"목마르실 것 같아서……. 드세요. 계속 끙끙 앓으시더라고요."

목이 말랐던 건 사실이었다. 사양하지 않고 그가 건넨 컵을 받아 꿀꺽꿀꺽 들이켰다. 언제 매실청까지 탔는지 달콤하고 향긋한 향기가 콧속 깊이 스며들었다. 맛도 새콤하니 훌륭했고 얼음까지 동동 띄워 놓아 시원하고 좋았다.

"맛있다."

"괜찮나요?"

"응, 고마워요."

다 마시고 나서야 민망함이 찾아왔다. 컵을 돌려주며 머쓱하게 웃었다.

"안 좋은 꿈을 꿔서요. 혹시 밤새 시끄러웠어요? 나 때문에 깬 건가?"

그러고 보니 얼마 전에도 자다가 엉엉 울면서 깬 적이 있었다. 그에게 흉한 꼴을 보였을까 싶어 소름이 돋았지만, 시현은 다행히 고개를 가로저으며 나를 위로했다.

"아니에요. 저도 원래 일어나던 시간이라 깬 거예요. 하나도 안 시끄러웠어요."

거짓말 같았다. 아마도 잠들고 얼마 지나지 않아서, 내가 연신 끙끙대고 앓는 통에 잠자리가 사나웠으리라. 겨우 몇 시간 만에 초췌해진 얼굴색을 보니 대충 짐작이 갔다.

그는 푹 잠들지도 못하고 전전긍긍한 마음으로 내 상태를 살핀 모양이었다. 아픈 건 아닌가 싶으면서도 괜한 오해를 살까 봐 멋대로 깨울 수도 없었을 것이다. 아까처럼 이마를 짚어 열이 있나 확인하는 게 전부였겠지.

고개 돌리자 화창해진 창문 너머가 보였다. 그의 말대로 아침이 밝아 오고 있었다. 그는 내가 깨끗하게 비운 컵을 돌려받고 뿌듯하게 미소 지었다. 긴장이 풀렸는지 어제와는 다른 환한 미소였다.

"이제 밥 드시러 가셔야죠? 할머니께서 기다리고 계실 거예요."

헤실헤실 웃던 것도 잠시, 시현은 급하게 몸을 일으켰다.

"같이 가요."

나도 그를 따라 몸을 일으킨 다음, 안내해 준 화장실로 들어가 시원한 물로 씻었다. 시현은 이미 다 씻었는지 내가 돌려준 컵을 설거지하고 마당에서 그물을 정돈했다. 내가 화장까지 대충 마치고 나왔을 때는, 이미 단정하게 짐을 챙기고 마루에 앉은 채였다.

우리는 집을 나서 비탈길을 내려갔다. 밤새 비가 온 탓에 길목에는 웅덩이가 많았다. 시현은 이리저리 웅덩이를 피해 가며 나를 안내했다. 덕분에 신발을 깨끗하게 유지한 채 할머니가 있는 회관까지 도착할 수 있었다.

마을회관은 생각보다 많은 사람으로 가득 차 있었다. 전부 노인뿐이었다. 문턱을 넘자마자 시현이 익숙하게 구석으로 달려가 챙겨 온 그물을 건조대에 걸었다. 남색 모자를 쓴 노인 한 분이 그에게 다가가 삯을 건넸다. 우두커니 서서 그 모습을 구경했다.

"지우야!"

약간의 시간이 지나자 할머니가 후다닥 달려왔다. 꾸벅고개를 숙이며 인사부터 했다. 근처의 할머니 몇 분도 내인사를 받아 주었다.

"안녕히 주무셨어요."

"왜 이리 늦게 오냐. 얼른 밥부터 묵어! 다 식겠네."

할머니는 내 팔부터 꽉 잡아끌더니 회관의 뒤편으로 향했다. 떡하니 놓인 평상 위에는 상이 하나 놓여 있었고 소박하지만 맛깔나는 반찬이 꽉꽉 채워져 있었다.

할머니가 시키는 대로 평상에 앉자마자 소담한 고봉밥한 그릇이 눈앞에 짠, 하고 나타났다. 그녀는 팍팍 먹으라며 숟가락까지 손에 쥐여 주었다.

"잘 먹겠습니다."

식탐이 많은 편이 아니었지만, 기대에 가득 찬 눈길을 외면할 수 없는 노릇이었다. 열심히 숟가락을 움직이며 밥을 먹었다. 귀하다는 전복을 썰어 넣고 간장으로 비빈 밥이 짭짤름하고 고소해 맛있었다. 할머니는 손수 생선을 발라 밥 위에까지 얹어 주며 내가 밥 먹는 모습을 흐뭇하게 구경하기 바빴다.

한참이 지나고서야 식사가 끝났다. 밥 한 그릇을 뚝딱 비우자 속이 더부룩할 지경이었다. 겨우 숨만 내쉬며 하늘을 바라보았다. 구름 한 점 없이 갠 하늘이 언제 비가 왔었냐는 듯 맑고 깔끔했다.

"오늘 날씨 좋네. 어제는 비가 엄청 쏟아지더니."

습습한 공기를 느끼며 중얼거린 순간, 할머니가 대뜸 일어나더니 손을 휘적대며 누군가를 불렀다.

"시현아!"

익숙한 이름에 내 얼굴도 함께 옆으로 돌아갔다. 간밤에 같은 방에서 잠을 청한 남자가 도끼를 들고 서 있었다. 시퍼런 도낏날 아래 쪼개진 통나무가 볼품없이 굴러다녔다.

"너도 장작 그만 패고 와서 밥이나 좀 먹어라!"

장작이라니. 어안이 벙벙해서 입을 벌리고 그 모습을 뚫어지라 바라보았다. 남자가 소매를 걷어붙이고 장작을 내리치는 모습은 전래 동화에서나 보던 광경이었다.

시현은 도끼를 내려놓고 꾸물꾸물 다가왔다. 조용히 밥 한 그릇을 받더니 부엌으로 발길을 돌렸다. 그을린 목덜미에 땀방울이 또르르 흘러내렸다. 하마터면 땀방울이 사라지는 목덜미 아래까지 살필 뻔했다. 허겁지겁 고개를 끌어 올렸다.

"저 어제 재랑 같은 방에서 잤어요."

멍하니 시현을 바라보다가 마음에 두서없는 말이 튀어나갔다. 할머니가 의아한 눈길을 보냈다.

"한방에서?"

아차 싶었다. 허둥지둥 변명을 이어 갔다.

"너무 늦은 데다가 비까지 쏟아져서 보내기 좀 그래서요."

"아냐, 잘했다. 역시 우리 손주 맘이 비단결이야."

혹시라도 따끔하게 야단맞을까 싶어 긴장했건만, 돌아온 건 심드렁한 반응이었다. 내 쪽이 오히려 의아할 정도였다. 엉덩이를 토닥이는 손길에 멋쩍게 웃다가 슬그머니 부엌 쪽을 살폈다.

시현은 아예 부엌에서 밥을 먹는지 바깥으로 나오지 않았다. 그가 오지 않는 걸 확인한 끝에야 내심 궁금했던 질문을 해 보기로 마음먹었다.

"할머니, 있잖아요. 뭣 좀 물어봐도 돼요?"

"뭐?"

"시현이, 정말로 집이 없어요? 왜 없는 거예요?"

할머니는 잠시 뜸을 들였다. 시현의 사정이야 향도 사람들에게 널리 알려져 이제 모르는 이가 없다지만, 외지인인 나에게까지 알려도 좋을 사정은 아니라는 것이었다. 그래도 내가 어디 가서 안줏거리로 악담을 풀 성격이 아니라는 걸 알아주셨는지 천천히 입을 열었다.

"말하자면 긴데, 이것 좀 먹으면서 들어라."

나는 할머니가 손에 쥐여 준 수박을 열심히 먹으며 귀를 기울였다.

들자 하니 몇 년 전 향도에 성병이 크게 돌았던 모양이었다. 바삐 사느라 남편과 부부 관계를 갖지 않았던 여자들만 살아남았고, 뭍에서 온 매춘부와 남자만 죄다 죽어 버렸다. 향도의 남자들이 얼마나 지조 없이 지냈는지를 드러내는 이야기이기도 했다.

"천벌 받은 거지."

할머니의 말에 나도 고개를 끄덕였다. 서울로 떠나 모친과 지내던 나로서는 모를 수밖에 없는 이야기였지만, 바람 피운 남자가 단죄를 받아야 한다는 것에 쉽게 공감할 수 있었다. 그리고 이야기를 듣고 나서야 섬에서 본 남자라고는 시현이 전부라는 사실도 깨달았다.

"지금은 파출소장과 이장, 시현이가 향도에서 유일한 남자야."

파출소장은 작년에 새로 부임했으며 이장 부부는 금실이 워낙 좋아 성병을 피해 무사할 수 있었다. 제대로 된 남자가 한 명뿐이라는 증거이기도 했으니, 할머니들은 당시 장례를 치르며 웃기 바빴다고 했다. 대부분 스스로의 처지를 비관하는 웃음이었다.

"그때 이름 모를 년 집에서 애 하나가 나와서 얼마나 놀랐는지, 원."

시현은 매춘부가 뭍에서 낳아 섬까지 데려온 아이였다. 내버려 두면 포주한테 끌려갈 처지인지라 딱한 마음에 섬사람들이 거둬 길렀다.

총대를 메고 거둬 준 한 할머니 덕분에 중학교까지 다닐 수 있었지만, 가장 가까운 섬에도 고등학교가 없어 더 진학하지 못했다. 몇 년 전에는 돌봐 주던 할머니까지 세상을 떠나는 바람에 이리저리 떠도는 신세가 되고 말았다고.

"그 집이 원래 죽은 임자 거였는데, 문서가 내 쪽으로 넘어왔거든. 그냥 지내게 해 주고는 있었지."

이야기를 마친 할머니가 다 먹은 수박 껍질을 쟁반에 담았다. 나도 묵묵히 정리를 도우며 생각에 잠겼다.

할머니의 말대로라면, 시현의 처지도 참 딱하기 이를 데 없었다. 굴러온 돌이 박힌 돌 차 버린다고 갑작스러운 내 방문에 하루아침 사이 집을 잃은 거였으니까. 애초부터 그의 집이 아니었다고 해도 말이다.

심지어 시현은 그 집을 상당히 마음에 들어 했다는 눈치였다. 매춘부 틈에서 온갖 심부름을 도맡아 하며 자라느라 시끌벅적한 걸 싫어하고, 험한 꼴을 많이 겪어 조용한 장소를 선호한다는 얘기도 들었다.

"어디서 지낼지는 이제부터 그 애가 신경 쓸 문제다. 저 아래 순이댁도 이번에 아들이 뭍으로 올라가서 마침 방이 하나 비었을 거야. 설마 애 하나 몸 뉠 곳이 없으려고."

할머니의 이야기를 한 귀로 흘려들으며 먼 산을 바라보았다. 과거사가 험한 만큼 지난 시간도 그리 순탄하지 않았을 텐데, 또 집을 구하려니 얼마나 고단할까. 사정을 다 듣고 나니 딱한 마음이 치솟았다. 동정심은 이윽고 돕고 싶은 마음으로 변했다.

그냥 같이 지내도 괜찮지 않을까?

딱 하룻밤이었으나 함께 시간을 보냈다는 것에 막연한 신뢰가 있었다. 시현은 마루에서 자도 좋으니 상관없다고 했었으며, 문을 잠가도 좋다고까지 말했다. 그 정도로 나를 안심시켰던 아이였다. 딱해서 같은 방에서 잤지만 아무 일도 없지 않았나. 망설이다가 조용히 내 희망을 밝혔다.

"저 그냥 시현이랑 같이 지내면 안 돼요?"

충동적인 제안이었는데도 마음은 평온했다. 어쩌면, 어

젯밤 귓불을 발갛게 물들이고서 새우처럼 웅크려 잠을 청하는 시현의 모습을 봤을 때부터 내심 이렇게 되리라는 걸 예상했던 것 같기도 했다.

"밤 되면 혼자 있기 좀 무섭기도 하고, 애가 착해서 걱정할 만한 일은 없을 것 같아서요. 뭣하면 마루에서 재울게요. 자기도 어제 그러겠다고 하더라고요."

눈을 끔뻑이는 할머니의 얼굴을 직시하며 또박또박 이유를 설명했다. 할머니는 무심하게도 툭 대답을 던졌다.

"애가 딱해서 그러지?"

날카로운 지적에 가슴이 뜨끔했다. 내가 원래부터 이렇게 인심이 좋았던 건 아니었다. 여태 타인의 일에는 무심하다 싶을 정도로 관심을 두지 않고 살아왔다.

그러다 뒤통수를 한 번 크게 맞고 나니까, 내가 잘못 살아왔나 싶어서 삶의 관점을 바꾸려 하던 참이었다. 시현은 마침 그런 생각을 할 때 운 좋게 나타난 대상일 뿐이었고.

"하긴…… 천장 보수도 좀 걸릴 테고, 시현이 그 애가 나쁜 짓 할 성격도 아니지. 집도 잘 돌보거든."

다행히 할머니에게 돌아온 반응이 긍정적이었다. 열심히 맞장구를 치며 시현의 처지를 두둔했다.

"같이 지내면 저도 심심하지 않고 좋을 것 같아요."

손주를 철석같이 믿는 탓인지, 아니면 그간 시현의 행보가 올바르고 성실한 덕분인지 할머니는 마침내 고개를 끄덕였다. 허락을 듣고 나니 빙그레 미소가 떠올랐다.

"그보다, 지우야."

할머니가 손을 뻗어 내 입술 주변을 닦아 주었다. 주름 가득한 손등에 붙은 수박 씨앗이 동글동글 까맣게 윤을 냈다.

"너 정말 놀러 온 거 맞냐?"

아까 뜨끔했다면 이번에는 가슴이 철렁 내려앉는 질문이었다.

"진짜 쉬고 싶어서 온 거라니까요. 아무 일도 없어요."

애써 아무렇지 않은 척 웃었다. 속내를 숨기고 싶을 때는 무조건 웃는 게 최고였다.

"네가 워낙 쉬려고 하던 애가 아니니까 그렇지. 공부하느라, 취직 준비하느라 한 번을 못 오던 애가 갑자기 놀러 왔다고 하니 뭔 일 있었나 해서⋯⋯."

"정말 잠깐 쉬려고 온 거예요. 걱정 안 하셔도 돼요. 학교 다닐 때도 쉰 적이 없으니까 좀 쉬고 싶더라고요."

연거푸 변명을 듣고 나서야 할머니의 굳은 얼굴이 조금 풀어졌다.

"그래, 너도 좀 쉬긴 해야지. 너무 앞만 보고 달렸어. 네 엄마처럼."

억지로 입꼬리를 올렸다. 할머니가 쟁반을 들고 부엌에 들어갈 때까지 미소를 지우지 않았다. 그러다 완전히 시야에서 할머니가 사라지고 난 다음에야 입술을 우그러트렸다. 힘주어 웃느라 볼에 경련이 일었다.

할머니를 속였다는 생각에 자그마한 죄책감이 뒤따랐다. 그렇다고 솔직하게 말할 수도 없는 노릇이었고, 쉬고 싶은 건 사실이었으므로 완전한 거짓말이라고는 할 수 없었다.

열심히 자기 합리화를 하며 평상에 내려앉은 파리를 내쫓았다. 달콤한 수박 향기라도 맡았는지 벌이며 나비며 온갖 벌레가 주변에 붕붕 날아다녔다.

겨우 밥만 먹었는데 이상한 피로감이 밀려왔다. 드러누워 자고 싶다는 생각을 하면서 하늘을 올려다보았다. 막막한 마음과 달리 하늘을 푸르고 맑기만 했다.

2. 떠돌이 개

향도의 사람들은 대다수가 어업에 종사했다. 해녀로 이루어진 마을답게 바닷말과 조개류를 따거나 양식으로 먹고 사는 사람들이었다.

　외할머니도 별반 다르지 않았다. 그녀는 평일에 해녀복을 입고서 바다에 뛰어들었고, 주말에는 동네 사람들과 삼삼오오 모여 앉아 마늘을 깠다. 밥 먹을 시간마저 아껴서 번 돈을 차곡차곡 모아 두는 게 향도 사람들의 가장 큰 즐거움이었다.

　"넌 집에서 쉬기나 해라."

외할머니가 놓은 으름장에 군말 없이 파란 지붕 집으로 돌아갔다. 어젯밤 시현과 잠들었던 그 집이었다.

집으로 돌아오니 횡한 마당이 눈에 띄었다. 다른 집들은 담장 너머 파릇파릇한 나무와 색색의 꽃이 가득했건만 이 집은 도통 조경이라고 부를 만한 게 없었다. 그나마 구석에 피어난 들꽃 몇 가지와 말라비틀어진 나무가 전부였다.

수돗가 근처를 돌아다니며 들꽃 이름을 외웠다. 쑥부쟁이, 엉겅퀴, 달맞이꽃. 어릴 적에나 보던 달맞이꽃이 아직도 있어서 좀 신기했다. 달맞이꽃 뒤에 못 보던 노란색 꽃이 있어 뚝, 꽃줄기를 끊어 보았다. 잘린 자리에 풀물이 노랗게 고였다. 애기똥풀이었다.

마침 할 일 없던 참이라 부엌에서 호미를 찾아 꺼냈다. 호미를 손에 쥐고 어색하게 잡초를 뽑고 땅을 파며 유유자적 시간을 보냈다. 아무 생각 없이 힘만 쓰면 되는 일이라 어렵지 않았다. 규칙도 없으니 복잡하게 생각할 필요가 없어 즐거웠다.

할머니한테 묘목이나 좀 얻어서 심어 볼까. 시현에게도 어떠냐며 물어보고 싶었다. 횡한 것보다야 알록달록한 꽃이나 나무가 있으면 보기도 좋을 테니까.

시현은 지금쯤 사람들한테 불려 다니느라 정신이 없을

테니, 그전에 땅이라도 좀 고르게 정리하면 좋겠다.

몇 번이나 땅을 평평하게 다지며 잡초를 뽑았다. 해가 질 때가 되어서야 지쳐서 호미를 내던졌다. 화장실에서 몸을 씻고 나오니 졸음까지 쏟아졌다. 대충 머리카락을 말린 다음 마루에 앉아 문에 기대 꾸벅꾸벅 졸기 시작하자 다홍색 노을이 피부에 물감처럼 번져 갔다.

그렇게 깜빡 잠이 들었는데, 얼마 지나지 않아 달그락 소리가 울려 퍼졌다. 움찔하며 눈을 떴다. 졸음이 달아날 만큼 구수한 냄새가 코를 간질였다. 금방 입에 군침이 돌았다. 배에서 꼬르륵 소리가 나던 참이었다.

주먹으로 눈을 비비며 고개를 돌리자마자 익숙한 얼굴이 보였다. 시현이었다.

"어, 언제 왔어요?"

정신없이 외치며 등을 세웠다. 아무렇게나 말리느라 잔뜩 헝클어진 머리칼이 시야를 가렸다.

"아까 왔어요."

대충 머리카락을 정리하는데, 시현이 다소곳하게 무릎을 꿇고 앉아 가만히 내 얼굴을 바라보았다. 샤워하고 나왔는지 목덜미에 걸친 수건이 눈에 띄었다. 수건 아래쪽에 굵은 자수로 향도 주민 센터라는 글자가 흐리게 박혀 있었다.

"깊이 잠드신 것 같아서 안 깨웠어요."

"이제 잠 다 깼어요. 깜빡 잠들었네."

시현이 씻는 동안에도 쿨쿨 자고 있었다는 게 조금 창피했다. 내가 곤히 잠들었나 싶어서 일부러 깨우지 않았을 그의 마음도 고마웠다. 일까지 다녀와서 피곤할 법도 할 텐데 그의 눈빛에는 반짝거리는 생기만 가득했다. 역시 젊어서 그런 걸까.

"섬이 조용해서 잠깐만 졸아도 금방 잠에 빠지는 것 같아요. 일은 안 힘들었어요?"

"늘 돕는 일인데요, 뭐."

벽에 등을 기대고 앉아 눈을 비비는데, 별안간 그가 부엌으로 가더니 앉은뱅이 탁자를 가져왔다. 입을 떡 벌리고 마루에 올라온 탁자를 내려다보았다. 저녁거리가 소복하게 차려진 탁자에서 고소한 냄새가 풍겼다.

"슬슬 배고프시죠? 저녁 드세요."

시현은 내 앞에 숟가락과 젓가락을 나란히 내려놓으며 밥그릇을 밀어 주었다. 따끈한 쌀밥이 모락모락 김을 뿜었다.

군침을 삼키고 반찬을 살폈다. 구수한 된장국과 노릇노릇하게 구워진 생선, 새콤한 냄새 가득한 해초무침, 달걀부침과 장조림까지. 정성스레 만든 저녁상이었다.

"다 그쪽이 차린 거예요?"

어안이 벙벙했다. 돌아오면 같이 준비하려고 했는데, 이렇게 뚝딱 차려와 눈앞에 대령하리라고는 상상도 못 한 탓이었다. 연신 감탄하자 남자가 쑥스럽다는 얼굴로 볼을 긁적였다.

"빨리 차리느라 반찬이 별로 없어요. 죄송합니다."

맛있는 걸 한가득 차려 놓고 죄송하다니. 화들짝 놀라 손사래를 쳤다. 그럴수록 시현의 얼굴은 더 새빨갛게 물들었다.

그러고 보니, 밥은 자주 차렸지만 특별하게 칭찬받은 적이 없다고 했나. 할머니한테 들었던 이야기를 떠올리며 다시금 칭찬했다. 그는 내가 착해서 실없는 칭찬을 한다고 짐작했는지 기뻐하기는커녕 고개를 푹 떨구었다.

"죄송하긴 뭐가 죄송해요? 맛있겠다. 안 일어났으면 다 식을 뻔했네, 얼른 먹어요."

"잘 먹겠습니다."

담백한 인사를 주고받고서 함께 숟가락을 들었다. 국부터 반찬까지 시현이 한 모든 게 무척이나 맛있었다. 그가 집안일을 잘한다고 들었으나 요리 솜씨가 이 정도일 줄은 몰랐으므로, 꽤 감탄스러웠다. 덕분에 숟가락질도 멈추지 못하고 평소보다 과식하고 말았다.

"이것도 먹어 보세요."

"다 맛있어서 정신이 없네요. 누가 차려 준 밥 먹는 것도 오랜만이고."

"장조림이 좀 뻑뻑하니까 국물도 같이 드세요."

"하나도 안 뻑뻑해요. 진짜 부드럽고 맛있어요."

보란 듯 반찬 그릇을 싹싹 비워 냈다. 시현은 빈 그릇을 살피며 흡족한 표정을 숨기지 못했다. 반찬 하나하나를 먹을 때마다 일일이 맛있다고 칭찬해 주는 내 반응이 신선하고 좋은 눈치였다.

우리 외할머니만 해도 말 한마디 없이 묵묵하게 식사를 마치는 일이 보통이었으니, 향도 사람들이 식사 때마다 어땠는지 안 봐도 뻔했다. 분명 맛있다는 칭찬 하나 없었겠지. 솜씨를 보니 제법 자주 밥상을 차리는 모양이었는데도, 그는 연신 맛이 어떤지 물어보았다.

식사가 끝나자 시현은 과도를 가져와 사과까지 깎아 주었다. 빈 밥상을 치우는 그의 눈빛에서 일순간 희열 비스름한 감정이 스쳤다.

"그만, 이제 진짜 배불러요."

"지금 깎는 것까지만 드세요. 달고 시원해요."

결국, 예쁘게 깎아 준 사과까지 해치우고서 부른 배를 손끝으로 통통 두드렸다. 설거지라도 하겠다며 나섰지만, 그는 손을 내저으며 저지했다. 듣자 하니 집에서 같이 살도록 해 주겠다는 이야기를 외할머니한테 듣고 온 모양이었다.

"여기서 지내도 된다고 해 주셔서 감사합니다. 앞으로 집 안일은 제가 할 테니까 편하게 쉬다 가세요."

잠시 휴가차 왔다는 이야기도 전부 전해 들었는지, 특별히 덧붙일 설명이 없었다. 멋쩍게 웃으며 사과를 아삭아삭 베어 물었다. 나란히 마루에 앉아 밤하늘의 별을 보고 있으니 평화롭고 여유로웠다.

서울에서 지금처럼 하늘을 올려다보고 별을 구경할 여유가 있었나. 대학교를 막 졸업했을 때, 광화문 근처를 지나다가 우연히 올려다보았던 하늘이 생각났다. 아마도 그게 처음이자 마지막 별구경이었을 거다. 가방에는 졸업장을, 또 다른 손에는 캔 맥주를 들고서.

별의 개수를 세다가 슬그머니 옆에 앉아 있는 남자를 곁눈질했다. 당분간 같이 살 상대이니만큼 거리가 가까워져도 나쁠 건 없으니, 말을 좀 편하게 하고 싶었다. 나지막이 헛기침을 내뱉자 시현이 잽싸게 눈을 맞췄다.

"우리, 말 좀 편하게 할까요?"

기다렸다는 듯 입을 떼자 당황스러운 제안처럼 느껴졌는지 시현의 눈동자가 크게 흔들렸다. 황급히 변명 같은 말을 덧붙였다.

"이제 같이 지낼 사이인데 더 친해져도 좋을 것 같아서요. 불편하면 어쩔 수 없지만."

"아, 아녜요! 전 좋아요. 편하게 부르세요."

반응은 예상보다 긍정적이었다. 싫은 게 아니라 단순히 당황했을 뿐이었는지, 남자는 금방 발그레 볼을 물들이며 다급하게 고개를 주억거렸다. 그제야 안도의 한숨을 내쉴 수 있었다. 생글생글 미소 지으며 고개를 기울였다. 나보다 어린 사람을 대하는 거야 직업상 익숙했다.

"그럼 편하게 이름으로 부를게."

시현은 냉큼 고개를 끄덕였다. 그 역시 잠잘 공간을 허락해 준 은인에게 호감을 숨길 생각이 없는 모양이었다. 좀 더 거리가 가까워졌으면 하는 바람이었으나 그가 어색해하면 한 발자국 물러날 생각이었는데, 그럴 필요가 없어 좋았다.

"저는 어떻게 부르면 될까요? 음……. 지우 씨?"

잠시 눈치를 살피던 시현이 그럴싸한 호칭을 고르기 시작했다. 어색하기 짝이 없는 말투에 입꼬리가 슬쩍 올라갔다. 여태까지 본 저 나이의 학생들은 불량한 말투를 쓰는 게 대부분이었다. 이렇게 예의 바른 아이를 대한 적이 극히 드물어서 어떻게든 부드럽게 말해 주고 싶었다.

"이름은 더 어색하니까 선생님이라고 불러. 학원에서 일할 때 네 나이 애들은 다 그렇게 불렀거든."

선생님이라는 말에 시현이 놀라 두 눈을 동그랗게 떴다. 지금쯤 내가 교재를 들고 칠판 앞에 선 상상을 하고 있으려나. 그의 반응이 묘하게 궁금해서 대답을 기다렸다.

"선생님이셨어요?"

"재수 학원에서 수학 가르쳤어."

일단 벽을 허물고 나니 대화가 술술 이어졌다. 진작 이럴 걸 그랬다고 생각하며 서늘한 문에 바짝 등을 기댔다. 밤하늘의 별을 보자니 자연스레 술이 당겼다. 마지막으로 여유롭게 술을 마신 게 언제였는지도 까마득했다. 그동안 약 먹을 일이 잦아서 술은 입에 대지도 못했다.

"혹시 술은 없어?"

"맥주는 좀 있어요. 저번에 이장님께서 주고 가셨거든요. 드시고 싶으세요?"

"그냥 보긴 아까워서. 맥주라도 곁들어야지."

손을 들어 별이 예쁘게 박힌 하늘을 가리켰다. 잽싸게 부엌으로 간 시현이 쟁반에 맥주 캔과 간단한 안줏거리를 가져왔다. 땅콩과 오징어 다리였다. 맥주 캔 표면에 이슬이 송골송골 맺혀 있었다.

"별 되게 예쁘다."

작은 중얼거림을 놓치지 않은 시현이 나를 따라 하늘을 바라보았다. 빼곡하게 박힌 별이 참 예뻤는데도 그는 감흥이 없어 보였다. 어쩌면 일상에서 흔히 보는 광경이라 특별한 아름다움을 느끼지 못했는지도 몰랐다.

"도시에서는 별이 안 보이나요?"

"이렇게까지 뚜렷하게는 안 보이지. 요즘 공기가 너무 안 좋잖아."

담담하게 대답한 다음 시현을 돌아보았다. 멀찍이 떨어져 쟁반을 들고 선 남자의 머리칼이 바람에 산들산들 흔들렸다.

"너도 같이 마실래? 술 못 하나?"

"아뇨, 마실 수 있어요."

"이리 와."

같이 마시자. 나지막이 권유하며 옆자리를 툭툭 건드렸다. 시현은 말 잘 듣는 강아지처럼 쪼르르 달려와 앉았다. 거절 한 번 없이 따르는 그를 보니, 미묘한 생각에 잠겨 마음이 복잡해졌다.

이전에 남자 친구의 요구로 힘겹게 술자리에 어울렸던 시절이 떠올랐다. 얼굴도 모르는 그의 친구를 만나자마자 빈 잔에 소주를 콸콸 따라 주고, 또 상대가 따라 주는 잔을 한 번에 비워야 했던 시절.

당시에는 불평도 쉬이 말하지 못하고 속으로 삼키기 바빴다. 그때 나도 저런 표정을 짓고 있었을까? 맥주 캔을 따서 벌컥벌컥 들이켰다. 시원한 맥주에 갈증이 사그라졌다.

　시현은 뭔가 더 궁금한 게 있는지 내 옆모습을 연신 흘깃거렸지만, 내 분위기가 심상치 않다는 걸 알아차렸는지 얌전히 맥주 캔을 땄다. 주저하던 그가 쭈뼛쭈뼛 한마디를 던졌다.

　"오랜만에 마셔요."

　"맥주?"

　남자는 조용히 고개를 끄덕였다. 물방울이 맺힌 캔 입구를 살며시 무는 입술이 도톰하니 붉었다. 하도 잘생긴 입술이다 보니 알게 모르게 선정적인 분위기마저 느껴졌다. 이런 생각을 하는 내가 이상한 것 같아 고개를 돌렸다. 시현은 작게 농담을 흘렸다.

　"술맛 좋네요. 둘이 마셔서 그런가 봐요."

　기특한 소리를 다 하네. 웃음을 삼키고 맥주를 삼켰다. 술맛이 퍽 괜찮았다. 그의 말대로 혼자가 아니라 둘이라서 그랬는지도 모를 일이었다. 거지 같았던 전 애인을 제외하고는, 누군가와 단둘이 술을 마신 적이 드물었다.

　"평소에는 누구랑 마시는데?"

　생각 없이 꺼낸 질문이었는데, 시현은 진지한 얼굴로 오래도록 대답이 없었다. 뒤늦게 실수라도 했나 싶어 쳐다보았다. 섬에 또래의 친구가 없다면, 확실히 같이 마실 만한 상대가 마땅히 없을 터였다.

"아주 가끔 할머니들께서 막걸리를 주실 때가 있어서요. 생각해 보니 지금처럼 단둘이 마신 적은 없네요."

다행히 시현은 부드러운 어조로 소곤거렸다. 진지한 표정이었던 건 기억을 되짚기 위해서였나 보다. 나와 비슷하다는 생각에 자연스레 미소가 지어졌다. 고작 이런 일로 동질감을 느끼다니 기분이 참 묘했다.

"나도 그래. 지금처럼 누구랑 둘이서만 술 마신 적이 별로 없었어."

대충 대화를 마무리 지을까 고민하다가 한마디를 더 덧붙였다.

"그래서 더 좋은가 봐."

슬그머니 덧붙인 농담에 남자의 귓불이 붉게 달아올랐다. 맥주를 마셔서 그랬는지, 쑥스러워서 그랬는지는 알 수 없었다. 다만 농담을 덧붙이길 잘했다고 생각했다. 캔을 내려놓는 시현의 입술이 둥근 호선을 그리는 걸 발견한 까닭이었다. 미소를 지으니 선한 인상이 더 도드라지는 얼굴이었다.

식사의 뒷정리가 끝나고, 시현은 걸레로 방바닥까지 깨끗하게 닦았다.

내가 하겠다며 걸레를 뺏으러 들었지만, 시현이 생각보다 완고하여 도통 청소를 도울 수 없었다. 묵게 해 주는 것도 감사하건만 집안일까지 맡길 수 없다는 게 시현의 대답이었다. 그답게 딱딱하고 격식 차리는 어조였다.

"저 어차피 청소 잘하고 익숙해요. 금방 끝낼 테니까 편히 쉬세요."

거듭 말리는 행동에 끝내 백기를 들었다. 구석으로 가 이불을 펴고 부지런히 움직이는 그의 모습을 구경했다. 말렸던 게 머쓱할 만큼, 시현은 청소를 무척 잘했다. 내가 했다면 더 오래 걸렸을 거라는 생각이 들 정도였다.

미련 없이 깔끔하게 도와주는 걸 포기했다. 괜히 돕고 싶다며 나섰다가 일을 늘릴 수는 없었다. 이불 위로 베개를 내려놓는데 순간 잊었던 사실을 떠올렸다. 베개는 두 개였으나 이불이 여전히 하나뿐이었다. 눈을 크게 뜨고서 손뼉을 치자 시현이 의아한 얼굴로 돌아보았다.

"이불이 한 개뿐인데 어쩌지? 이럴 줄 알았으면 하나 더 달라고 할 걸 그랬네."

머리를 긁적이며 중얼댄 말에 시현이 당황하여 걸레를 떨어트렸다. 그날은 비가 억수같이 와 어쩔 수 없이 한방에서 잤다지만, 오늘까지 민폐를 끼칠 수 없다는 표정이었다. 그는 서둘러 문 쪽을 가리켰다.

"저 그냥 마루에서 잘게요. 오늘은 비도 안 오고, 이불도 하나뿐이고…… 또……."

횡설수설하는 남자의 얼굴이 붉게 익었다. 그의 말을 한쪽 귀로 흘리며 별생각 없이 베개를 한 자리에 나란히 놓았다. 다행히 매트리스는 두 사람이 충분히 누울 수 있을 만큼 넓어서 이불이 작아도 자기에 큰 무리가 없어 보였다.

"됐어. 그냥 같이 자자."

여름이니만큼 바깥에 벌레가 많았다. 이런 때 밖에서 재운다면 모기의 습격 역시 피할 도리가 없을 터였다. 시현의 얼굴이 퉁퉁 붓는 상상을 하고 나니 더더욱 바깥에서 재울 수 없었다.

툭 던진 제안에 그가 기겁하며 입을 벌렸다.

"가, 같이요?"

"왜? 나한테 뭐 할 생각이었니?"

"그럴 리가요. 저 아무 생각도 안 했어요, 진짜예요."

"나도 농담한 거야. 그러니까 같이 자자고."

맥주를 마시며 별까지 구경한 터라 이미 꽤 깊은 밤이었다. 분주하게 잘 준비를 마치자 피로함과 상쾌함이 조금씩 밀려왔다. 언제까지고 실랑이를 벌이다간 취침 시간이 늦어질 테니 적당한 타협이 필요한 순간이었다.

편안한 차림으로 무작정 매트리스에 드러누웠다. 낡았어

도 꽤 푹신한 감각에 금방 졸음이 쏟아졌다. 반바지 아래로 쭉 뻗은 다리가 서늘한 공기를 맞이했다. 어차피 여름이라 그렇게 추운 계절도 아니었으니, 이불 바깥에 피부가 드러난다고 감기에 걸리거나 하지는 않을 것이다.

시현은 티셔츠에 긴 바지 차림이었다. 고집을 꺾고 조심스레 곁으로 다가온 그의 얼굴이 불그스름했다. 그가 널 자리를 만들어 준 다음, 손을 길게 뻗어 흐트러진 가방을 정리했다. 안에서 립밤을 꺼내는데 작고 네모난 물건이 실수로 함께 딸려 나왔다. 휴대폰이었다.

잠시 멈칫했다. 다행히 시현은 이쪽을 보고 있지 않았다. 아무렇지 않은 척 휴대폰을 켜 보았다. 예상했던 대로 전원이 켜지자마자 시끄러운 소리가 귀를 때렸다. 깜짝 놀란 시현이 고장이라도 난 듯 진동하는 휴대폰을 빤히 바라보았다.

까맣게 점멸하며 깜빡이는 화면에 글자 가득한 문자가 획획 지나갔다. 그의 눈길이 자연스럽게 마지막으로 도착한 문장에 향했다. 나 역시 같은 곳을 바라보았다.

〈유 선생이 어제 사무실까지 찾아왔어. 둘이서 풀면 될 문제를 왜 직장으로 끌어들여? 문 선생이 언제부터 그렇게 융통성이 없었지?〉

화면에 듣기 좋은 말이 하나도 없었다. 전부 나를 탓하거나, 혹은 비난하는 글이었다. 문자를 더 넘기자 아예 욕설까지 튀어 나왔다.

"어……."

욕설을 발견하고서 흠칫한 시현이 시선을 올렸다. 자신이 욕을 먹은 것도 아닌데 쩡쩡 얼어붙은 얼굴이었다. 뭘 저렇게 놀랜담. 농담이라도 던지며 웃고 싶었는데 그러기 쉽지 않았다. 억지로 올리려던 입꼬리마저 일자로 굳어졌다. 기분이 상할 수밖에 없는 문자였다.

시현이 어설프게 위로라도 건네야 하나 망설이는 듯해서, 그의 걱정을 지우고자 담담한 척 휴대폰 전원을 꺼 버렸다. 그제야 쉼 없이 이어지던 진동도 멈췄다. 망설임 없이 휴대폰을 가방 깊숙이 밀어 넣었다.

"미안, 시끄러웠지? 얼른 자자."

상체만 일으켜 천장 가운데 늘어진 줄을 잡아당겼다. 백열등이 몇 번 깜빡이며 꺼졌고, 네모난 방은 금세 어둠 속으로 잠겨 들었다. 이불을 덮으며 벽 쪽으로 몸을 돌렸다.

눈을 감아 버리고 색색 숨소리만 고요하게 내뱉었다. 가만히 내 상태를 살피는 듯 바스락대던 시현도 우물쭈물 옆에 나란히 드러눕는 게 느껴졌다. 넉넉하던 매트리스는 두 사람이 눕자 비좁아졌다. 어쩔 수 없이 등을 맞대자 잔뜩 긴장한 남자의 몸이 느껴졌다.

"선생님, 주무세요?"

잠들었는지 궁금했던 걸까. 건조한 입술을 달싹이며 눈을 떴다.

"아직, 왜?"

목소리에는 숨기지 못한 졸음이 묻어났다. 그는 지체하지 않고 공손하게 속삭였다.

"여기서 지내게 해 주셔서 정말 감사해요. 나중에라도 꼭 보답하고 싶어요."

뜻 모를 질문이었다. 잠결에 인상을 찌푸리고 허공에 손을 휘적거렸다. 내일 다시 말하자는 뜻이다.

"응, 나도……."

알쏭달쏭한 대답이었는데도 대답이 돌아오지 않았다. 대충 알아들었으려나? 안심하고 눈을 감았다. 등의 온기를 느끼며 잠에 빠져들었다. 밤이 깊어 갔다.

그 사람은 한 번도 나한테 칭찬을 건넨 적이 없었다.

늘 아쉬워하고 부족하다며 불평하는 게 일상이었다. 외모, 돈, 대인 관계. 그가 지칭하는 보통의 선이 내게는 너무나도 높았다. 이따금 따라가기 벅차다고 느껴질 정도였다.

남자는 외향적인 성격이었다. 집에서 책을 읽거나 드라마를 보며 시간 보내길 좋아하는 나와 달리, 주말이 되면 골프를 치러 가거나 가벼운 운동을 즐겼다. 밤이 되면 떠들썩한 거리를 돌아다니며 술자리에 찾아가기도 했다. 그럴 때마다 나도 불러서 곁에 앉혔지만, 주변과 대화하는데 집중할 뿐 내 기분을 신경 쓴 적은 없었다.

그 무관심이 때때로 나를 상처 입혔다. 제일 비참한 건, 내가 상처 받았다는 사실을 알고도 남자가 아랑곳하지 않는다는 걸 깨달았을 때였다.

"너도 가끔은 약속도 잡고, 친구 만나서 쇼핑도 좀 해. 어느 여자가 방구석에서 이러고 살아. 음침하게."

처음 맞이한 기념일마저 남자의 불평을 듣느라 반나절이 훅 지나갔다. 우악스럽게 맞이했던 첫 키스도 달갑지 않았다. 그저 거칠게 혀만 섞으면 키스가 좋을 줄 알았던 남자였다. 그 덕에 키스할 때마다 두 눈을 질끈 감고서 따끔한 통증을 견디는 습관까지 생겼다.

그렇게 불평 많고 까다로웠던 남자가 나를 내버리고 직장을 옮기면서까지 선택한 사람. 그 사람이 고작 내 학생이었다니. 처음에는 믿을 수 없었다.

"그러니까 바람이 나지. 다 네 잘못이야. 네가 매력 없는 여자
라서 그런 거야."

기계음처럼 거슬리는 목소리가 깔깔대며 울려 퍼졌다.
남자와 여자가 꼭 껴안고서 나를 비웃는 악몽이었다. 끙끙
대며 팔을 허우적댔다. 앓는 소리가 내 귀에까지 들릴 정도
로 컸다.

이불을 목 끝까지 덮고 잔 탓인지 답답한 느낌이 사라지
지 않았다. 한참을 뒤척대는데 문득 서늘한 감촉이 뺨에 닿
았다. 누군가 땀방울로 피부에 달라붙은 머리칼을 하나하나
떼어 주고 있었다.

누굴까. 호기심이 잠기운을 몰아냈다. 무거운 눈꺼풀을
들어 올리자 흐릿한 새벽빛 너머 밤색 눈동자가 보였다. 눈
이 마주친 순간 흔들린 눈빛의 잔상이 그림자와도 같았다.
밤색 눈동자의 주인은 시현이었다.

그는 머리맡에 다소곳이 무릎 꿇고 앉은 자세로 내 얼굴
을 내려다보고 있었다. 곧고 단정한 손끝이 이마에서 머리
칼을 떼어 주던 걸 멈추고 허공을 배회했다. 나도 모르게
그 손을 붙잡았다. 땀이 밴 손바닥이 미끈거렸다. 잽싸게
붙잡힌 손 때문에 놀랐는지 시현이 움찔하며 굳어졌다.

"안 자고…… 뭐 해? 계속 그러고 있던 건 아니지?"

잠결에 가라앉은 목소리가 잔뜩 쉬어 있었다. 내가 손을 풀어 주자마자 시현이 느릿하게 움직였다. 다가온 손끝이 다시금 땀에 젖은 앞머리를 넘겨 주었다.

"설마, 내가 또 잠꼬대했니?"

일전에 엄마가 말해 줘서 알았다. 악몽을 꿀 때마다 내 입에서 아픈 고양이처럼 앓는 소리가 튀어 나간다는 걸. 누구라도 그 소리를 들으면 잠에서 깰 수밖에 없을 터였다.

시현은 걱정 가득한 눈길로 내 낯빛을 살피며 고개를 기울였다. 가까워진 거리에 나지막한 숨소리까지 다 들렸다. 옅게 퍼진 숨결 너머로 그의 향기가 풍겼다. 도시에서는 절대 맡을 수 없는 섬의 향기가 불그스름한 입술 언저리에 번져 있었다.

"계속 앓는 소리를 내셔서…… 어디 아프신가 해서요. 또 안 좋은 꿈 꾸셨어요?"

정확한 지적이었다. 부정할 이유가 없어 냉큼 고개를 끄덕였다. 땀에 젖은 이마를 닦다가 시선을 옮겼다. 그 역시 잠을 설친 탓인지 낯빛이 썩 좋지 못했다.

"시끄러웠구나. 미안해, 꿈자리가 사나워서. 낯선 장소에서 자면 가끔 이래. 고질병이야."

주절주절 사과와 설명을 건넸는데도 시현은 고개를 돌리

지 않았다. 사과할 필요가 없다는 눈빛이었다. 그에 안심하며 다시 이불을 들치고 옆자리를 두들겼다.

"조용히 할게. 너도 얼른 다시 자. 내일도 일찍 일어나야 하는데."

낮에 그랬듯 얌전하게 누울 줄 알았다. 하지만 그는 내 말에 따르지 않았다. 어둠 속에서 형형히 빛나는 눈동자로 빤히 쳐다볼 뿐이었다. 말간 눈동자에 알 수 없는 감정이 아지랑이처럼 흔들렸다.

호기심과 경계, 뜻 모를 감정이 조금씩 섞인 눈빛을 마주하니 잠기운이 몽땅 달아났다. 뒤늦게 정신을 차리고 꿈쩍도 하지 않는 그를 재촉했다.

"다시 자라니까. 왜 안 누워?"

"감사의 뜻으로 뭐라도 해 드리고 싶어서요."

"……감사의 뜻?"

시현의 말은 너무 함축적이라 해석하기 어려웠다. 부담스러우리만큼 빤히 쳐다보는 시선을 피해 천장을 올려다보며 인상을 찡그렸다.

감사의 뜻이라니. 그러고 보니, 자기 직전에도 그런 말을 들었던 것 같기도 했다. 감사의 뜻을 보이고 싶다는 게 시현의 소망이라 할지라도 지금은 시기적절한 때가 아니었다.

"갑자기 이 밤중에 무슨 감사……."

궁금한 점을 입에 담으려던 찰나였다. 외할머니에게 들었던 말이 한 박자 늦게 머리를 때렸다. 시현의 복잡한 가정사와 겪을 수밖에 없던 일들. 매춘부 아래서 온갖 것을 보고 자라난 아이였다. 순진무구한 얼굴을 하고 있어도, 그 속까지 순진하다는 보장이 없었다.

그제야 감사의 진짜 뜻을 알았다. 이 늦은 밤 신체 건강한 여자의 머리맡에 앉아서 충성스럽게 감사의 뜻을 고집하는 태도의 이유도. 그에게는 그게 보은의 일부인 것이리라.

"나 그런 거 필요 없어."

똑바로 바라보며 내뱉은 거절에 시현의 눈빛이 흔들렸다. 그러나 잠시뿐이었고 이내 흔들림이 사라졌다. 이상한 부분에서 부끄러워하던 남자는, 오히려 부끄러워할 순간에 담담해졌다.

"제가 불안해서 그래요. 보답하게 해 주세요."

뭐가 불안하다는 걸까. 설마 내일 아침이 되면, 내가 그를 내쫓기라도 할까 봐 이러는 걸까? 생각이 바뀌었다고, 다 큰 남자랑 같은 방에서 지내는 건 역시 무리라고 하면서.

"지금까지 다른 집에 신세 질 때도 이런 식으로 굴었니?"

무심하게 물어보자 남자의 이마에 처음으로 주름이 잡혔다. 나도 말투가 조금 날카롭게 튀어 나갔음을 느꼈다. 아직 채 날아가지 못한 잠기운에 벌인 실수였다.

"한 번도 없어요."

사과할 틈도 없이 시현이 재빠르게 대답을 들려주었다. 대답을 듣고 나니 더욱 당황스러웠다. 무릎 위에 얌전히 올려 둔 남자의 손이 꼼지락거렸다. 다리도 안 저리나. 오래도록 앉아 있었을 텐데 편안한 얼굴이었다.

"할머님들께서는 항상 원하는 걸 바로 말씀해 주셨거든요. 그물을 손봐 달라고 하거나, 아니면 바느질이라도 부탁하시거나. 밭을 봐 달라고 하실 때도 있었고."

주절주절 이어지는 설명을 듣고 있으니 이해가 갔다. 노인들이 설마 그에게 성적인 관계를 바라겠는가. 설령 바랐다고 한들 성병이 퍼져서 남자가 죄다 죽은 상황에서 그런 보답을 바라는 이가 있을 리 없었다.

"뭘 바라지 않은 건 선생님이 처음이라서 어떻게 해야 할지 모르겠어요."

어려운 문제를 마주한 수험생처럼 진땀을 흘리는 태도였다. 남자라고 부르기에는 아직도 앳된 인상이었지만, 그 역시 남자였다.

느긋하게 그의 팔과 둥근 어깨로 이어지는 선을 감상하면서 손가락으로 바닥을 톡톡 두들겼다. 초조해하는 시현의 모습을 보자 이상하게 입안이 바싹 말라붙었다.

"그러니까 가르쳐 주세요. 원하시는 게 정말 없으세요?"

허공을 헤매던 시선끼리 다시 맞닿았다. 한 치의 거짓도 없이 솔직하기만 한 남자의 마음이 눈동자에 물결처럼 일렁였다.

내 가슴속에서도 부담감이 함께 일렁였다. 그가 하려던 진짜 질문이 무엇인지 알아차린 까닭이었다. 지금 김시현은 나한테 하룻밤 관계를 내어 주려 하고 있었다.

"필요한 거 있으면 나중에 부탁할게. 왜 하필 콕 집어서 그걸로 보답하겠다는 거야?"

보답을 바라고 한 행동도 아니고, 단순히 동정심으로 벌인 행동이었다. 성관계를 담보로 벌인 선행은 절대로 아니었다. 저보다 여섯 살이나 어린 남자를 상대로 흥분해서 달려들 만큼 누군가의 온기가 간절하게 그리운 건 더더욱 아니었다.

이해할 수 없다는 말투로 던진 질문에 시현이 머뭇거렸다. 창문 너머로 들어온 달빛 아래 발갛게 물든 귓불이 비쳤다.

"선생님이 먼저 저를……."

달싹거린 입술 사이로 불안하게 흔들리는 목소리가 새어 나왔다. 들릴 듯 말 듯 작은 음성이었다. 답답한 마음에 귀를 더 가까이 들이댔다.

"너를 뭐?"

"저를 빤히 보셨잖아요."

책망하는 말이었다. 당황한 마음에 눈을 크게 떴다. 저도 모르는 사이, 이상한 눈으로 쳐다보며 추파를 건넨 처지가 되어 버렸으니 억울할 만했다. 시현은 눈길을 피하고서 아예 바닥만 내려다보고 있었다.

"내가 그랬다고? 언제?"

천천히 하루의 기억을 떠올렸다. 딱히 시현을 빤히 본 기억은 없었다. 그냥 오고 가다가 몇 번 흘깃거린 게 전부였다. 아무렇지 않게 되물은 말에 시현이 새빨개진 얼굴로 고개를 들었다.

"낮에 수박 먹을 때도, 아까 씻고 나서도 자꾸 여기저기 보셨잖아요. 그래서 원하시는 게 있는 줄 알았어요."

또박또박 이어지는 설명에 할 말을 잃고서 어물거렸다. 하나하나 짚어 주니 확실히 많이 보긴 한 것 같았다. 하지만 억울했다. 시현을 부르거나 쳐다본 건 나뿐만이 아니었으니까.

"너 본 건 할머니들도 똑같잖아."

"그런 눈으로는 안 보세요."

"그런 눈이 뭔데?"

시현은 잽싸게 입을 다물었다. 언제 반박했냐는 듯 차분한 태도였다. 다만 불타는 고구마처럼 불그스름해진 얼굴이 그의 마음을 숨기지 못하고 드러냈다. 먼저 제안한 건 제 쪽이면서 왜 부끄러워한단 말인가. 억울하고도 웃긴 마음에 미세한 미소가 지어졌다.

"솔직히 말해 봐. 그냥 네가 하고 싶어서 이러는 것 아니 야?"

실실 새어 나가는 웃음소리에 발음이 뭉개졌다. 흠칫하 며 어깨를 움츠린 시현이 목이 빠지는 게 아닐까 걱정될 정 도로 세게 고개를 가로저었다. 침을 삼키는 그의 목울대가 크게 움직이는 게 보였다. 긴장한 기색이 역력했다.

머릿속에는 자연스럽게 시현의 가정사가 떠올랐다. 매춘 부인 친모와 누군지도 모를 친부 사이에서 방치되다시피 자 라난 아이였다. 그런 환경에서 성장했으니, 몸을 섞는 행위 를 단순히 노동의 한 종류로 생각하는 걸지도 몰랐다. 그러 니까 저런 걸 쉽게 제안하는 게 아닐까. 어떡하지 싶어 고 민에 빠졌다.

순진한 아이를 놀려먹는데 취미가 있는 건 아니었다. 게 다가 학생을 상대하는 직업상 연하의 남자를 상대하는 건 구미조차 당기지 않았다. 그냥 달래고 재울까 고민하는데, 아까 숙면을 괴롭혔던 악몽이 떠올랐다. 꿈속에서 나보다 훨씬 어린 여학생을 붙들고 비웃던 그 남자의 얼굴도 생각났다.

"너 같은 여자를 나 아니면 누가 좋아해 주겠어?"

그는 좋아한다고 말해 준 적이 없었다. 언제나 좋아해 준다는 표현을 썼다. 마치 그게 엄청난 베풂인 양 굴었다. 하지만 그때는 왕이 시혜를 베풀 듯 가끔 건네주는 애정에 목말라하며 허겁지겁 받아먹었던 게 일상이었다.

왜 하필 이 순간, 그 남자가 했던 말이 떠오르는 걸까. 잠들기 직전 확인했던 문자의 내용도 떠올랐다. 자연히 욱하는 마음이 치솟았다.

그래, 나라고 다른 남자와 몸 한 번 섞지 말라는 법 있나. 고이고이 아끼며 관리한 몸도 아닌데. 충동적인 분노가 억센 고집을 꺾었다.

"뭘 어떻게 보답하려고?"

느닷없이 내뱉은 말에 시현의 표정이 멍해졌다. 아예 이불까지 걷어 긴 다리를 내놓았다. 눈처럼 하얀 다리의 무릎에 불그스름한 혈색이 돌았다. 시현의 시선이 잠시 그곳을 스쳤다.

"어디 말이라도 들어 보자."

그는 내 대답을 허락이라고 판단했는지 조심스레 몸을

움직였다. 다리 사이에 자리 잡은 그의 허리가 순간 허벅지를 스쳤다. 갑작스럽게 가까워진 거리에 움찔거렸지만 그게 끝이었다.

시현은 다리 사이에 무릎을 꿇고서 더 다가오지 않았다. 억지로 힘을 써서 덮쳐 오거나 대뜸 허벅지를 벌리지도 않았다. 대신 메마른 목소리로 속삭였다.

"입으로 해 드릴게요."

수줍은 태도와 당돌한 내용이 전혀 어울리지 않았다. 무뚝뚝한 느낌이 감돌던 눈동자도 어느새 열기를 띠고 있었다. 잡티 없이 깨끗한 피부에 도톰하고 붉은 입술이 가까웠다. 마주친 시선을 피하지 못하고 되물었다.

"뭘 해?"

"그러니까, 입으로……."

시현의 시선이 데구루루 떨어졌다. 하얀 허벅지를 들여다보는 눈매가 날카로웠다. 눈동자를 반이나 가린 속눈썹이 무척이나 까맸다.

"여기 핥아 드릴게요."

금방이라도 핥아 줄 듯 발갛게 물든 혀가 벌어진 입술 사이로 언뜻 모습을 드러냈다. 립스틱을 바른 것도 아니건만 시현의 입술은 자연스러운 혈색으로 불그스름했다. 당황스러운 마음에 뒤로 조금 몸을 뺐다.

"아마 좋아하실 텐데. 잘할 자신 있으니까."

애무해 주겠다는 이야기가 이토록 담담하게 들린 적이 있었나. 그렇지만 시현의 말투는 제법 대범했다. 나이가 어리기에 드러낼 수 있는 치기가 엿보였다. 순진하고 말끔한 얼굴을 하고서, 어디서 들은 건 있는 건지 자신만만한 그 태도에 적잖이 당황했다.

"해 본 적은 있고?"

시현은 대답 대신 고개를 숙였다. 따듯한 숨결이 허벅지 사이 예민한 살결을 스쳤다. 갑작스러운 온기에 흣, 하고 숨을 삼키며 고개를 젖혔다. 커다란 손이 부드럽게 무릎을 벌렸다. 더 가까이 몸을 당긴 시현이 천천히 반바지를 벗기기 시작했다. 발목까지 내려간 반바지를 대충 걷어찼다.

마지막으로 몸을 섞은 게 언제였는지 까마득했다. 나는 원래 섹스에 큰 의미를 두지 않았고, 그마저도 강압적으로 이끄는 애인 탓에 즐겁다고 생각한 적 없었다. 나한테 섹스란 연애의 최종 진도일 뿐이었다.

그런데 지금은 기분이 묘했다. 베이지색 속옷을 앞에 두고서 눈을 내리깐 시현의 얼굴을 보니 이상하게 마음이 간질거렸다. 유난스럽게 긴장한 티가 역력해서 그럴지도 몰랐다. 우악스럽게 옷을 벗기고 가슴부터 움켜잡던 그 남자와 하늘과 땅 차이였다.

시현의 조심스러운 손길이 어둠 속에서 더욱 도드라졌다. 단정하게 다듬은 손톱이 무릎을 쓸면서 올라왔다. 여린 살결을 스치고 속옷에 다다르자 그의 속눈썹이 가늘게 떨렸다. 제대로 한 곳에 시선 두지 못하는 표정이며 어색한 손길까지 너무 어수룩했다.

"못할 것처럼 보여요?"

떨림을 감추기 위해서였는지, 시현이 조금 투박한 말투로 되물었다. 어린 나이에는 치기로 행동이 먼저 나가는 법이니, 시현도 그러리라 짐작했다.

성숙한 표정을 꾸며 내고 과감하게 몸을 겹쳐 오는 행동에 헷갈렸다. 살결을 매만지는 손바닥이 커다랗고 뜨거워서 그만 분위기에 휩쓸릴 뻔했다.

"잠깐만."

더 참지 못하고 속옷 안으로 들어서려던 그의 손목을 낚아채듯 붙잡았다. 시현이 불에 덴 것처럼 놀라며 고개를 올렸다. 설마설마하던 마음에 확신이 섰다. 더 망설이지 않고서 단도직입적으로 물었다.

"너 처음이구나."

명확한 목적어가 없었지만, 뜻을 모를 수 없었다. 얼어붙은 시현의 빨개진 낯빛이 대답을 대신했다. 기가 차서 그대로 손을 놓았다.

"······네, 죄송해요."

순순히 물러난 시현의 어깨가 안쓰럽게 축 처졌다. 하도 당당하게 입으로 해 주겠다고 말하길래 능숙한가 싶었는데, 처음이라니. 겁도 없다고 생각하며 그의 몸을 살폈다. 오르락내리락하는 가슴팍 아래로 점점 시선이 내려갔다.

흥분은커녕 서늘해진 내 몸과 달리 시현의 것은 이미 열기를 주체하지 못하고 잔뜩 성을 내고 있었다. 쉽게 가라앉히지 못하겠는지 시현의 미간에 작은 주름이 잡혀 있었다. 불룩해진 바지춤을 마지막으로 시선을 올렸다.

"죄송할 게 뭐 있어. 그나저나 정말 괜찮겠어?"

마주친 눈빛이 또다시 흔들렸다. 그는 내 질문을 듣자마자 주저 없이 입을 뗐다. 아까부터 내심 걱정하던 문제가 있는 모양이었다.

"선생님이야말로 괜찮겠어요?"

불안해하는 마음이 떨리는 목소리에 그대로 담겨 있었다. 역시 긴장하고 있었구나. 몸에 힘을 풀면서 그의 얼굴을 살폈다. 빤히 바라보는 눈길에 수줍어하며 고개 돌린 시현의 목덜미가 드러났다. 섬에서만 지낸 것치고 하얀 목덜미였다. 원래 잘 안 타는 체질인 건지 까무잡잡한 부분도 없었다.

"저 못할지도 몰라요. 아니, 못할 거예요. 아무것도······

아는 게 없거든요."

　바닥만 내려다보는 그의 태도에서 몸에 밴 듯 익숙한 자
괴감이 느껴졌다. 그건 나한테 있어서 그 어느 것보다도 낯
설지 않은 태도였다. 나 역시 한때 저런 태도로 지낸 적이
있었으니까.

　애인과의 첫 경험은 생각하기도 싫은 기억이었다. 그는
무슨 이런 일로 겁을 먹느냐며 윽박질렀고, 신체 부위를 평
가하며 나를 더욱 초라하게 만들었다. 연인은 사랑이라는
핑계 아래 이토록 잔인하게 굴 수도 있는 존재구나, 하는
생각도 들었다.

　그 사람의 앞에 설 때마다 나는 언제나 죄인이었다. 명확
한 죄명이 붙이지 않아 더 괴로웠다. 도저히 해결할 수 없
는, 해결할 필요도 없는 문제를 혼자 끌어안고 끙끙대며 앓
았다.

　서울에서 지내는 동안, 나는 점점 더 작아지고 변해 갔
다. 당차고 감정적이던 내 모습이 불만이라는 그의 말에 무
감각하고 이성적으로 판단하려고 애를 썼다. 그가 원하는
기준에 맞추고자 아등바등 목을 맸다. 그러는 동안 기준이
라는 이름의 줄이 내 목을 꽉 조르는 것도 모른 채.

　그때는 모두 내 잘못인 것만 같았다. 지금은 아니었다.
내가 이 섬으로 도망친 건 그를 피하기 위해서가 아니라고

생각했다. 그 점을 인정하기 싫었다. 고작 연애 하나를 망쳤다고, 내 인생이 모조리 무너져 내린 듯한 이 패배감에서 벗어나고 싶을 뿐이었다.

나이나 외모, 조건을 들먹이면서 나와 다른 사람을 사사건건 비교하던 그를 떠올렸다. 나는 적어도 그와 같은 사람이 되고 싶지 않았다. 이전에는 그렇게 생각했다. 하지만 지금 이 순간 내게 남은 게 무엇인가. 내가 그처럼 굴지 말아야 할 이유는 또 뭐란 말인가.

"시현아."

떨리는 손으로 시현의 어깨를 잡아끌었다. 서늘한 감촉에 소스라치게 놀란 그의 속눈썹이 가늘게 떨렸다. 노인 사이에만 끼어 있다가 오랜만에 젊은 여자의 손에 닿으니 어색한 눈치였다.

젊고 아름다운 청년의 얼굴이다. 외부인을 향한 경계심마저 누그러질 정도로, 시현의 눈빛에는 나를 향한 호기심이 가득 일렁였다. 그의 눈에 비친 나도 크게 다르지 않을 것이다. 나 역시 누를 수 없는 호기심으로 시현을 빤히 응시하고 있었으므로.

"누구나 처음은 다 그래."

과거의 자신을 만날 수만 있다면 꼭 해 주고 싶던 얘기를 그에게 속삭였다. 처음은 누구에게나 어렵고 두려운 것이며, 절대 부끄럽거나 죄스러워할 필요가 없다고. 그건 당연한 감정이라고. 그건 지금 스스로 속삭이는 말과도 같았다.

"그래서 처음이 더 기억에 남는 거야."

시현을 더 가까이 끌어당기며 소곤거렸다. 결 좋은 머리칼이 손끝에 감겨들었다. 스칠 듯 말 듯 가까워진 입술 너머로 더운 숨결이 느껴졌다. 남자에게서 바닷바람처럼 짜고 청량한 향기가 느껴졌다.

아까 마신 맥주 탓일까. 뒤늦게 올라오는 술기운에 정신이 아득해졌다. 내가 도시에서 무슨 일을 하고 어떻게 살아왔는지, 향도에서는 그 누구도 알 길이 없었다. 거기에서 오는 편안함과 안도감이 있었다. 술기운이 아니라 그 안도감에 취해 잠겨 갔다.

바짝 긴장한 얼굴로 나를 내려다보는 남자. 어리고 순진한, 그래서 귀엽고 어색한 상대. 떠돌이 개처럼 돌아다니며 살아왔을 텐데도 신기하게 온순한 시현의 태도가 낯선 만큼 궁금했다. 저 애는 누군가를 사랑할 때 어떤 표정을 지을까.

"궁금한 게 있는데, 너 키스도 해 본 적 없어?"

충동적인 질문이었다. 그냥 갑자기 떠오른 호기심이었다. 도시에서 온 나조차 일순간 시선을 뺏길 만큼 잘생기고 예쁜 김시현이 여태 키스 한 번 해 본 적 없다면, 그건 그거

대로 귀여울 것 같았다.

시현은 그대로 얼어붙은 얼굴을 하고서 웃지 못했다. 나만 조심스럽게 미소를 짓고 있었다. 고개를 움직이는 그의 눈빛이 흐릿한 새벽빛 너머에서 애틋하게 흔들렸다. 내가 왜 이런 질문을 하는지 궁금한 눈초리였다.

"응? 키스도 처음이야?"

불룩해진 바지춤을 보면 성적으로 문제가 있는 건 아닐 텐데. 그렇다면 왜 여태 키스 한 번을 못 해 본 걸까. 궁금한 마음이 너무 커서 주절대는 입을 다물지 못했다.

"여태 좋아한 여자애도 없었어? 중학교는 다녔다며."

"키스는 처음 아닌데요."

처음으로 시현이 다소 딱딱하게 대답했다. 내 질문이 농담조에 가깝다는 걸 드디어 알아차렸나 보다. 기분이 상했을 수도 있는데 얌전히 대답하는 모습에서도 그의 착한 성격이 드러났다.

"제 말 안 믿는 거죠."

의심스러운 시선을 보내자 시현이 발끈한 태도로 쏘아붙였다. 발개진 얼굴과 더듬거리는 목소리에서 이미 거짓말이라는 게 물씬 티가 났다. 차마 그것마저 놀릴 수 없어 대충 대답을 흘렸다.

"아냐, 믿어."

"거짓말."

"믿는다니까."

꼬리를 물고 이어지던 대화가 멈췄다. 우리는 약간의 간격을 벌리고 대치하는 적군처럼 서로의 눈빛을 진중하게 살폈다. 그가 내 눈동자에서 어떤 감정을 읽고 있을지 조금 염려스러웠다. 내가 가벼워 보이지 않길 바랄 뿐이었다.

"그럼 확인해 보세요."

그는 언제 수줍게 굴었냐는 듯 당돌하게 거리를 좁혔다. 어느새 눈앞에 가득 찬 시현의 불그스름한 입술이 반짝거렸다. 립스틱을 바르면 잘 어울릴 거라는 생각이 들었다. 그만큼 반듯하고 선이 고운 입술이었다.

남자애한테 이런 생각을 품는 건 이상하겠지. 향도가 외국의 동떨어진 섬이라도 되는 것처럼 오고 나서부터 평소와 같은 생각을 할 수 없었다.

여기는 그런 곳이었다. 그리고 시현은 이곳에서 가장 신비스러운 청년이었다. 속이 뻔히 들여다보이는 것 같으면서도, 가까이 마주하면 속을 알 수 없는 아이. 그런 애였다.

누가 뭐라 할 새도 없이 입술이 닿았다. 살짝 들어 올린 내 뒷덜미를 커다란 손이 받쳐 주며 끌어당겼다. 살짝 닿은 살갗이 뜨겁고 따끔했다. 차가운 인상과 다르게 시현은 열이 많은 편인가 보다. 귓불을 스친 그의 엄지가 가볍게 떨렸다.

눈을 감은 게 다행이었다. 긴장해서 어쩔 줄 모르는 그의 표정을 차마 마주할 자신이 없었다. 입을 맞추고 있는 동안에도 감당할 수 없는 현실이 파도처럼 밀려와 목 끝까지 잠겨 들었다. 여섯 살이나 어린애를 두고서 뭐 하는 거야, 문지우.

마침내 떨어진 입술 너머로 옅은 숨이 퍼졌다. 혀는 입술을 파고들지도 않았고, 살갗을 핥지도 않았다. 제자리에 얌전히 둔 채로 입술만 스친 이것을 아무리 좋게 봐도 키스라 부르기는 어려웠다.

하지만 웃으면서 장난이었다고 할 수 없던 건, 마주한 시현의 볼이 너무나도 붉었기 때문이었다. 열에 들뜬 밤색 눈동자나 발갛게 반질거리는 입술보다 겁먹고 움츠린 어깨와 어색하게 머리칼을 쓰다듬는 손길이 신경 쓰였다. 주체할 수 없이 들뜬 감정이 그의 손짓 하나하나에 여실히 느껴졌다.

대체 왜 나한테 이렇게까지 몰두하는 걸까. 그에게 나는 그냥, 어쩌다 잠시 섬에 머무는 손님일 뿐일 텐데. 나를 열렬히 관찰하는 시현의 눈빛을 보고 있으면, 마치 내가 대단한 사람이라도 된 듯했다. 그의 솔직한 정욕을 마주하니 상처 입은 자존심에 새살이 돋는 기분이었다.

"맥주를……."

술은 진즉에 깬 지 오래였다. 그런데도 난 취한 척을 했다. 다 풀리지 못한 술기운과 잠기운에 혼란스러운 감정을 떠맡기는 척 변명했다.

"너무 많이 마셨나 봐. 내가."

내뱉자마자 후회했다. 눈앞의 순진무구한 청년한테 괜한 상처를 준 기분이 들었다. 서울에서 지내는 동안, 나도 모르게 나쁜 버릇이 들었다. 타인의 마음을 생각하지 않고 매사 무신경하게 받아들이려는 버릇. 다행히 시현은 눈 하나 깜빡하지 않고서 대답했다.

"거짓말이었어요."

낮은 목소리가 열에 잠겨 건조했다. 이해할 수 없는 말에 의아해서 눈을 끔뻑거렸다.

"뭐가?"

커다란 손이 베개 위로 내 머리를 눕혀 주었다. 시현은 그 자세 그대로 나를 내려다보았다. 잔뜩 성난 그의 하체가 허벅지에 스칠 듯 가까워졌다. 신경 쓰이지 않는다면 거짓말이었다. 신경 쓰일 수밖에 없는 묵직함이었다.

"사실 키스 해 본 적 없어요. 처음이에요."

애초에 믿지도 않았다. 그런데 시현은 내가 그 말을 철석같이 믿었으리라고 생각했는지 진심으로 미안해했다. 마치 사람 손을 탄 적 없는 인형을 만지다가 걸린 사람처럼 어쩔 줄 몰라 하는 태도였다. 내가 조금만 더 어렸어도 설레었을 것이다.

"거짓말해서 죄송해요."

"넌 참 죄송한 것도 많다. 착해 빠져서."

술기운을 핑계 삼아 도망치자고 생각했던 마음이 싹 사라졌다. 착하고 수줍은 애를 상대로 영 못 할 짓이었다. 책임지기 부담스러운 마음도 있었고 그 또한 그렇게까지 진지한 마음은 아닐 터였다.

우리가 뭐 얼마나 본 사이라고. 이제 겨우 두 밤을 보낸 사이가 아니던가. 아마도 예전의 나라면, 이런 상황도 진지하게 받아들였을지도 모른다. 시현에게 상처를 주면 어쩌나 하는 걱정을 하며 안절부절못했을 거다.

나는 매사 사람을 진심으로 대했고, 상대의 반응에 따라 감정적인 동요를 심하게 겪는 사람이었다. 비록 연인에게는 지적받았던 면모였지만, 그런 내 모습을 좋아한 사람도 많았다. 나도 그중 하나였다. 나이가 들어도 무뎌지지 않고 유연한 내 감정을 아꼈으니까.

"저 안 착해요."

이번에도 거짓말일 게 분명한 대답이었다. 끝내 참지 못하고 웃어 버렸다. 입술만 어물거리던 시현이 나를 보다가

모로 누웠다. 옆모습을 살피는 표정이 엄청나게 조심스러웠
다. 덩달아 나까지 긴장될 정도였다.

"또 해도 될까요?"

목적어가 빠져 있었지만 그가 뭘 원하는지 단번에 알아
차렸다. 나답지 않게 짓궂은 마음이 고개를 들었다. 이상하
게 시현의 질문에 무신경한 대답을 던질 수 없었고, 잠깐의
고민이 필요했다. 예쁜 밤색 눈동자를 보고 있으면 가슴이
괜스레 울렁였다. 이윽고 허락 대신 묘한 답을 남겼다.

"생각해 볼게. 너 하는 거 보고."

나 또한 시현과의 입맞춤이 썩 나쁘지 않았던 까닭에 둥
근 대답이 튀어 나갔다.

"정말요?"

"그러니까 오늘은 어서 자."

그의 어깨를 누르며 몸을 기댔다. 그는 내 가벼운 손길에
도 무력하게 무너졌다. 너른 가슴팍에 머리를 기대고 천장
을 바라보았다. 불 꺼진 백열등에 초파리 몇 마리가 달라붙
었다.

오르락내리락하는 가슴팍의 움직임이 조금씩 잔잔해졌
다. 두근대는 소리가 너무 거셌다. 시현도 제 심장 박동이
빠르다는 걸 알아차렸는지, 슬쩍 내 머리를 제 어깨에 올렸
다. 가슴팍만큼은 아니었으나 그의 어깨도 제법 단단했다.

그의 움직임에 따라 머리카락이 베개 위로 넓게 흩어졌다. 바닷물에 잠겨 일렁이는 해초처럼 흐트러진 머리칼에서 과일 향기가 퍼졌다. 싸구려 샴푸 향기였는데도, 그는 달콤한 꽃향기라도 맡듯 킁킁거렸다. 좀 부끄러웠다.

"얼른 자자. 나 너무 졸려……."

졸음이 다분한 속삭임을 흘렸다. 감기는 눈꺼풀 사이로 내 얼굴을 가만히 내려다보는 시현이 보였다. 숨죽인 그의 입술로부터 고르게 흘러나오는 숨결이 따스하고 보드라웠다.

낯설고 겁 없이 입술을 내어 준 여자에 대한 호기심으로 눈을 떼지 못하는 걸까. 가만히 그의 심장 소리에 귀를 기울였다. 어깨에 기대 듣고 있는데도, 바깥의 귀뚜라미 울음마저 묻힐 정도로 큰 소리였다. 얼마 지나지 않아 시현도 눈을 감았다.

아무 대가 없이 들어온 것치고 지나치게 좋은 잠자리였다. 완전히 눈을 감자, 이번에는 악몽을 꾸지 않고 잠들 수 있었다.

3. 우렁 각시

향도에서 보내는 시간은 천천히 흘러갔다. 도시와 다르게 뜨고 지는 해를 마루에 앉아서도 쉽게 볼 수 있는 터라더 그렇게 느껴졌다. 어쩌면 할 일이 딱히 없어서 그랬는지도 모르고.

어쨌든 오랜만에 유유자적하게 보내는 일상의 흐름이 썩나쁘지 않았다. 그런 유유자적함에는 특히나 시현의 영향이컸다. 내가 이 집에서 하는 일이라고는 그가 차려 주는 밥이나 간식을 먹으며 쉬는 일뿐이었다.

오늘 아침도 마찬가지였다. 덥다고 살짝 투정만 부렸는데, 시현은 냉큼 부엌으로 달려가 화채 한 사발을 뚝딱 만들어 왔다. 사발에는 반듯하게 썰린 수박과 복숭아 조각이 얼음과 함께 둥둥 떠 있었다. 가운데 장식처럼 올려놓은 앵두를 입안에 넣고 굴리자 시큼한 맛이 혀 위로 톡 퍼졌다.

"빈속에 과일부터 먹으면 식사할 때 입맛 없을 거예요."

시현은 나지막이 잔소리를 덧붙이면서도 내가 잘 먹는 모습에 내심 뿌듯한 눈치였다. 그의 잔소리마저 달게 들으며 화채를 벌컥벌컥 들이켰다. 새콤달콤한 맛이 오히려 입맛을 돋우는 기분이었다.

화채를 해치운 다음에는 서울에서 챙겨 온 밀짚모자를 푹 눌러 쓰고서 집을 나섰다. 할 일이 없으니 남는 게 시간이었고, 시현의 뒤꽁무니를 쫓아다니는 데 오전을 할애해도 남을 정도로 여유로웠다.

그는 내가 쫓아오거나 말거나 묵묵히 일을 해치웠다. 손질한 그물과 옷을 들고서 오전 내내 동네를 돌아다녔고, 그 다음에는 텃밭에 들러 물을 주거나 밭일을 도왔다. 생각보다 하는 일이 많아 곁에서 지켜보기만 해도 흥미가 퐁퐁 솟아났다.

"배고프죠?"

마침 점심을 먹을 시간이었다. 시현은 내내 쥐고 있던 호미를 내려놓으며 나를 돌아보았다. 간결한 물음에 대답 대신 시선을 보내자, 땀방울이 송골송골 맺힌 이마와 턱에 묻은 흙먼지가 보였다.

"제가 할게요."

무의식적으로 들고 있던 수건을 내밀어 닦아 주려고 하
자마자 날쌔게 빼앗겼다. 그는 이마와 목덜미의 구슬땀을
수건으로 툭툭 두드리며 하늘을 보았다. 쨍쨍하게 내리쬐는
햇볕 아래 하얀 피부가 잘 달구어 놓은 쇳덩이처럼 벌겋게
물들었다.

"덥지? 물 좀 마실래?"

"괜찮아요."

허공에 나비가 팔랑팔랑 날갯짓하며 분주히 돌아다녔다.
시현의 시선이 잠시 나비의 움직임을 쫓다가 내 얼굴로 돌
아왔다. 밭을 벗어나 흙길로 올라온 그의 발목과 종아리에
도 흙이며 나뭇잎이 가득했다.

코앞으로 다가온 그의 걸음에 땅바닥 위로 긴 그늘이 졌
다. 가까운 거리였는데도 찝찝한 땀 냄새조차 풍기지 않으
니 신기할 일이었다. 그에게서는 약간의 풀 내음만 선선하
게 넘어왔다. 꼭 식물원 근처에 서 있는 느낌이었다.

근처에 대충 바구니와 호미를 내려놓은 시현이 별안간
입술을 오물거렸다. 할 말이 있는 듯 망설이는 눈초리가 초
조했다. 말해 보라는 뜻으로 눈짓을 보냈다. 그제야 시현이
무거운 입을 열었다.

"새참…… 드실래요?"

나도 모르게 웃음이 터질 뻔했다. 저 어리숙하고 수줍은 태도에 어울리지 않는 단어 선정이라니. 이래서야 커피 한 잔 어떠냐고 물어보는 회사원 같지 않은가. 그렇지만 조심스럽게 물어본 그의 마음에 부끄러움을 안겨 주기 싫어서 부러 지적하지 않았다.

"일은 네가 다 했는데, 내가 왜 새참을 먹어."

"같이 먹지 않겠냐는 뜻이었어요. 배고프실까 봐."

중얼대는 시현의 목소리가 점점 의기소침하게 작아졌다. 그는 날카로운 인상과 달리 정작 중요한 순간에 의견을 몰아붙이지 못했다. 그런 경험이 적어서 익숙하지 않은 걸까 추측했다.

"아침에도 화채 빼고 아무것도 안 먹었잖아요."

"원래 서울에서도 식사 자주 거르는 편이었어. 직장 다니다 보니까 그렇게 되더라."

능청스럽게 대답하자 시현이 인상을 찌푸렸다. 내 말의 어떤 부분이 마음에 차지 않았다는 반응이었다.

"굶으면 건강에 안 좋은데."

그의 지적에 멍하니 생각했다. 옛날부터 위가 안 좋은 편이긴 했다. 학원에서 애들을 가르치기 시작한 후부터는 아예 위염을 달고 살다시피 했으니까. 한 번은 식도염을 오래

앓아서 밤마다 가슴팍을 움켜쥐고 끙끙거린 적도 있었다. 그때 일을 생각하니 또 가슴이 쓰렸다.

"도통 밥 먹을 시간이 안 나서. 밥보다 잠자는 게 더 급하기도 했고."

"그럼 배고플 때는 어떻게 했어요?"

"커피 마시거나, 과자 먹거나. 대충 때웠지."

"여기서까지 그럴 필요 없잖아요. 제때 챙겨 드세요."

시현의 숨소리가 조금 거세졌다. 씩씩대는 어린애처럼 인상을 찌푸리던 그가 아예 한 발자국 다가오더니 손을 뻗었다. 눈앞으로 다가온 손을 그저 멍하니 보고만 있자니, 그가 답답한 얼굴로 손짓했다.

"가요, 새참 먹게."

이유 모를 퉁명스러운 목소리에 자그마한 불만이 담겨 있었다. 엄마한테도 들은 적 없던 잔소리에 결국 웃음이 새어 나왔다.

"그래, 가자."

커다란 손을 살그머니 쥐고 흔들자 너른 등이 잠시 움찔하더니 이내 아무렇지 않게 평평해졌다.

주변에 보는 눈이 없어 그런지 몰라도 충동적으로 잡게 된 손이 나쁘지 않았다. 손깍지를 낀 부분만 조금 뜨거울 뿐이었다. 가만히 손을 앞뒤로 흔들면서 정면만 보는 그를 올려다보았다.

"뭐 먹을까?"

"제가 할게요."

시현이 당당하게 길을 안내하며 걸어갔다. 그는 요리를
참 잘했다. 첫날에도 느낀 점이지만, 사실 요리뿐만 아니라
집안일을 다 잘했다. 빨래도, 설거지도, 청소도. 특히 청소
실력은 감탄이 날 만큼 완벽했다.

전래 동화 속 우렁 각시가 딱 이랬을까. 시키거나 지적하
지 않아도 알아서 일을 뚝딱뚝딱 처리하는 시현의 모습을
볼 때마다 그런 생각이 들었다. 아마 우렁 각시도 그보다는
못할지도 모른다고 추측하면서.

하얀 구름이 양 떼처럼 지나가는 하늘을 올려다보다가
잠시 눈을 감았다. 여전히 쨍쨍한 햇볕에 어두컴컴하게 물
든 시야 가장자리가 불그스름했다. 바람에 밀짚모자가 흔들
리는 걸 느끼며 시현의 손에만 의지해 걸어 나갔다.

얼마 지나지 않아 집에 도착할 수 있었다. 코발트색의 대
문을 밀어 마당으로 들어가자마자 손을 놓았다. 시현은 약
간 아쉬운 표정을 숨기지 못하고 드러내다가, 내가 빤히 바
라보니 먼저 씻으라는 말을 남긴 채 허겁지겁 부엌으로 들
어갔다.

슬쩍 따라가 지켜보니 냉장고에서 네모난 플라스틱 용기

를 꺼내고 있었다. 안에 꽁꽁 얼린 육수가 보였다. 지난밤에 솥으로 뭘 그렇게 팔팔 끓이나 했더니, 아무래도 육수였나 보다.

궁금한 마음을 뒤로하고서 일단 샤워를 끝마쳤다. 땀에 젖은 몸을 찬물로 씻어 내고 나니 개운하고 상쾌했다. 바깥이 나오자 시현이 마당 한구석에서 독을 열고 무언갈 푸는 게 보였다.

"그게 뭐야?"

뒤쪽으로 다가와 물어보자 화들짝 놀란 시현이 국자를 놓쳤다. 국자는 독 안에서 빙글빙글 돌았다. 놀라게 하려던 게 아니라 미안하다고 속삭이니, 그가 괜찮다면서 허둥지둥 국자를 붙잡았다. 붉게 물든 귓불이 머리칼 사이로 나타났다가 사라졌다.

"작년 겨울에 담근 동치미요."

"동치미?"

"동치미 국수 하려고요. 어젯밤에 국수 당긴다고 했잖아요."

내가 그런 말을 했던가? 곰곰이 생각해 보니, 서울에서 챙겨 온 잡지를 읽다가 그런 얘기를 한 것도 같았다. 추운 겨울날 국수를 먹으면 더 감칠맛이 난다는 기사를 본 다음이었다.

아무 생각 없이 던진 말을 용케도 기억했네. 머쓱한 마음에 수건으로 머리를 툭툭 닦았다. 내 옆모습을 흘깃 바라본 시현이 동치미 담은 사발을 곁으로 치웠다. 무거운 독 뚜껑을 닫는 그의 팔뚝에 핏줄이 툭툭 불거졌다.

"머리 제대로 말려야죠."

"어차피 더워서 금방 마를 거야."

"그래도."

부지런히 잔소리를 이어 가던 시현이 사발을 들고 바삐 움직였다. 부엌으로 따라 들어가자 반쯤 준비된 요리 재료가 보였다.

"씻고 와서 마저 요리할 테니까, 쉬고 있어요."

"알았어."

경고 아닌 경고를 남긴 끝에야 시현이 시야에서 사라졌다. 그가 씻는 소리를 화장실 너머로 흘려들으며 마루에 대자로 드러누웠다. 햇볕을 완벽하게 가려 주는 지붕 덕분에 선풍기 바람만 쐬어도 더위를 견딜 만했다.

그대로 잠시 낮잠을 청했다. 다시 눈을 떴을 때는, 깨끗하게 씻고 나온 시현이 머리도 채 말리지 않은 상태로 부엌에 들어가 요리를 하고 있었다.

통통통 도마 위에서 무언가를 써는 소리에 상체를 일으켰다. 부스스한 머리칼을 정리하며 부엌으로 향하자 서서

동치미 무를 썰고 있는 시현의 옆모습이 보였다.

"미안, 깜빡 잠들었다. 나 깨워서 같이 하지."

"괜찮아요."

어제 만들어 하룻밤 재워 둔 육수가 흐릿한 색으로 반짝였다. 그새 녹아 찰랑거리는 육수에 얼음 몇 조각이 아직 형태를 유지하고서 동동 떠다녔다.

혹여나 칼질하는 데 방해가 될까 싶어 가까이 다가가 그릇을 멀찍이 떨어트렸다.

그는 뜨겁게 삶은 면을 체에 걸러 찬물에 찰박찰박 헹군 다음 그릇에 예쁘게 담았다. 똬리 튼 뱀처럼 가지런히 자리 잡은 소면의 모양새가 퍽 맛깔스러웠다. 동치미와 청양고추를 곱게 채 썰어 고명으로 올리자 벌써 그럴싸한 국수의 모습이었다.

"너 정말 요리 잘하는구나. 볼 때마다 신기하네."

내가 한 건 달걀을 반으로 자르는 일뿐이었는데, 그마저도 시현이 삶아 준 달걀이었다. 요리 과정에 막힘이 없는 걸 보면 한두 번 해 본 솜씨가 아님이 분명했다. 감탄으로 얼룩진 내 목소리에 그가 어깨를 으쓱거렸다.

"어려운 음식도 아니니까요."

이 정도 음식이야 누구든 할 수 있다는 말투였지만, 솔직한 칭찬이 듣기 좋았는지 입꼬리가 연신 씰룩이는 게 보였다. 어느새 배를 가지고 와 깎기 시작한 그의 움직임을 빤히 지켜보았다. 하얗고 가느다란 손가락이 칼을 쥐고서 능수능란하게 껍질 깎는 모습이 묘하게 멋있었다.

이런 점이 참 신기했다. 고등학교조차 졸업하지 못하고 섬에서 자란 만큼, 그는 도시에서 만났던 여타 남자들과 사뭇 달랐다. 공상에 빠져 있던 나는 그의 칼질이 멈췄음을 깨달았다. 여태 빠르게 배를 깎아 내던 칼이 부자연스러운 모습으로 도마에 올려져 있었다.

"왜……."

왜 멈추느냐고 물어보기 위해 시선을 올리자마자 곁눈질하는 눈동자와 마주쳤다. 뭐라 할 틈도 없이 불쑥 볼에 뜨거운 감촉이 닿았다. 시현이 갑작스럽게 입을 맞춘 까닭이었다. 부드러운 살갗이 멀어진 자리에 싱그러운 감정이 남았다.

"요리에 집중해야 하니까 그만 쳐다보세요."

변명처럼 내뱉은 그의 대답에 풋, 하고 웃음이 터졌다. 대뜸 입을 맞추더니 내 탓이라고 속삭이는 표정이 꽤 엉망이었다. 어떤 표정을 지어야 할지 모르겠는데, 부끄러운데도 좋아서 어쩔 줄 모르는 느낌. 달래듯 그의 어깨를 툭 쳤다.

"또 내 핑계 대는 거야?"

"핑계가 아니라 진짜잖아요."

투덜거림을 멈춘 시현이 재차 칼을 쥐는 걸 보다가 그와 맥주를 마시다가 잠든 날이 떠올랐다. 자꾸 이상한 눈으로 쳐다봐서 오해했다며 책임을 전가하던 그의 말도 떠올랐다. 그때나 지금이나 내 탓으로 넘기는 건 똑같았다.

이 장난스러운 볼 뽀뽀는 그날부터 쭉 이어졌다. 시현은 매번 얼굴을 사과처럼 붉히면서도 당돌하리만큼 꾸준히 입술을 들이밀었다. 물론 내가 먼저 한 적은 없었다. 언제나 시현이 지금처럼 먼저 입을 맞췄다. 아무래도 그날 분위기에 취해 나눈 입맞춤이 그에게 새로운 감각을 일깨운 모양이었다.

처음에는 말려야 한다고 생각했다. 또 해도 좋다고 허락한 적은 없었으니까. 그렇지만 매번 익숙해지기는커녕 수줍어하는 표정이 너무 귀여워서, 기껏 용기 내서 한다는 게 볼 뽀뽀가 전부라서 차마 말리지도 못했다.

무엇보다 그가 선을 넘지 않아 더 부담이 없었다. 이쯤 되면 나 역시 즐기는 게 아닐까, 하는 그런 착각이 들 정도로 순진한 놀이 같은 입맞춤이었다.

"닿는 것도 아니고 보면 좀 어때. 잘생겨서 구경하는 건데."

붉은 어깨가 파드득 떨어졌다. 기다란 속눈썹 아래로 진 그늘이 그의 눈동자를 가렸다. 시현이 쭈뼛거리며 던진 목소리에 낮은 긴장이 깔렸다.

"저 잘생겼어요?"

그건 내가 살면서 들은 질문 중 가장 어이없는 질문이었다.

"그걸 몰라서 물어? 너는 거울도 안 봐?"

머쓱한 표정으로 괜히 제 볼을 만지작대는 남자의 얼굴을 찬찬히 뜯어 살폈다. 다시 본다고 달라질 건 없었다.

시현은 단언컨대 어디를 가도 뒤처지지 않을 미남이었다. 어떻게 저 얼굴을 가지고서 잘생긴 얼굴이냐고 물어볼 수가 있는지. 혹시라도 놀리는 건가 싶어 눈을 흘기자마자 더듬더듬 변명이 쏟아졌다.

"그런 칭찬을 들어 본 적이 별로 없어서……."

하긴, 하루 밥 벌어먹기도 바쁜 노인들이 이 아이한테 칭찬할 틈이나 있었을까. 한 박자 늦게 이해가 갔다. 그래도 자기 객관화가 너무 부족한 건 사실이었다.

"예쁘게 잘생겼지."

장난스럽게 녀석의 볼을 쭉 잡아당기다가 놓았다. 탄성 있는 피부가 조금 발그레 물들더니 금세 평평해졌다.

"잘생기면 잘생겼지, 예쁜 건 또 뭐야. 이럴 줄 알았어. 지금 칭찬하는 게 아니라 그냥 나 놀리는 거죠?"

새초롬하게 툴툴대는 입술이 뾰족하게 튀어 나왔다. 그 것마저 짓궂게 늘리고픈 욕구가 고개를 들었으나 꾹 참아 냈다. 아이처럼 대한다며 싫어할 게 분명할 테니까.

"예쁜 게 왜 칭찬이 아니야? 남자도 예쁘면 좋은 거지."

"그런가?"

"그런 거야."

골똘히 생각하던 시현이 칼을 내려 두고 손을 씻었다. 소복하게 담긴 소면에 고명으로 올린 배와 달걀 반쪽이 맛깔스럽게 윤이 났다. 조심스럽게 육수만 부으면 완성이었다. 물끄러미 바라보는데 시현이 채 끝내지 못한 칭찬을 중얼거렸다.

"나보다 선생님이 더 예뻐요."

"화장도 안 했는데 뭐가 예뻐."

실없는 아부라고 받아들이며 괜스레 뺨을 매만졌다. 향도에 도착한 날을 제외하고, 말끔하게 화장한 날은 손에 꼽을 정도로 적었다. 그나마 로션과 선크림을 바르는 게 전부였다. 푸석한 피부가 그다지 예뻐 보일 리도 없건만, 시현은 무덤덤하게 칭찬을 뱉었다.

"화장해도 예쁘고 안 해도 예뻐요."

"거짓말."

"저 거짓말 못 해요."

진짜라고 거듭 강조한 시현이 그릇을 쟁반에 받쳐 마루로 나섰다. 그를 졸졸 쫓아가 마루에 상을 폈다. 내가 쟁반을 올리고 젓가락을 놓는 동안, 그는 아랫집에서 얻어 온 열무김치를 싹싹 썰어 내왔다. 새참치곤 반듯한 상차림이었다.

　"잘 먹겠습니다."

　시현을 따라 크게 외치며 젓가락을 들었다. 그릇 안에 담긴 얼음이 소면과 스치며 달그락달그락 흔들렸다.

　한 젓가락 가득 집고 입에 넣자마자 새콤하고 개운한 맛이 가득 퍼졌다. 오독오독 소리를 내며 씹히는 동치미도 일품이었다.

　후루룩, 듣기만 해도 청량한 소리에 개운한 끝 맛이 가세했다.

　하얀 접시에 깔끔하게 담긴 열무김치를 올려서 한 젓가락 더 먹었다. 아삭한 소리와 함께 입안에서 톡 터진 열무가 살짝 매콤한 맛을 퍼뜨렸다.

　감칠맛 도는 국물까지 함께 들이켜다 금세 한 그릇을 뚝딱 비웠다. 평소 입맛이 별로 없다고 자부했던 게 무색할 정도로 식욕이 돌고 있었다.

　"진짜 맛있다. 어쩜 이렇게 요리를 잘해?"

　시현도 함께 우물거리며 국수를 먹었다. 빵빵한 두 볼 위로 홍조가 퍼졌다. 몸 둘 바를 모르며 수줍어하는 반응에 저절로 칭찬이 속사포처럼 튀어 나왔다.

"나 솔직히 한 그릇을 가득 먹는 편이 아니었거든. 그런데 네가 요리한 건 맛있어서 못 남기겠다. 더 먹고 싶을 정도야."

"정말요?"

국수를 좀 더 삶을 걸 그랬다며 작게 중얼거린 시현이 내 그릇을 살폈다. 잘생긴 입술에 만족스러워하는 미소가 초승달처럼 걸렸다.

"선생님은 이것보다 더 드셔야 해요. 너무 말랐어."

"말랐다는 얘기는 처음 들어 본다."

젓가락을 내려 두고 오른팔을 주물럭거렸다. 말랑거리는 살성이 느껴졌다. 어릴 적에도 엄마가 입에 달던 건 살 빼라는 소리였지, 더 찌라는 소리가 아니었다. 덕분에 한때는 거식증까지 앓기도 했었다.

고등학생 때 정상 체중에서 마름으로 내려간 건 전부 엄마의 잔소리 탓이었다. 성인이 되고 독립을 하고 나서야 겨우 식생활을 되찾았지만, 여전히 내가 마른 편이라고 생각하지는 않았다.

"내내 살 빼라는 얘기만 듣고 살았는데. 신기하네."

"살을 빼라고 했다고요? 뺄 곳이 어디 있는데요?"

"종아리도 두껍고, 뱃살도 있어. 가려져서 안 보이는 거지."

"여기서 더 빼면 뼈밖에 안 남을걸요."

잘 먹던 시현이 못마땅한 눈치로 투덜대다가 들었던 그릇을 내려놓았다. 그의 그릇도 깨끗하게 비어 있었다. 우리는 부른 배를 통통 두드리면서 바람을 쐬었다.

멍하니 날아다니는 나비를 지켜보는데, 시현이 자그맣게 속삭였다.

"과일도 드실래요?"

더 먹고 싶다고 했던 게 내내 마음에 걸렸던 걸까. 고개를 젓다가 손사래까지 치며 웃었다. 칭찬 대신 덧붙인 말을 신경 쓰는 그의 심성이 보통 귀여운 게 아니었다. 무슨 길고양이 돌보듯 자꾸 먹을 걸 주려는 것도 우스웠다.

"됐어, 나 배불러. 나한테 이것저것 좀 먹어 보라고 재촉하는 사람은 외할머니 다음으로 네가 처음이야."

"거봐요. 나만 그러는 거 아니잖아."

과일을 깎아 오겠다며 일어서려는 그의 소매를 겨우 잡아 내리눌렀다. 상을 치우려는데 시현이 됐다며 손을 휘저어 방해하더니 쟁반에 빈 그릇을 차곡차곡 쌓았다. 부엌으로 가는 그를 쫓아 댓돌로 내려왔다. 급하게 뺏어 신은 시현의 조리가 헐렁거렸다.

"일 더 남았어?"

"오늘은 끝났어요."

아예 설거지까지 시작한 그의 근처를 기웃거렸다. 그럼 오후부터는 쉴 수 있겠네. 마침 시현에게 부탁할 일이 있었다. 근처에 쪼그려 앉아 설거지가 끝나길 기다렸다.

설거지를 마치고 행주를 챙겨 나온 시현이 상을 닦았다. 곁에서 뚫어지라 구경하다가 그가 모든 일을 마치고 허리를 폈을 때, 물을 건네는 척 말을 걸었다.

"시현아."

"네?"

"너 시간 괜찮으면 같이 나갈래? 경치 좀 구경하고 싶은데, 혼자 돌아다니기 힘들더라고. 어렸을 때 잠깐 산 게 다라 길도 잘 모르겠고……. 쉬고 싶으면 어쩔 수 없지만."

주절주절 변명이 길어졌다. 나보다도 어린 남자애한테 이런 부탁을 하는 게 좀 겸연스러웠다. 귀찮아하면 어쩌나 걱정했는데, 놀랍게도 시현의 얼굴에는 점점 화색이 돌았다.

"아뇨, 좋아요! 지금 바로 나가자는 거죠?"

그는 아예 행주까지 상 위에 던져두고서 열렬히 고개를 주억거렸다. 꼬리 흔드는 강아지처럼 반기는 반응에 오히려 내 쪽이 당황하고 말았다.

"어? 어, 응."

"그럼 커피도 가지고 나가요. 밖에서 먹으면 더 맛있잖아
요."

"커피?"

"제가 금방 만들 테니까 마당에서 기다리세요."

희희낙락 신나는 얼굴을 숨기지 못한 시현이 상을 치워
두고 부엌으로 달려갔다. 시키지도 않았는데, 찬장에서 커
피 가루를 꺼내기 시작한 그의 등에서 활기가 넘쳤다. 오전
에 일할 때는 느끼지 못했던 활기였다.

아직 어려서 그런지, 이런 사소한 일도 신나는 걸까. 아
니, 어쩌면 여태 이런 제안을 한 사람이 나뿐이었을지도 몰
라.

여러 가지 생각을 하다가 내심 뿌듯함에 잠겼다. 그에게
도 쉴 시간이 필요하다는 결론이었다.

"같이 준비하자."

부엌으로 따라 들어가 시현이 꺼내 놓은 보온병을 가볍
게 헹구었다. 시현은 아직 뜨거운 가마솥의 물을 퍼냈다.
모락모락 김이 나는 물이 보온병 안으로 쏟아졌다. 젓가락
으로 대충 휘젓자 물이 곧 담갈색으로 변했다.

"차가운 게 좋으세요, 뜨거운 게 좋으세요?"

"차가운 거!"

내 말에 시현이 냉장고에서 얼음을 꺼냈다. 얼음을 채우자 보온병 안쪽에서 달그락 소리가 시원하게 울려 퍼졌다. 카페에서나 자주 듣던 소리였다.

"시원하겠다. 그렇죠?"

시선을 마주친 시현이 싱글벙글 웃었다. 화창한 날씨와 기가 막히게 잘 어우러지는 미소였다.

면적이 작긴 했지만, 향도는 엄연히 섬이라고 불리는 곳이었다. 따라서 하루 만에 모든 곳을 구경하는 건 무리였다.

아무리 빨빨거리며 돌아다녀도 경치가 한눈에 보이는 장소를 찾기란 쉽지 않은 일이었다. 바다 경치를 구경할 장소면 충분했기에 시현을 졸라 최대한 가깝고 그늘이 있는 곳으로 향했다. 이 더운 날씨에 햇볕을 전부 받으며 서 있기는 싫었다.

시현은 나를 데리고 할머니들이 일하는 갯벌과 정반대인 방향으로 걸었다. 길게 이어진 흙길 양옆으로 이름 모를 들풀이 높이 자라 있었다.

바람이 불 때마다 넘실대며 풍겨 오는 풀 내음이 싱그러웠다. 그건 수없이 많은 그의 체향 중 하나였다. 향도에서 지내면서 그 몸에 밴 시간의 자취들.

"다 왔어요. 여기예요."

시현은 아쉬움 가득한 눈빛으로 내 손을 놓았다. 여태 계속 붙잡고 있었건만, 그의 손에는 땀방울 하나 느껴지지 않았다.

멀어지는 손에서 시선을 떨어트리고 정면을 바라보았다. 도착한 곳은 바다가 한눈에 보이는 언덕 꼭대기였다.

구름 한 점 없이 맑은 하늘이 그대로 보이는 언덕에 정자가 덩그러니 놓여 있었다.

오래전 남자들이 지어 놓은 쉼터였으나 이제 찾는 사람이 없어 적막해졌다는 모양이었다. 그나마 가끔 낮잠을 청하는 시현이 유일한 정자의 손님이라는 듯했는데, 미리 청소했는지 먼지 한 톨 보이지 않았다.

"파도치는 소리가 들려."

"바로 아래쪽에 바다가 있어서 그래요."

"엄청 크게 들린다. 가깝나 봐."

등을 떠미는 손길에 정자 위로 올라갔다. 시현은 챙겨 온 돗자리를 넓게 펴고는 보온병과 종이컵을 꺼냈다.

그동안 주변을 둘러보았다. 정자 구석구석에 지난 세월을 증명하듯 낡은 이음새가 보였다. 그늘과 선선하게 불어오는 바닷바람이 차분하게 더위를 식혔다. 머리칼을 넘기며 숨을 크게 들이마셨다. 도시에서는 느껴 본 적 없던 상쾌함이었다.

"자, 여기."

돗자리 위에 앉으니 종이컵에 담겨 찰랑거리는 커피가 눈앞으로 다가왔다.

쭉 들이켠 커피가 골이 울릴 정도로 차가웠다. 씁쓸하고도 약간의 단맛이 혀끝에 퍼지며 진한 여운을 남겼다. 시현이 설탕을 넣었던가. 반쯤 비운 종이컵을 빤히 들여다보았다.

"과자도 있어요."

"과자도 가져왔어?"

부스럭 소리가 들리더니 시현이 따로 챙겨 온 과자를 꺼내 놓았다. 어렸을 적 엄마가 즐겨 먹던 과자였다. 네모나고 연갈색의 과자 모서리가 조금 부서져 있었다. 시현은 제 몫의 커피에 과자를 퐁당 담가 먹었다. 나도 그를 따라 했다.

다 먹은 과자와 빈 보온병을 구석에 두고 한참 바다를 구경했다. 가만히 눈을 감으면, 코앞에서 치는 것처럼 거센 파도 소리가 들렸다. 바닷새의 울음이 노래처럼 들려오고 선선한 바람이 볼을 어루만졌다.

"어때요?"

들려오는 목소리에 눈을 뜨자마자 시현이 불쑥 고개를

들이밀었다. 깜짝 놀라 거리를 벌리며 정자 기둥에 등을 기댔다. 반쯤 그늘진 시현의 눈동자가 빛 아래 수면처럼 말갛게 반짝거렸다.

"아, 커피? 맛있었어."

"아니, 커피 말고. 여기 경치 말이에요."

대답을 기다리는 눈빛이 느껴졌다. 마치 크리스마스 선물을 기대하는 어린아이 같았다. 조금 뜸 들이다가 아마도 그가 기대했을 만한 대답을 넌지시 들려주었다.

"엄청 좋아. 조용한 곳에서 파도 소리 듣는 건 처음이거든. 어렸을 때 향도에서 잠깐 지냈을 때도, 늘 할머니 곁에 붙어 있느라 혼자 있던 적이 없었어."

"저도 처음이에요."

시선을 올려 쳐다본 곳에 반달 모양으로 휘어진 시현의 눈가가 있었다. 바람에 흩날리는 그의 머리칼이 어두운 바닷속 해초처럼 검었다.

"저도 다른 사람하고 여기 온 건 처음이에요. 소풍 온 기분이네요."

무뚝뚝하던 인상이 다 허물어질 정도로 해사한 미소였다. 일순간 숨이 막혔다. 세상에, 저렇게 맑게 웃는 애도 다 있구나. 그런 생각이 머릿속을 꽉 채웠다. 눈이 부시게 웃는다는 게 어떤 건지 처음 알게 된 기분이었다.

"학교 다닐 때 소풍 간 적 없어?"

"돈 없어서 안 갔어요."

그는 덤덤한 목소리로 말했다. 정리하는 손길이 능숙하고 자연스러웠다. 이런 일쯤 여태까지 수두룩하게 겪었다는 것처럼.

"친구들도 저 별로 안 좋아했어요. 만화도 안 보고, 게임도 안 하니까 딱히 얘기할 거리도 없었고……. 저라도 재미없다고 생각했을 것 같아요."

깔끔하게 정리한 것을 구석으로 밀어 둔 시현이 턱을 괴고서 바다를 바라보았다. 나는 바다만큼이나 청량한 시현의 옆모습을 직시하며 그의 과거를 상상했다.

그 모습을 머릿속에 그려 보니 동화 속 삽화처럼 잘 어울렸다. 분명 어느 곳에 있어도 그의 분위기는 변하지 않았으리라.

"친구들하고는 연락 따로 안 해?"

"졸업한 다음 자연스레 멀어졌고. 향도로 들어오니까 따로 연락할 수단도 없었어요. 지금은 다들 대학교 다니겠네요."

혈육도 아닌 할머니가 그를 거둬 겨우 중학교를 졸업했다고 했던가. 고등학교에 진학하지 못했으니 동창들과 자연스레 연락이 끊어졌을 것이다. 당연한 이야기였다. 여유 있는 집안에 태어나 좋은 친구들을 사귀어도, 막상 성인이 되어 사이가 멀어지는 일도 빈번하니까.

다 예상하면서 왜 그런 질문을 했는지. 나는 스스로 자책하며 고개를 숙였다. 서늘한 정자에 올린 두 발이 꼼지락대며 움직였다. 다 벗겨진 페디큐어 끝자락이 조금 남아 반짝거렸다.

"여기도 휴대폰은 쓸 수 있잖아."

"일부러 안 만들었어요. 연락 주고받을 사람도 딱히 없는 걸요. 번호 받은 게 없어서."

담담한 시현의 목소리에는 일말의 체념조차 없었다. 무척 자연스러운 일상이니 구태여 아쉬울 필요도 없다는 말투였다. 나도 모르게 그의 손을 잡았다. 햇빛 아래 다갈색으로 반짝이는 그의 눈동자가 놀란 듯 내 얼굴로 향했다.

붙잡은 손이 뜨끈뜨끈했다. 가만히 할 말을 고민했다. 혹시 대학교에 다닐 마음은 없냐고 물어볼 셈이었는데, 이런 질문을 해도 괜찮은지 뒤늦게 걱정이 들었다. 쓸데없는 생각이 길어지자 자연스레 침묵이 이어졌다.

시현은 말을 꺼낼 듯 말 듯 달싹이는 내 입술을 빤히 바라보다가 천천히 시선을 올렸다. 눈이 마주치고서야 그의 얼굴이 점점 빨개지고 있다는 걸 알았다. 그는 나한테 붙잡힌 손을 빼내지도 못하고 어찌할 바를 몰라 허둥대고 있었다.

"왜…… 그렇게 보세요? 저 얼굴에 뭐 묻었어요?"

반대쪽 손으로 제 뺨을 더듬거리는 시현의 행동이 귀여
웠다. 꼭 입가에 묻은 아이스크림을 닦아 내려는 아이 같았
다.

그런 게 아니라고 답하려다가, 왼쪽 입술 아래에 과자 부
스러기가 묻어 있는 걸 발견했다. 할 말을 찾지 못해 겸연
쩍었는데 마침 좋은 변명거리였다. 심술궂은 마음이 팔딱거
렸다.

"응, 여기."

"어디요?"

나한테 붙잡혀 정자 바닥에 짓눌린 시현의 손이 빠져나
가려고 움찔거렸다. 장난스러운 마음에 더욱 힘주어 고정했
다.

"가만히 있어 봐. 내가 떼 줄게."

시현의 반박을 무시하고 자유로운 반대쪽 손을 뻗었다.
고작 부스러기 좀 떼 주는 게 뭐 그리 어려운 일이라고, 고
민할 것도 없었다.

불쑥 고개를 들이밀자 반사적으로 눈을 감은 시현의 속
눈썹이 파르르 떨렸다. 그대로 움직이지 못하고서 시현의
얼굴을 넋 놓고 감상했다. 하얗고 깨끗한 피부에 오밀조밀
들어찬 이목구비가 참 예쁜 얼굴이었다. 눈까지 감고 있으

니 잠자는 숲속의 왕자님이라도 된 듯했다.

이제 됐다고, 장난스럽게 웃으며 농담을 건네야 할 차례였다. 그런데 손이 제멋대로 움직여 입술에 안착했다.

부스러기가 떼졌다는 걸 시현도 알아차렸을 텐데 아무 말 없이 어깨만 흠칫거렸다. 다물린 입술이 검지에 눌려 살짝 벌어졌다. 선홍색으로 젖은 혀가 안쪽에서 모습을 드러냈다.

"너는…… 어떻게 된 애가 입술도 예쁘니."

나지막한 칭찬을 흘리고 나서야 시현의 눈꺼풀이 소리 없이 열렸다. 다채로운 빛으로 일렁이는 착각이 들 정도로 맑은 눈동자가 내 얼굴을 담았다. 마주친 시선에 어쩐지 목이 탔다. 누군가의 눈만 보고도 가슴이 저릿한 건 이번이 처음이었다.

"혹시 립밤 발라?"

유치한 농담을 던졌다. 한껏 발개진 시현의 두 볼이 자주 쓰는 체리 립밤만큼이나 붉어서 떠오른 농담이었다. 그의 시선이 이리저리 헤매다 마침내 입술에 콕 박혀 떨어지지 않았다. 나처럼 침을 삼켰는지 크게 움직인 목울대가 보였다. 자그마한 움직임이 눈에 띄었다.

"저는 그런 거 안 발라요."

조심스럽게 깍지 낀 손가락 사이로 밴 땀이 끈적였다. 언제 깍지를 꼈는지도 몰랐다. 아마 내가 저 얼굴에 홀린 동안이었겠지. 살랑살랑 불어온 바람이 머리칼을 흐트러트리는 사이에도 우리의 거리는 점점 가까워지고 있었다.

"그리고 나보다 선생님 입술이 더 예쁜데."

부드러운 칭찬과 함께 그의 눈꺼풀이 두어 번 깜빡거렸다. 고개를 기울이자 높은 콧대 아래로 명암이 졌다. 고민하던 게 끝났는지, 그의 시선은 이윽고 애타는 무언가가 되어 나를 재촉했다. 마치 눈을 감아 주면 안 되겠냐고 물어보는 듯했다.

대체 뭘 고민했을까. 생각할 필요도 없는 질문이었다. 열렬한 시선이 내 입술에 박혀 떨어지지 않는 걸 모를 수 없었다. 금방이라도 스칠 만큼 가깝게 다가온 입술로부터 달콤한 커피 향기가 났다.

이건 가끔 주고받던 볼 뽀뽀와는 느낌이 남달랐다. 다음 단계로 이어질 전초전이라는 걸 알아차리자 심장이 쿵쿵 뛰었다. 내가 눈을 감으면, 그게 허락이 될 터였다. 그도 그 사실을 알고 있는지 멋대로 입술을 겹치지 않았다. 얌전히 내 대답을 기다리고 있었다.

전래 동화가 생각났다. 구미호에 홀린 나무꾼이었나. 눈이 오는 날, 갑자기 들이닥친 구미호에게 빠져 하룻밤을 허락하는 나무꾼의 이야기. 갑자기 그 나무꾼의 심정이 이해가 갔다. 누구라도 아름다운 얼굴을 마주하면 이성이 흔들리는 법이다.

시현에게 조금씩 끌린다는 걸 인정하기 두려우니 유치한 핑계라도 필요했다. 단순한 호감이라고 설명하기엔 이미 마음이 조금 깊었다. 내 얄팍한 이성의 끈이 끊어지기 직전에 서서히 눈꺼풀을 닫았다. 다가올 감촉을 남몰래 기대하며 숨죽인 찰나였다.

우르릉, 커다란 바위가 굴러가듯 요란한 소리가 귀를 때렸다. 천둥이었다. 헉 소리도 내지 못하고 놀라서 눈을 떠 버렸다. 반사적으로 어깨를 밀어내는 바람에 저만치 물러선 시현이 당황한 얼굴로 눈을 끔뻑거렸다.

"선생님?"

그의 부름에 대답도 못 하고 벌벌 떨었다. 얼어붙은 몸이 저릿저릿했다. 천둥이 머리 위가 아니라 바로 내 귀 옆에서 친 느낌이었다.

"미, 미안. 놀라서……."

또다시 천둥이 내 대답을 가로막았다. 이번에는 악 소리가 절로 터져 나왔다. 곧장 두 귀를 꽉 틀어막고 움츠리자 놀란 시현이 벌떡 일어나 다가왔다. 그는 천둥이 익숙한 모양인지 이렇다 할 반응이 없었다. 다만 내 행동이 유난스럽게 비쳤는지 놀란 기색이 어렸다.

내가 또 이상한 짓을 했구나. 지레 겁먹고서 입술을 꾹 다물었다.

그 남자는 내가 천둥소리에 겁먹는 걸 이해하지 못했다. 다 큰 나이에 무슨 저런 걸 무서워하냐고, 심장이 약한 게 아니냐며 비웃곤 했다.

시현도 그렇게 생각하는 건 아닐까. 이상하게 보였으면 어떡하지. 다른 사람이라면 모를까 그의 앞에서만큼은 절대 그렇게 보이고 싶지 않았다.

자존심 때문일까? 아니. 이건 자존심과 상관없는 문제였다. 나는 시현의 눈에 실망 비슷한 감정이 비칠까 봐 겁이 났다. 그에게 결점 없이 완벽한 어른으로 보이고 싶었다. 모락모락 피어나는 두려움에 시선이 자꾸 바닥으로 곤두박질쳤다.

"선생님!"

그때 시현의 손에 어깨가 붙잡혔다. 천둥소리보다 가깝고 분명한 외침에 화들짝 놀라 고개를 들었다. 시현이 걱정 가득한 표정으로 나를 보고 있었다. 여태까지 어리고 순진하게만 느껴졌던 그에게서 알 수 없는 듬직함이 느껴졌다. 조용히 눈을 끔뻑이자 시현이 안도의 숨을 폭 내쉬고는 내 팔을 당겼다.

"우리, 이만 내려가요. 천둥 때문에 놀라셨어요?"

자리에서 벌떡 일어선 시현의 정수리가 천장에 닿을 듯 까마득했다. 따라 일어선 채 기둥을 짚고 고개만 끄덕거렸다. 팔을 붙잡은 그의 손이 아까처럼 따끈했다. 시끄럽게 고동치는 심장 때문에 가슴팍이 자꾸만 오르락내리락 상하 운동을 했다. 천둥 때문이겠지. 대충 넘겨짚으며 신발을 신었다.

"으응, 큰 소리를 좀 무서워해서……."

나름 잘 둘러댔다고 생각하며 내려오는 동안, 시현은 척척 돗자리를 정리하고 보온병을 챙겼다. 나뭇잎 사이로 조금씩 떨어지던 빗방울이 이내 굵어졌다.

시현의 부축을 받아 겨우 비틀거리며 언덕을 내려왔을 때는 이미 비가 장대처럼 쏟아지고 있었다. 우산이 없어 비를 피할 길이 없었다.

"잠시만요."

뺨에 묻은 빗방울을 털고 있을 때였다. 커다란 나무 밑에서 나를 멈춰 세운 시현이 대뜸 상의를 벗었다. 너무 빠르게 벌어진 일이라 고개를 돌릴 틈도 없었다. 그새 축축하게 젖은 옷을 탈탈 털어 낸 그가 재차 꽉 돌려 짜냈다.

물방울이 부스스 떨어져 잔디에 흩어졌다. 옷의 물기를 짜내는 팔뚝에 푸른 핏줄이 불거졌다. 냄새가 나면 어쩌나 싶었는지 잠깐 코를 숙여 킁킁대던 그는 잠시 후 조심스럽게 내 어깨에 옷을 둘러 주었다.

"혹시 찝찝하시면 그냥 주세요."

변명처럼 덧붙인 말이 무색할 정도로 땀 냄새는커녕 풀
향기만 가득한 옷이었다.

"너는 어쩌고?"

"집 가서 씻으면 돼요."

"맨몸으로 비 맞다가 감기라도 걸리면 어떡해."

"겨우 비 좀 맞았다고 감기 안 걸려요. 저 보기보다 튼튼
하니까."

저를 걱정하는 게 기뻤는지 그의 속삭임 끄트머리에 웃
음기가 다분했다. 하긴, 보기에도 아주 튼튼하고 건강해 보
여서 내가 걱정할 깜냥은 아니었다.

"그럼 같이 쓰고 가."

그가 어깨에 둘러 준 옷을 들고 높이 들었다. 번쩍하고
팔을 들었지만 시현의 키가 워낙 커서 정수리를 가려 주기
엔 역부족이었다.

포기하지 않고 까치발을 들어 어떻게라도 비를 막아 주
려고 애를 쓰자 그 모습을 지켜보던 시현이 풋, 하고 웃음
을 뱉었다. 비웃나 싶었지만, 해사하게 웃는 표정을 보면
단순히 즐거운 모양이었다.

"뭘 웃어. 얼른 이리 붙으라니까."

웃는 게 얄미워 옆구리에 찰싹 붙었다. 맨살과 얇은 옷자락이 함께 젖어 들며 눅눅한 소리를 냈다. 웃음을 멈춘 시현이 또 목 끝까지 빨개져서는 내 손에서 옷을 가져가 높이 들어 주었다. 물론 거의 다 나를 가려 주느라 그의 어깨는 가리나 마나였다.

애매하게 거리를 떨어트려서 그런 게 아닌가 싶어 망설이는데, 시현이 획 내 손을 잡더니 제 허리에 끌어당겼다. 졸지에 그의 허리에 팔을 두르고서 꽉 붙어 선 모양새가 되어 있었다. 시현은 눈도 제대로 마주치지 못하는 주제에 대범하게 속닥거렸다.

"더 바짝 붙어야 비를 덜 맞죠."

맞는 말이긴 했다. 평소라면 이렇게까지 달라붙지 않겠지만, 비를 최대한 적게 맞으려면 어쩔 수가 없었다. 돌덩이처럼 굳어진 시현이 못내 신경 쓰였으나 애써 헛기침하며 발을 내디뎠다.

"또 천둥 치기 전에 빨리 가자."

"……네."

한 박자 늦게 대답을 마친 시현이 속도를 늦춰 나란히 걸어 주었다. 거세지기 시작한 빗줄기 사이로 뛰어들자 바닥의 흙탕물이 발목이며 무릎까지 전부 적셨다.

어차피 도착하면 씻어야 한다는 걸 알았지만, 이상하게

시현의 옆구리에서 떨어지기 싫었다. 따끈하고 단단한 피부에 묘한 포근함이 느껴졌다.

옷으로 막아도 역시나 비를 완전히 피하기엔 역부족이었다.

집에 도착했을 때 우리는 홀딱 젖은 생쥐 꼴이 되어 있었고, 시현은 나를 부엌 옆 화장실로 밀어 넣고서 옷을 꽉 짰다. 아까와 달리 흠뻑 젖은 옷자락에서 물이 주룩주룩 쏟아졌다. 가만히 서서 그 모습을 지켜보다가 한기에 오들오들 떨었다.

어둑해지기 시작한 바깥에서 연달아 천둥이 쳤다. 큰소리에 놀라 어깨를 움츠리자마자 시현이 눈치 빠르게 문을 닫았다. 약해진 빗소리 너머로 시현의 목소리가 물기에 젖은 듯 평소보다 더 가라앉았다.

"춥죠? 먼저 씻으세요."

"너는?"

"저는 가서 선생님 갈아입을 옷 가져올게요."

내 대답이 떨어지기도 전에 시현이 화장실을 뛰쳐나갔다. 멍하니 그가 사라진 빈자리를 내려다보다가 원피스 자락을 만지작거렸다. 갈아입을 옷을 받고 난 다음 샤워를 시작할 생각이었다.

별생각 없이 고개를 돌리는데 시야 한구석으로 회색 동그라미가 빠르게 움직였다. 순간 등골이 오싹하며 머리칼이 쭈뼛 섰다.

그대로 외마디 비명을 지르며 주저앉았다. 팔꿈치에 부딪힌 선반에서 샴푸며 린스가 함께 와르르 쏟아졌다.

비에 젖은 옷자락이 엉덩이와 허벅지에 깔리며 그나마 말라가던 피부가 다시금 젖어 들었다. 딱딱하고 서늘한 타일 바닥에서 한기가 고스란히 올라왔다.

곧 바깥에서 요란한 잡음이 들리나 싶더니, 문이 벌컥 열리며 시현이 들이닥쳤다. 그는 내 잠옷을 한쪽 팔에 단단히 들고서 급히 숨을 고르고 있었다. 소리가 들리자마자 뛰어왔는지 앞머리가 볼썽사납게 휘어 있었다.

"선생님, 왜 그러세요! 괜찮아요? 넘어지신 거예요?"

시현이 다가와 내 손을 잡아 주고 나서야 내가 팔로 머리까지 가리고 있었다는 걸 알아차렸다. 말을 꺼내려는데 추위와 공포로 이빨이 딱딱 부딪쳤다. 물에 젖어서 내 속옷이 원피스 너머로 다 비치겠거니 싶었지만, 그 민망함마저도 깜박 잊은 채 시현의 팔에 매달렸다.

"쥐가 나와서……."

"쥐요? 어디요?"

"방금 저쪽으로 지나갔어."

울먹거리는 목소리가 멋대로 새어 나갔다. 시현이 내가 가리킨 방향으로 고개를 돌리고서 아차 싶은 표정을 지었다.

화장실에서 쥐가 나온 건 오늘이 처음은 아니었다. 며칠 전에도 갑자기 튀어 나와서 비명을 지른 적이 있었는데, 그 때 이후로 시현이 끈끈이를 붙여 처리한 줄로만 알았다. 설마하니 더 남아 있을 줄은 시현도 몰랐던 모양이다. 난처함으로 얼룩진 입매가 딱딱하게 굳어 갔다.

고개를 높이 든 그의 시선을 따라가니 천장 가장자리에 아주 작은 구멍이 보였다. 거기서 쥐가 떨어진 듯했다. 다리에 힘이 풀려서 일어나지도 못하고 있는데 커다란 손바닥이 부드럽게 어깨를 감싸 쥐었다.

"아직 남아 있을 줄 몰랐어요. 천장은 내일 바로 막아 둘게요. 죄송해요."

사실 시현이 사과할 필요는 없었다. 이런 낡고 오래된 집 천장에 쥐가 상주하는 건 별로 이상한 일은 아니었다. 집이 더러워서 나오는 것도 아니고, 시골집이라면 으레 이런 짐승들이 살기 마련이니까.

그는 구석의 막대기를 들고서 쥐를 찾았다. 다행인지 아닌지, 내가 발견했던 쥐는 아까 시현이 문을 열고 들어왔을 때 그 사이로 빠져나갔는지 보이지 않았다. 그걸 두 눈으로 확인했는데도 불안함에 짓눌려 샤워를 시작할 수 없었다.

"선생님, 이제 씻으셔도 돼요. 옷은 문 앞에 둘 테니까 씻고 입으세요. 저 다시 나가 있을게요."

"잠깐만, 시현아."

나도 모르게 나가려는 시현의 팔을 붙잡았다. 뒤돌아선 그가 나를 바라보다가 민망해졌는지 얼굴을 붉히고서 고개를 돌렸다. 그러거나 말거나 간절하게 속삭였다.

"쥐 또 나오면 어떡하지? 무, 물 뿌리면 도망가려나?"

두려움에 갈라진 내 목소리가 스스로 듣기에도 짠했다. 시현도 곤란한 기색이 역력한 얼굴이었다. 천장을 틀어막지 않는 이상, 진짜로 쥐가 또 나올지 모르니까. 그렇다고 지금 천장을 막으려면 시간이 걸릴 터였다. 시현은 그때까지 내가 젖은 몸으로 기다리는 게 신경 쓰이는지 고민하는 눈치였다.

"그럼, 이렇게 해요."

어깨를 감싼 시현의 손바닥이 크고 뜨거웠다. 비에 이렇게 젖었는데도 따끈한 체온이 신기했다. 어쩌려나 싶어 쳐다보는데 그가 나를 구석에 세운 채 등을 돌리고 섰다. 막대기를 들고서 나를 지키듯 등진 그 모습이 동화 속 병사처럼 우직했다.

"이쪽 보고 있을 테니까 그대로 씻으세요."

"뭐? 이대로 씻으라고?"

너무 놀란 나머지 그가 품에 안겨 준 잠옷을 바닥에 떨어
트릴 뻔했다. 하지만 시현은 당황은커녕 아무렇지 않은 태
도로 술술 속삭였다. 여전히 내게서 등을 돌린 상태였다.

"괜찮아요. 절대 안 볼게요. 쥐 나오면 제가 쫓아야 하잖
아요. 선생님도 얼른 씻으셔야 하고."

처음에는 기겁했으나 침착하게 생각해 보니 썩 괜찮은
제안이었다. 여태 봐 온 시현의 성격상 음침한 마음을 품을
것 같지도 않았다. 무엇보다 지나치게 추워서 머리가 잘 굴
러가지 않았다. 끝내 잠옷을 문가에 내놓고서 문을 단단히
닫았다.

"이쪽 보면 안 된다."

시현은 천장의 구멍만 올려다보며 굳건히 고개를 끄덕였
다. 수치심은 고이 접어 둔 채 서둘러 옷을 벗었다. 원피스
를 훌렁 벗어 구석에 떨어트리자 물방울이 튀겨 발목 주변
에 흩어졌다. 브래지어 호크를 푸는 소리가 조용한 화장실
에 유독 크게 울려 퍼졌다.

괜찮다고 했지만 역시 긴장되겠지. 미안한 마음에 씻는
속도가 저절로 빨라졌다. 비를 맞은 건 시현도 마찬가지였
으니 나만큼이나 추울 게 분명했다. 잔뜩 긴장해서 굳어진
어깨와 등 근육의 윤곽이 선연했다. 허리께에 맺힌 물방울

을 바라보다가 화들짝 놀라 고개를 돌렸다.

나를 위해 부끄러움도 참고 돌아선 아이의 등이나 훔쳐보다니, 스스로 생각해도 괘씸했다. 한편으로는 계속 보고픈 마음도 들었다. 내가 원래 이런 취미가 있었나 싶을 정도였다. 아름다운 선으로 이어진 몸의 모습을 자세히 보고싶었다.

브래지어를 떨어트리고 팬티까지 벗기 위해 손을 뻗었다. 그때 시현이 한 발자국 내 쪽으로 물러났다. 예기치 못한 움직임에 나까지 놀라서 벽에 기대 버렸다.

뒤이어 멀지 않은 거리에서 후드득 소리가 들렸다. 차라리 눈치채지 못했다면 좋았을 텐데, 재수 없게도 나는 귀가 지나치게 밝았다.

샤워기의 물줄기가 이제 막 쏟아져 나오기 직전이었다. 천장 구멍에서 쥐 두 마리가 빼꼼 고개를 내민 게 보였다. 모골이 송연해지며 숨이 턱 막혔다. 얼어붙은 나를 알아채지 못한 시현이 잽싸게 막대기를 휘둘렀다. 다행히 한 마리는 도로 들어갔지만, 한 마리는 실수로 바닥에 떨어졌다.

"꺅!"

시현을 도와주기도 모자랄 상황에 냅다 비명을 지르고 말았다. 비명에 놀란 그가 엉겁결에 고개를 돌렸다가 내가 나체 상태인 걸 확인하고선 굳어져 막대기를 떨어트렸다.

그사이 쪼르르 도망치는 쥐를 피해 반사적으로 그의 품에 뛰어들었다.

시현은 어안이 벙벙해진 얼굴로 나를 번쩍 들어 버리고는 대충 다리를 내저었다.

난리를 치는 통에 열린 문틈 사이로 쥐가 잽싸게 도망쳤다. 쥐가 나가고 난 후에야 시현이 문을 등으로 누르며 다시 닫았다.

모든 게 순식간에 벌어진 일이었다. 어색하고 민망한 정적이 흘렀다.

바닥에 떨어진 샤워기에서 약한 물줄기가 졸졸 흘러나오며 시현의 발목을 적셨다. 나는 벌어진 어깨를 꽉 끌어안고서 거친 호흡을 억누르려고 애를 썼다.

쿵쾅거리며 시끄럽게 요동치는 심장이 느껴졌다. 하필 맨가슴끼리 닿아서 그게 누구의 심장 소리인지 구별하기도 어려웠다. 귓가 근처에 있던 시현의 입술로부터 침 삼키는 소리가 짧게 들려왔다.

미안하다고 떨어져야 하는데 그러기도 어려운 상황이었다. 공주님처럼 안긴 채 무력하게 떨고만 있자, 먼저 진정한 시현이 조심스레 나를 바닥에 내려 주었다. 그러나 차마 가슴을 뗄 수 없었다. 상체가 떨어지면 적나라하게 내 몸이 비칠 테니까.

어떡하지, 초조한 마음으로 굳은 머리를 열심히 굴리는데 곧은 손가락이 다가와 젖은 머리칼을 넘겨 주었다. 상황에 어울리지 않을 만큼 상냥하고 침착한 손길이었다. 그의 어깨에 팔을 두른 채 살며시 고개를 들었다. 오른쪽으로 고개를 돌린 시현이 새빨간 낯빛으로 애써 아무렇지 않은 척 속닥거렸다.

"안 볼 테니까 마저 씻으세요."

조심스레 가슴이 떨어졌다. 떨어지면서 스친 살갗의 느낌이 여실했을 터였다. 애써 모른 척해 주는 그의 배려가 고마우면서도 내 처지가 민망했다.

"미안……."

"괜찮아요."

뭐가 괜찮다는 걸까. 괜찮다는 그 대답이 어떤 의미를 내포하는지 모르겠으나 서둘러 떨어트린 샤워기부터 주웠다.

시현은 재빨리 등을 돌리고 다시 천장 구멍을 바라보았다. 너르고 탄탄한 등 근육 곳곳에 붉은 기가 스며들었다. 나만큼이나 그도 민망한 눈치였다.

아까는 분명 추웠는데 별안간 더워졌다. 황급히 더위를 식히고자 마저 팬티를 벗고 온몸에 물을 뿌렸다. 머리칼을 흠뻑 적신 물이 완만한 가슴을 지나 배꼽 아래까지 느긋하게 흘러내렸다. 원인 모를 더위는 여전했다.

다행히 쥐는 더 나타나지 않았다. 침묵에 잠긴 채 빠르게 샤워를 마쳤다. 가만히 기다려 주는 시현의 태도가 생각보다 덤덤하고 침착하다고 생각하던 찰나에 그의 귀를 발견했다. 귓불이 햇볕 아래 잘 익은 토마토처럼 붉었다.

안 그런 척만 할 뿐이지, 충분히 부끄러워하고 있구나.

그 사실을 깨닫자 못 볼 광경을 목격한 것처럼 낯이 뜨거워졌다. 내 몸을 보고 흥분한 시현의 반응을 확인하니 이상한 승리감마저 들었다. 잠깐의 사고로 두근거린 게 나 혼자만이 아니었다는 걸 확인했을 뿐인데.

잠깐 닿았다가 떨어진 시현의 얼굴이, 그 붉어진 귓가가 머릿속에서 사라지지 않았다. 씻는 속도를 높이며 초조하게 입술을 잘근거렸다. 다시는 겪고 싶지 않을 정도로 수치스러운 사고였다.

4. 불청객의 소식

샤워를 끝마친 후에도 비는 그치지 않았다. 오히려 장마가 시작되었다는 걸 알리듯 거세게 쏟아져 내렸다. 나는 마루에 앉아 처마 아래로 주룩주룩 쏟아지는 물줄기를 구경했다. 화장실에서는 한참이나 씻는 소리가 울려 퍼졌다.

약간의 시간이 흐른 끝에야 시현이 화장실에서 나왔다. 그는 헐렁한 티셔츠 한 장에 반바지를 입고서 채 말리지 못한 머리카락을 수건으로 두들겨 닦아 냈다. 마루로 다가오는 그의 팔뚝에 빗방울인지 땀방울인지 모를 액체가 맺혀 있었다.

"천장 수리했어요. 쥐는 이제 안 떨어질 거예요."

마루에서 벌떡 일어나 방문을 열었다. 옆자리에 걸터앉으려던 시현도 움찔하더니 나를 따라 방으로 들어왔다. 미리 준비해 둔 물컵을 건네주며 머쓱하게 웃었다. 부엌에서 매실청을 찾아 타 둔 물이었다.

"수리는 내일 해도 되는데, 고생했어."

"어차피 화장실은 또 사용해야 하니까 미리 한 거죠. 별로 안 힘들었어요."

안 힘들었다고 말하는 것치고는 지친 기색이 엿보였다. 그는 내가 건네준 컵을 받아 단숨에 삼키더니 고맙다는 말을 연신 내뱉었다. 이게 뭐라고, 겨우 물 한 잔에도 감사 인사를 빼먹지 않는 그의 심성이 새삼 곱게 느껴졌다. 요즘 저런 남자가 어디 있을까.

하지만 일련의 사건으로, 우리 사이에는 약간의 어색함이 둥둥 떠다녔다. 시현은 조금 떨어진 자리에 앉아 공연히 빈 컵만 만지작거렸다. 나도 내 몫으로 탄 물을 조용히 홀짝거렸다. 방문을 닫고 나니 빗소리가 희미해져서 괜스레 더 어색해졌다.

"저 아무것도 못 봤으니까 신경 쓰지 않으셔도 돼요."

무슨 말로 어색함을 풀어야 하나 고민하는데, 침묵을 견디지 못한 시현이 먼저 입을 뗐다. 그 말을 듣자마자 하마터면 뱉어 낼 뻔한 물을 힘겹게 삼켜 내고 세차게 기침을 시작했다. 콧등이 쓰라려 눈물까지 찔끔 새어 나왔다.

놀란 시현이 냉큼 다가와 등을 두드려 주는데 이상하게 얄미웠다. 겨우 기침을 멈추고서 눈을 치켜뜨자 그가 움찔하며 고개를 돌렸다. 그러고 보니 아까부터 내 눈을 똑바로 못 보고 있었다. 이것 봐라.

"아무것도 못 본 거, 거짓말이지."

짓궂음 반, 부끄러움 반으로 날카로운 목소리가 튀어 나갔다. 시현은 거세게 손사래를 치며 적극적으로 부정했다. 물론 그럴수록 신빙성은 떨어졌다.

"지, 진짜인데."

"그런데 왜 자꾸 시선을 피해?"

역시나 정곡이 찔렸는지 그가 우물쭈물 바닥만 내려다보았다. 새빨갛게 물든 두 볼을 보니 나까지 잊었던 부끄러움이 밀려오는 듯했다. 빤히 쳐다보자 시선의 압박을 이기지 못한 그가 주춤거리며 고개를 끄덕였다.

"사……, 살짝 봤어요, 진짜 살짝."

"너!"

그럴 줄 알았다 싶은 마음에 냅다 녀석의 팔을 붙잡았다. 시현은 깜짝 놀라며 고개를 들었고, 시선이 마주치자마자 얼굴을 가리려는 건지 팔에 힘을 주었다. 어떻게 해서든 그 팔을 내리기 위해 나도 안간힘을 썼다.

"엄청 짧게 본 거라…… 기억도…… 안 나요!"

힘을 주느라 붉으락푸르락하는 얼굴에 이상한 마음이 샘솟았다. 왠지 더 놀리고 싶다는 마음. 그래서 팔을 내리는 대신 더 힘을 주었다.

"거짓말이지? 진짜면 내 눈 똑바로 보라니까? 얼른!"

"모, 못 봐요!"

힘주어 내 손을 뿌리치려던 그가 생각을 바꿨는지 별안간 스스로 팔을 뒤로 당겼다. 아마도 그렇게 한다면 먼저 손을 놓으리라고 생각한 모양이었는데, 문제는 내가 그렇게까지 반사 신경이 좋지 않다는 점이었다.

"앗!"

당황해서 힘을 뺌과 동시에 시현의 품으로 엎어졌다. 넘어지는 내 모습에 시현도 반사적으로 손을 뻗었다. 시야가 반 바퀴를 회전했다.

질끈 감았던 눈을 다시 떴을 때는 이미 내가 시현의 가슴팍으로 넘어진 뒤였다. 시현도 어안이 벙벙한 얼굴로 내 허리를 꽉 잡아 주고 있었다. 그렇지 않았다면 아마 더 세게 넘어져 바닥에 박치기를 당했을 터였다.

우리는 멍하니 서로를 바라본 채 굳어졌다. 뭐라고 설명하기 어려울 만큼 민망한 자세였다. 시현은 허벅지를 벌린 채 자빠져 있었고, 나는 그의 판판한 배를 엉덩이로 깔고 앉은 채 엎어져 있었으니까. 하필 둘 다 반바지를 입어서 하체에선 서늘하고 부드러운 맨살의 느낌이 선연했다.

공기가 얼어붙은 느낌이었다. 시현은 각각 다른 손으로 내 허리와 손목을 지탱해 주고 있었다. 서늘한 배와 다르게 그의 손은 팔팔 끓인 물처럼 뜨거웠다.

충격으로 굳어진 그의 얼굴을 빤히 쳐다보기만 몇 분째, 하체를 슬쩍 움직이자마자 묘한 감각이 꼬리뼈 부근을 쿡 찔렀다. 무시할 수 없을 만큼 딱딱한 감각이었다. 그게 뭔지 깨닫는 데는 그리 오랜 시간이 필요하지 않았다.

"아······."

남자의 입술 사이로 앓는 소리가 흘러나왔다. 하얗고 창백한 피부 곳곳에 일렁이는 붉음이 그의 당혹스러움과 고양된 흥분을 드러냈다.

창밖의 빗소리가 별안간 크게 들려왔다. 그뿐만 아니라 모든 소리가 커진 느낌이었다. 시현의 숨소리도 마찬가지였다. 오르락내리락하는 가슴팍의 높이로 그가 떨고 있다는 사실을 충분히 느낄 수 있었다.

미끄러지듯 내려간 시선이 멀끔한 얼굴을 시야에 담았다. 홍조가 도는 두 볼, 어쩐지 물기가 도는 눈동자. 긴 속눈썹 아래와 반듯한 콧대 옆으로 서린 음영. 얼굴을 보고 있을 뿐인데 발가벗은 몸이라도 마주한 듯 쑥스러웠다. 아마도 순진한 반응 때문일 것이다.

내 시선은 시현의 얼굴 구석구석을 탐한 끝에 사슴처럼 맑은 눈동자로 되돌아갔다. 마냥 순진하게만 느껴졌던 그 눈빛에 분명한 열기가 존재했다. 성인이 된 후 제 나이대의 이성을 처음으로 품에 안아 본 사람만이 보일 수 있는 열망이었다.

나한테 무엇을 원하고 있는지 적나라하게 드러낸 눈빛. 이런 눈을 보는 게 상당히 오랜만이어서 순간 머릿속이 하얘졌다. 흔들리던 상대의 눈빛은 뭔가를 결심했는지 빠르게 선명해졌다.

코끝이 닿았다고 느꼈을 때는 이미 거리가 지척이었다. 귀신에 홀린 기분이 이럴까? 몸이 먼저 반응하며 눈을 감았다. 오래도록 기다린 것처럼 보드라운 살갗이 애틋한 움직임으로 맞닿았다.

볼이 아니었다. 이번에는 입술이었다. 언젠가 이런 일이 벌어질 거라고 예상했던 까닭인지 생각보다 놀랍지 않았다.

하지만 그 순간 천둥이 울렸다. 빗소리 사이에서도 뚜렷하게 울려 퍼지는 소음에 깜짝 놀라 입술을 떨어트렸다. 눈을 뜨자마자 나만큼이나 놀란 시현의 얼굴을 맞닥뜨렸다. 당황스러운 마음에 습관적으로 사과의 말을 주워 담았다.

"미, 미안."

움찔한 시현이 천천히 손을 놓아 주었다. 내 손은 힘을 잃고 떨어져 그의 가슴팍에 추락했다. 짚은 가슴 너머로 요란스럽게 박동하는 심장이 느껴졌다. 그도 천둥소리에 놀랐을 거라 넘겨짚으며 허리를 조금 떨어트렸다. 언제까지고 이 애매한 자세로 꼭 붙어 있을 수도 없는 노릇이었으니까.

다음 행동으로 연결되기 전에 내려가자고 생각하며 고개를 들었다. 동시에 남자가 튕기듯 잽싸게 상체를 일으켜 거리를 좁혔다. 커다란 손이 뺨과 목덜미를 한데 감싸 쥐고서 강하게 끌어당겼다. 다급하게 입술을 집어삼키는 행동에서 어찌할 바 몰라 앞서는 혈기가 느껴졌다.

"읍, 음……."

떠밀리듯 미끄러진 엉덩이가 그의 허벅지 위로 안착했다. 조금의 틈도 없이 꼭 붙은 몸에서 더운 기운이 느껴졌다. 억지로 그를 깔고 누운 자세일 때보다야 나았으나 이번엔 자유롭게 움직이기 어려웠다. 키스를 피할 길도 없었다.

시현은 두 눈을 단정히 감고서 입맞춤에 집중했다. 이전까지 볼 뽀뽀나 겨우 했던 남자와 같은 인물이라는 게 믿기지 않을 정도로 열렬했지만, 숨길 수 없는 서투름이 있었다. 물론 그마저도 귀엽게 느껴질 정도로 조심스러웠다. 혹여 아프기라도 할까 봐 입술만 살짝 깨물거나 핥는 행동에 애가 탔다.

또다시 시현이 나를 보고 흥분했다는 걸 느끼자 묘하게 설레었다. 간질간질한 마음에 못 이겨 결국 먼저 입술을 열었다. 그 주변만 조심스레 배회하던 혀가 놀라서 굳어졌지만, 허락이라는 걸 알아차렸는지 부드럽게 입안으로 파고들었다. 뜨거운 숨과 한꺼번에 몰아치는 말캉함에 절로 어깨가 움츠러들었다.

애틋하게 마찰하는 입술 사이로 끈적한 소리가 흘러나왔다. 그의 열망만큼이나 적나라하고 낯 뜨거운 신음이었다.

시현이 더 깊이 입술을 겹칠수록 힘에 떠밀린 엉덩이가 자꾸만 아래로 주르륵 미끄러졌다. 떨어지기 싫어 팔을 어깨에 두르자 서늘한 피부에 밴 땀이 미끈거렸다. 입술은, 혀는 이렇게 뜨거운데 어떻게 피부만 이토록 차가운지 의문이었다.

"하……."

잠깐 입술이 떨어진 틈을 타 목덜미를 감싸 쥐던 시현의 손가락이 느릿하게 귓불을 만지작거렸다. 여자와 처음 겪는 접촉에 마음이 흔들려 맘대로 손이 움직일 법도 한데, 쓸데없이 이곳저곳 더듬지 않는 게 굉장히 믿음직했다. 괜히 이럴 때 멋대로 가슴이나 사타구니부터 더듬거리면 흥이 깨지기 마련이니까.

불안정하게 흔들리는 허리를 받쳐 주는 손도 무척이나

든든했다. 그의 어깨를 두른 팔에 힘을 주고서 더 깊이 키스에 응해 보았다. 하도 핥아서 눅진해진 아랫입술이 퉁퉁 부을 것만 같았다.

타액이 섞이는 소리가 끈적했다. 울음을 터트린 아이처럼 발개진 시현의 눈가가 계속 신경 쓰였다. 열에 못 이겨 그러는지 좁혀진 미간에서도 그의 초조함이 숨김없이 드러났다. 손을 움직여 그의 목덜미를 쓸어 보았다. 바들바들 떨리는 몸에서 긴장이 묻어났다.

"으음, 하, 응……."

입술을 겹치고 고개를 비틀 때마다 야한 신음도 조금씩 딸려 나왔다. 시현의 손이 조심스럽게 허리를 배회했다. 아아, 짧게 신음하며 움츠러들었다. 그러자 그가 키스를 멈추고 내 목에 슬며시 입술을 문질렀다. 지분거리는 입술에 피부가 화상이라도 입은 것처럼 후끈거렸다.

이 집에 처음 그를 들인 날부터, 언젠가 넘어 버릴 선이었다는 걸 알고 있었을지도 모른다. 그런데도 막상 그 순간을 마주하니 묘한 두려움이 피어났다. 원인을 모르니 더 답답하고 어찌 다뤄야 할지 모르는 두려움이었다. 어른으로서 느긋하게 이끌어 보자는 생각도 두려움 너머로 사라졌다.

"선생님……."

앓는 목소리로 나를 부르는 남자의 눈을 직시했다. 티 없이 맑은 눈을 보자니 두려움이 더 커졌다.

이 불안한 감정은 대체 어디서부터 오는 걸까. 우리는 거친 호흡을 고르며 잠시간 그렇게 서로의 눈만 보고 있었다.

어깨에 둘렀던 팔을 내렸다. 시현은 떨어지지 않고 내 허리를 지탱했다. 손등으로 뺨을 살짝 눌러 보니 엄청나게 뜨거웠다. 술도 안 마셨는데 취한 기분이었다. 침으로 반들반들하게 젖은 그의 입술이 보였다.

"……미안."

멋대로 튀어 나간 사과였다. 시현은 초조함을 감추듯 미소 지으며 손을 뻗었다. 그의 검지가 뒷목에서부터 허리 위쪽까지 일자로 부드럽게 쓰다듬었다. 오싹오싹한 쾌감이 몸을 달구었다.

"왜 자꾸 사과하세요. 키스는 제가 먼저 했는데."

아니다. 시현이 먼저 한 게 아니었다. 우리가 동시에 한 거지. 그 사실을 잘 알고 있으면서도, 그의 말을 고쳐 주지 않은 채 침묵했다. 어떤 말이라도 이 상황에 대한 면죄부가 되지 않으리라는 걸 알고 있었다.

나는 인정해야 했다. 내가 충동적으로 시현에게 키스했다는 걸. 순간이나마 그를 남자로 느꼈고 성적으로 이끌렸다는 사실을. 나를 원하는 눈길에 흔들린 마음을 주체하지 못했다는 걸 말이다. 그걸 인정하지 않고서는 이보다 더 선을 넘을 수 없었다.

"선생님."

시현이 재차 부를 때까지도 나는 침묵을 고수했다. 하얗고 곧은 손가락이 다가와 머리칼을 넘겨 주었다. 살짝 벌어진 시현의 입술 사이로 고른 치열과 선홍색 혀가 그대로 드러났다.

"괜찮아요?"

그 질문에 함축된 의미를 모를 바보는 없었다. 아마도 키스 이상의 것을 바라는 거겠지. 대답 대신 그의 뺨을 감싸쥐고 부드럽게 입술을 맞댔다.

허락이나 마찬가지인 키스에 시현이 열렬하게 응해 왔다. 마치 보석이라도 바라보듯 경외하는 그의 시선을 차마 거부할 자신이 없었다. 급류에 휩쓸리듯 일렁이는 감정이 이성을 지배했다. 눈앞의 남자를, 나를 열망하는 시선에 답을 주라고.

"응, 하자."

이게 내 답이었다. 빗소리가 점차 잦아드는 게 느껴졌다. 어쩌면, 우리의 숨소리가 더 거세져서 그렇게 느껴졌는지도 몰랐다. 천둥이 그치니 서로의 숨결이 더 선명하게 다가와 다른 곳에 신경 쓸 겨를이 없었다.

나는 부드러운 악력에 떠밀려 이불 위로 쓰러졌다. 내 다리 사이로 들어와 무릎 꿇은 시현이 양팔을 교차시켜 티셔츠를 단번에 벗었다. 어두웠지만 탄탄하게 꽉 짜인 복부가 선명하게 보였다. 성실한 생활로 다져진 근육이 곳곳에 모습을 드러냈다. 세월로 여물지 않은, 그래서 더 깨끗하고 아름다운 몸이었다.

저 풍경에 비하면 내 몸매는 초라한 게 아닐까. 약간의 두려움을 무시하고서 살며시 티셔츠를 벗었다. 베이지색 브래지어를 풀어내며 살짝 고개를 들자 시현이 급하게 입을 맞췄다. 자연스럽게 이어진 키스 너머로 더운 숨결이 번졌다.

벗은 옷들을 한데 뭉쳐 구석으로 치운 뒤, 시현은 조금씩 입술을 내렸다. 목덜미를 지나 어깨를 스친 끝에 도달한 가슴 앞에서 그의 눈이 짙은 고동색으로 일렁였다. 가슴을 핥기 시작한 선홍색 혀가 숨결만큼이나 뜨거웠다.

절로 손끝을 흠칫거렸다. 맨가슴에 고스란히 닿는 숨결 하나하나에 발가락 끝부터 전기가 찌르르 올라왔다. 발을 오므리는 찰나 가슴을 핥던 입술이 떨어졌다. 침에 젖은 부분이 공기를 맞이하여 허전해졌다. 그 대신 가슴을 따듯하게 그러쥐는 손길에 참았던 숨이 새어 나왔다.

"흣……."

내 몸에 올라타 사냥하는 짐승처럼 허리를 숙인 남자의

머리칼이 흔들렸다. 그는 재차 내 가슴에 고개를 묻어 정성스레 핥고 깨물었다. 잘근거리는 이의 느낌이 싫지만은 않았다. 통증 없이 적당한 자극이었다.

그가 유륜 전체를 삼키고 볼우물이 팰 정도로 깊게 빨아들이자 한숨 같은 신음이 터져 나왔다. 시현이 기쁘게 신음을 들으며 가슴을 세게 쥐었다. 그의 손가락 사이로 삐져나온 하얀 살결에도 어느새 잇자국이 나 있었다.

손을 뻗어 머리칼을 쓰다듬자 멈칫한 시현이 고개를 들었다. 마주친 눈동자가 열기로 어둡게 가라앉았다. 아까도 느꼈던 열망이 좀 더 구체적인 형상을 띠고 있었다. 내 안으로, 더 깊은 곳으로 파고들려는 욕망이었다.

허벅지에 비비는 그의 허리도 땀에 젖어 미끈거렸다. 잦아드는 신음이 신경 쓰였는지 시현이 조금씩 고개를 내렸다. 가슴을 떠난 입술이 배꼽 아래에 도달했다. 가늘고 곧은 손가락이 검은 수풀을 헤치며 끈적한 곳을 살며시 벌렸다.

"하아……."

상체를 들어 손을 뻗었다. 아까보다 더 세게 그의 머리칼을 손에 쥐었다. 결 좋은 머리칼에서 내 샴푸 향기가 났다. 그의 호흡이 흐트러지며 아래쪽을 연신 간질였다. 도톰한 곳에 반듯한 코끝이 스치자 찌릿한 쾌감이 단전을 관통했다. 움찔대는 허리를 주체하기 어려웠다.

내가 이렇게까지 느껴 본 적이 있던가? 곰곰이 생각해 보면, 첫 경험도 이보다 더 떨리지 않았다.

지금 상황에 비하면 여태 겪었던 건 섹스가 아니라 어떤 수련에 가까웠다. 강압적인 애무를 받아 가며 억지로 신음을 짜내는 수련. 그마저도 내가 만족해서 내뱉는 게 아니라, 상대를 흥분시키기 위해 뱉는 신음이었다. 어서 흥분시켜야 이 시간이 빨리 끝날 테니까.

하지만 지금은 아니었다. 시현의 손이 몸 구석구석을 서투르지만 조심스러운 손길로 건드릴 때마다 불꽃에 닿은 것처럼 후끈한 쾌감이 피어올랐다. 어리숙한 모습이 귀엽고 사랑스러워서 더 그랬다. 본인의 쾌감도 어찌하지 못하면서 나부터 느끼게 해 주려는 그의 노력이 애틋하고 좋았다.

"시현아."

내 부름에 남자가 쏜살같이 올라왔다. 단단하고 뜨거운 어깨에 팔을 두르며 꽉 끌어안았다. 그는 짧게 당황했지만, 밀어내지 않는 손길이라는 걸 느꼈는지 얌전히 고개를 숙였다. 다가온 콧등 위로 새가 쪼듯 키스했다. 가벼운 접촉이었는데도 시현의 얼굴에 숨기지 못한 미소가 헤실헤실 피었다.

너는 어쩜 애정을 숨기지 못하고 웃을까. 아마도 내 몸은 어깨까지 발갛게 물들었을 터였다. 숨김없이 깨끗한, 말간 미소와 함께 나를 보는 시현의 표정에 갑자기 부끄러움이 밀려왔다. 잠시나마 그를 두고 서울에서 만났던 사람을 떠올렸다는 것에 죄책감을 느꼈다.

나는 어떨까. 지금 어떤 눈빛과 어떤 표정으로 그를 올려다보고 있을까. 시현의 표정에서 조금의 불편함조차 느껴지지 않는 걸 보면, 다행히 그에게 푹 빠진 눈빛을 하고 있나 보다. 실제로도 그랬다.

향도로 도망친 날, 시현을 만난 뒤로 지금까지 내 예상과 다르게 이곳에서의 생활은 즐거운 일상의 연속이었다.

그건 아마도 내가 흔들리고 있다는 증거겠지. 그 누가 도망친 장소에서 이토록 편한 마음으로 쉴 수 있을까.

"왜 웃으세요?"

"좋아서."

날숨과 함께 약간의 진심을 흘려보냈다. 시현의 눈이 반짝였다. 그가 내 진심을 조금이나마 엿보았을까. 어색한 정적이 흐르기 전에 서둘러 변명처럼 한마디를 이어 붙였다.

"그냥, 안고 있는 것만으로도 좋아."

"음, 저는 좀 힘든데……."

"왜?"

시현은 그답지 않게 비죽 입꼬리를 올려 웃었다. 저만큼

이나 속 보이는 얼굴도 없을 텐데 뭐 하러 물어보냐는 표정
이었다. 그가 상체를 낮추자 까만 머리칼이 따라서 흘러내
렸다.

"빤히 알면서 물어보는 건 너무하잖아요."

키스와 애무를 이어 가는 동안, 완전히 그쳤는지 더는 빗
소리가 들리지 않았다. 우리는 실오라기 하나 걸치지 않고
서 서로를 더듬었다. 조금 긴장했던 시현의 손길도 조금씩
어색함이 사라지고 자연스러워졌다.

맨 처음, 아래를 핥아 주겠다며 하룻밤의 은혜를 갚으려
고 했던 그가 생각났다. 그날 어영부영 몸을 겹쳤다면 지금
처럼 두근거리고 떨리는 상황은 없었겠지. 우리가 서로 한
발자국씩 물러나기를 택한 건 정말로 옳은 선택이었다.

"흐읏."

뜨거운 입술이 귀를 훑었다. 습한 입김이 여린 목덜미를
스치자 몸이 부르르 떨렸다. 그는 내 몸에 도장이라도 찍듯
이곳저곳에 입술을 문질렀다. 귓불만 집중해서 깨물고 빠는
통에 나지막한 속삭임이 정확하게 들렸다.

"여기, 점이 있는데. 알아요?"

시현이 검지로 귀 뒤쪽을 살며시 건드렸다. 아무도 보지
못한 곳을 저 혼자 발견했다는 것처럼 들뜬 목소리였다. 아
마도 그가 처음이 맞을 터였다. 이전에는 한 번도 거기 점

이 있다는 소리를 들어 본 적이 없었으니까.

"저, 정말?"

"몰랐어요?"

싱그러운 웃음소리가 뒤따랐다. 시현은 정말로 기쁜 표
정이었다. 부끄러우니 그만 보라고 밀어냈지만, 한동안 달
라붙어 떨어지지 않고 그 부위를 만지작거렸다. 예민한 귓
불이 스치니 나는 나대로 숨 가쁘게 헐떡였다.

나란히 흥분의 꼭대기에 올라섰을 때쯤 시현이 벗어 둔
바지에서 뭔가를 꺼냈다. 그 물건을 확인하자마자 제멋대로
입이 열렸다.

"어디서 났어?"

미처 생각지 못했던 물건이 그의 손에 들려 있었다. 시현
은 네모난 봉지를 만지작거리다 살며시 웃었다. 쑥스러운지
입꼬리가 조금 내려가 있었다.

"며칠 전에 샀어요."

남자라고는 눈앞의 한 사람뿐인 섬에도 콘돔을 팔긴 하
는구나. 어쩐지 신기해서 빤히 바라보는데 시현이 조심스레
봉지를 찢었다. 모른 척 시선을 올려 천장을 바라보니 귓가
에 바스락거리는 소리가 들려왔다. 콘돔을 끼우는 소리겠
지. 이런 생각을 하는 것도 상당히 오랜만이었다.

"너 완전히 노리고 있었구나. 콘돔까지 미리 챙겨 놓고."

짓궂은 마음이 들어 놀리자마자 귓불이 붉어지는 게 보였다. 툭 건드릴 때마다 순진하게 빨개지는 모습이 꼭 잘 익은 과일 같았다.

"혹시 몰라서 산 거예요."

"그게 그거지."

"없는 것보다야 있는 게 낫죠."

툴툴대며 말대꾸를 던지는 시현의 움직임이 바빠졌다. 가까이 다가온 입술이 이마를 스치는가 싶더니 그대로 부드럽게 짓눌렀다. 살갗을 비비는 뜨거움에 화상이라도 입으면 어쩌나, 일순간 바보 같은 생각을 했다.

"선생님, 허리 좀 들어 보세요."

시현의 부탁대로 허리를 들자 아래로 뭔가 쿡 찌르듯 들어왔다. 베개였다. 할머니한테 부탁해서 얻어 왔던 또 하나의 베개. 난데없이 허리를 신경 써 주는 태도가 낯설었다. 순진무구하게만 보이던 상대의 알 수 없는 일면을 구경한 기분이었다.

"수상하네. 이런 건 어디서 배웠어?"

"예전에 주워들었어요."

"그러니까 누구한테 들은 건데?"

더 캐물어 보려다가 급하게 입을 다물었다. 이런 걸 신경 쓰기는 그렇지만, 아무래도 가정사가 가정사다 보니 시현이 원치 않은 지식을 얻었을지도 몰랐다. 혹여나 예민한 질문이었을까 봐 눈치를 살피는데, 그는 더 물어보지 않는 것만으로도 고마운지 웃으며 허리를 내렸다.

"응……."

뭉근하게 문대는 열기에 한숨 섞인 신음을 흘렸다. 시현은 억지로 밀어붙이거나 재촉하지 않고 그대로 숨을 골랐다. 손으로 그의 어깨를 매만지자 매끈하고 탄성 있는 살결이 느껴졌다.

천천히 미끄러트린 손끝이 나긋하게 복근을 쓸자 그의 이마에 작은 주름이 생겼다. 땀에 젖은 앞머리 사이로 언뜻 보이는 표정이 무척이나 매력적이었다.

특히나 인상을 찡그린 모습이 반듯하고 성실하던 그의 평소 태도와 대비되어 묘한 매력을 불러일으켰다. 잠자리에서만 보이는 표정이리라 짐작하니 더욱 그랬다.

어깨를 당기자 손쉽게 끌려온 남자가 귓가에 입술을 묻었다. 지분대는 입술에 부르르 몸을 떨었다. 약간의 간지러움과 동반된 설렘이 가슴께를 압박했다. 시현이 내 얼굴을 보지 못하는 자세인 게 다행이다 싶을 정도로 표정을 관리하기 힘들었다.

"예쁘다."

나지막이 울리는 목소리가 퍽 자극적이었다. 나도 모르

게 아랫입술을 깨물어 신음을 삼켰다. 마른침을 삼키는 소리가 고스란히 들려왔다. 시현은 몇 번이고 호흡과 말을 고르고 있었다.

"선생님, 예뻐요."

"흐웃, 응."

진작 젖어 버린 아래에 두껍고 커다란 성기가 스치며 야한 소리를 냈다. 저릿저릿한 손끝을 너른 등에 두르고서 작게 허덕이자, 시현이 슬쩍 고개를 들어 입을 맞췄다. 한층 더 빨라진 키스가 감추지 못한 조급함을 드러냈다.

괜찮다는 뜻으로 손을 내려 그의 성기를 쥐었다. 미미한 신음과 함께 등을 구부린 시현에게서 땀방울이 후드득 떨어졌다. 성기를 조심스레 쓸어 올리자 꺼덕거리던 끝이 허벅다리 안쪽을 쿡 찔렀다. 불그스름하게 물든 성기의 모양새가 참 잘생겼다.

"내 심장…… 너무 빨리 뛰어요. 기분 이상하다. 부끄럽게."

담담한 속삭임으로 부끄러움을 무마하려는 남자에게서 그 나이대의 풋풋함이 느껴졌다. 따라 웃다가 반대쪽 손으로 그의 가슴팍을 짚어 보았다. 긴장을 풀어 주고자 장난처럼 벌인 행동이었는데, 손바닥을 두드리는 맥박이 너무 거세서 나까지 깜짝 놀라고 말았다. 쿵쾅거리는 심장 박동이 금방이라도 살갗을 뚫고 나올 듯 거칠었다.

"진짜 빨리 뛰네."

"그렇죠?"

거보라며 미소 지은 시현이 슬며시 인상을 찡그렸다. 허공에 방치된 성기 탓인지 조금 괴로운 모양이었다. 고개 숙여 볼에 입을 맞춘 그가 내 가슴을 아프지 않게 더듬었다.

"선생님도 빨리 뛰네요. 좋다."

여태 이어졌던 애무보다 그 말이 가장 부끄러웠다. 신기할 따름이었다. 이제 넣으라는 말 대신, 그의 어깨를 재차 끌어당겼다. 질척이며 문대지던 성기가 마침내 뜨거운 내벽을 밀어내며 들어오기 시작했다.

진득하게 전희를 나눠 손쉬운 진입이 되기를 기대했지만, 깨끗하고 수채화 같은 외모와 달리 시현의 것은 받아들이기에 상당히 버거웠다. 무시할 수 없는 이물감에 호흡의 간격이 조금 짧아졌다.

안쪽이 비좁다고 느꼈는지 시현의 표정도 그리 좋지 못했다. 아랫입술을 짓씹듯 깨물고 인상을 찌푸린 그의 이마에 까만 머리카락이 들러붙었다.

깊어요. 작게 중얼거린 그의 말에 긴장을 풀려고 안간힘을 썼다. 어떻게든 편하게 해 주고픈 마음이었다. 그나마 다행인 건, 그가 베개를 끼워 준 덕분에 통증이 덜했다는 점이었다.

빡빡한 내벽에 겨우 끄트머리를 삽입한 채로 시현이 힘
겨운 신음을 흘렸다. 그것을 받아먹듯 입술을 내밀어 키스
했다. 기다렸다는 듯 응답한 시현의 손바닥이 등 아래로 내
려와 꼬리뼈 부근을 살살 문질렀다. 천천히 긴장이 풀리자
막혔던 부분을 지난 성기가 쑥 파고들었다. 자동으로 허공
에 들린 두 다리가 가볍게 움찔거렸다.

"하……."

입술이 떨어지자마자 참았던 숨을 허겁지겁 뱉어 냈다.
신음도 함께 빠져나왔다. 종아리로 그의 허리를 감싸려고
했으나 미끈거리는 피부 때문에 몇 번이고 실패로 돌아갔
다. 내 무릎이 몇 번이고 그의 단단한 옆구리를 조이다 풀
어졌다.

"선생님, 너무…… 조이는데, 힘 조금만 빼 주시면, 윽."

"내가 조이는 게 아니라, 네가…… 무지막지하게…… 훗,
큰 거야."

주고받는 대화가 좀 낯부끄러웠다. 그나마 끝까지 들어
가고 난 후부터는 숨을 고르는 게 편안해졌다. 버거운 크기
를 받아들이느라 활짝 벌린 다리에 쥐가 날 지경이었다. 시
현은 내 무릎을 부드럽게 누르더니 더 깊이 파고들 모양새
로 허리를 붙였다. 단정하고 금욕적으로 보이던 얼굴이 쾌

감으로 일그러지는 모습이 지나치게 선정적이었다.

그때부터 속도가 붙었다. 내가 할 수 있는 건 줄이 끊어진 인형처럼 무력하게 흔들리는 게 전부였다. 이따금 지지대에 매달리듯 그의 어깨를 끌어당기면, 얌전히 끌려온 시현이 얼굴 곳곳에 입술을 찍었다. 뜨겁고 메마른 입술로 코끝과 이마, 귀를 스칠 때마다 나지막한 신음도 뒤따라왔다.

서늘하던 방 안이 어느새 덥다고 느껴질 정도였다. 창문에 김이 가득 끼지는 않을까 싶은 걱정이 들었다. 그만큼 터져 나오는 신음이 잦아졌다. 몸 안에 버튼이라도 있는 것처럼 그가 꾹 누르며 들어올 때마다 목소리가 연이어 터져 나왔다.

잊을라치면 예쁘다고, 너무 좋아서 미칠 것 같다고 연신 속삭이는 목소리에 얼굴이 불타 없어질 것만 같았다. 몸을 섞는 게 원래 이토록 기분 좋은 행위였던가. 믿어지지 않았다. 철썩대며 맞부딪치는 살갗 소리가 바위를 스치는 파도처럼 매서웠다.

"시현아, 처, 천천히, 응!"

"하아, 못 멈추겠어요……. 너무 뜨거워서, 좋아서……."

"아!"

쾌감에 못 이겨 뒤틀다가 조금 떨어진 허리를, 그가 골반을 단단히 붙잡아 콱 당겼다. 그대로 끌려가 박히자 질척해진 아래쪽에서 물소리가 들렸다. 무언가 회음부 아래로 흐르는 느낌이 여실했다. 다리가 벌벌 떨렸다.

시현은 만족을 몰랐다. 나는 이미 높은 벼랑 끝에 매달려 추락만 기다리고 있는데, 그는 아직도 나를 놓지 못했다. 저절로 몸이 흘러내리자 그가 내 발목을 쥐고 더 가까이 끌어당겼다. 주르륵 미끄러진 아래가 거대한 성기에 또 한 번 깊이 찔러졌다. 들썩이는 엉덩이를 그의 손바닥이 감싸고 갈라진 틈새를 쓰다듬었다.

저 말끔한 얼굴을 하고서, 그토록 단정한 용모에 순진무구한 모습을 보였으면서…… 이렇게 거칠고 북받치는 섹스라니. 어쩐지 사기당한 기분마저 들어 조금은 억울했다. 그러나 나 역시 쾌감으로만 이어지는 섹스가 처음이라서 타박하지도 못했다. 분명 좋은데, 그의 박자를 따라가기엔 살짝 버거울 뿐이었다.

"선생님, 얼굴……."

"훗, 부끄, 부끄러워."

"얼굴, 보고 싶어."

허리를 놓아주지 않던 손이 올라와 턱을 쓸었다.

"보여 줘요, 네?"

손가락이 아랫입술을 꾹 누르더니, 그대로 혀가 침입했다. 뜨거운 숨결로 녹진해진 입안을 시현이 핥고 빨았다.

사탕이라도 굴리듯 혀뿌리부터 얽히고설켜 끈적한 침이 묻어났다.

밀어내지 못하도록 온몸으로 나를 짓누르고, 다물지 못하는 입술을 손가락으로 꾹 누르는 그의 모습에서 여태 느낀 적 없던 집요함이 느껴졌다.

"흐……."

진한 쾌감에 미간을 좁히자 눈물이 찔끔 흘러나왔다. 시현은 혀를 내어 그마저도 싹싹 받아먹었다. 어릴 적 동네에서 마주치던 강아지가 생각났다. 손을 내밀면, 조심스레 냄새를 맡다가 손등을 살짝 핥던 강아지.

높은 하늘에서 바닥으로 떨어지는 느낌이 머릿속을 꽉 채웠다. 못 버틴다고 고개를 젓자 시현이 목덜미를 잘근거렸다. 하얀 피부 곳곳에 제 흔적을 남기려는 듯 열심히 핥고 빠는 소리가 또 다른 쾌감을 선사했다.

"아!"

그의 등허리에 손톱을 박으며 몸부림쳤다. 일순간 파도가 온몸을 휘감듯 거센 쾌감이 배꼽 아래를 쓸어내렸다. 모든 감각이 바닥이 보이지 않는 절벽 아래로 곤두박질치는 느낌이었다.

동시에 시현의 몸도 크게 흔들렸다. 거친 호흡이 멈추자마자 내 뺨을 그러쥐던 그의 손이 툭 떨어졌다. 흔들리느라 지친 두 다리를 바닥에 떨어트렸다. 발끝에 쓸리는 이불이 저만치 멀어졌다.

"하아, 하……."

시현은 좀체 숨을 고르지 못했다. 방금 벌어진 행위의 잔상을 쫓으려는 듯 내 뺨에 입을 맞추면서도 손은 이불을 더듬었다. 땀에 축축하게 젖은 이불이 조금 신경 쓰였다.

약간의 시간이 흐른 끝에야 그가 느릿하게 떨어져 콘돔을 정리했다. 다리 사이에 싸늘한 공기가 들어찼다. 축 늘어진 동안 그가 서둘러 티슈를 뽑아 아래쪽을 조심스럽게 닦아 주었다. 하도 기운이 빠져서 민망함조차 느껴지지 않았다.

허전함을 느낄 새도 없이 뒤처리를 끝낸 시현이 곧장 다가왔다. 옆에 누워 가슴팍에 머리를 기대게 하는 그의 손이 긴장으로 살짝 떨렸다. 살까지 섞어 놓고서 아직도 긴장하는 게 그의 순수함을 드러냈다.

땀을 그렇게 흘렸는데도 찝찝한 느낌이 없으니 신기할 노릇이었다. 그는 운동장을 가볍게 뛴 사람처럼 청량하고 풋풋한 느낌만을 풍겼다. 가슴팍에 귀를 대니 쿵쿵 울리는 심장 소리가 들렸다. 왠지 기분이 뿌듯했다.

"선생님……."

고개를 비비는 그의 머리칼이 강아지처럼 보드라웠다.

손을 올려 토닥이는데 조금씩 졸음이 찾아왔다. 쾌감과 피로로 흠뻑 적신 몸에 따끈한 손길이 다가오니 속수무책이었다. 나는 저항하지 않고 잠기운을 받아들였다.

"내 심장 너무 빨리 뛰죠."

"……응."

"선생님은요? 선생님도 심장 빨리 뛰어요?"

"응, 으응…….."

지쳐서 가물거리는 시야가 점점 어둠에 잠겼다. 잠들기 직전까지도 좋았다. 선생님은 어떠셨냐며 물어보는 목소리가 끊이질 않았다.

만족스럽다고 대답해 주고 싶었으나 눈꺼풀이 무거워 졸음에 저항할 수 없었다. 맞닿은 몸에서 느껴지는 온기, 그리고 다정히 등을 토닥여 주는 손길에 취해 노곤한 잠에 빠져들었다.

눈을 뜨자마자 옅은 회색빛 천장이 나를 반겼다.

백열등을 바라보며 멍하니 눈을 끔뻑거렸다. 열기에 못 이겨 흐느끼다 지친 눈가가 쓰라렸다. 문득 어젯밤 일이 새하얀 머릿속에 그림처럼 아른거렸다.

좋았다. 무척이나 좋았다. 어느 정도냐면, 마치 어제 겪었던 게 진짜 섹스가 아니었을까 싶을 정도였다. 그간의 잠자리는 몽땅 기억에서 지워질 정도로 강렬한 경험이었다.

하지만 여섯 살 어린 남자를 상대로 일을 벌였다는 생각에 미미한 죄책감도 따라붙었다. 그게 유일한 흠이었다. 내가 김시현보다 나이가 많다는 점. 그리고 얼떨결에 그의 첫 경험 상대가 되었다는 점.

"일어났어요?"

작게 기침을 하는데 방문이 열리고 남자가 들어왔다. 반사적으로 이불을 끌어 올려 맨가슴을 가렸다. 실오라기 하나 걸치지 못한 나와 달리, 그는 반바지에 티셔츠를 단정히 입고 있었다. 다만 머리는 까치집이 진 그대로여서 조금 귀여웠다.

"좋은 아침…… 아, 목 다 쉬었네."

다정하게 인사를 건네려는데 목소리가 말이 아니었다. 큼큼, 작게 헛기침하는데 시현이 씩 웃으며 다가와 쟁반을 내려놓았다. 쟁반에 진갈색 물이 담긴 유리컵이 반듯하게 놓여 있었다.

"저도 눈 뜨니까 똑같았어요. 목마르죠? 여기."

유리컵을 건네주는 시현의 손등에 씨앗 하나가 묻어 있었다. 조심스레 떼어 주고서 쿵쿵 냄새를 맡아보았다. 단

냄새가 솔솔 풍겼다.

"이게 뭐야?"

"배즙이에요. 꿀도 넣어서 좀 달 거예요."

"나 단 거 좋아해, 고마워."

냉큼 받아 들이켰다. 적당히 시원하고 달았다. 꼴깍꼴깍 삼키는데 건너편에서 시현이 뭔가 기대하는 눈빛으로 내 입술을 쳐다보는 게 느껴졌다. 마시고 싶은 건가 의아한 마음에 컵을 내렸다.

"너는 안 마셔?"

"저는 마시고 왔어요."

"그런데 왜 그렇게 빤히 봐."

녀석은 움찔하더니 이내 뻔뻔하게도 받아쳤다. 하룻밤 몸을 섞었다는 게 그에게는 단숨에 거리를 좁힌 경험이었나 싶었다.

"선생님도 맨날 저 빤히 보시면서. 저도 좀 보면 어때서요."

어색하게 꼼지락대던 그가 어느새 옆자리까지 다가왔다. 슬쩍 기대는 몸에 이것 봐라 싶어 샐쭉 웃었다.

"말버릇이 늘었네."

배즙을 마저 비워 내자 시현이 쭉 손을 뻗어 컵을 치웠다. 가느다란 손가락이 내 입술이 닿았던 유리 표면을 가볍게 쓸었다. 밤색 눈동자가 내 쪽으로 돌아오는가 싶더니 낮은 목소리가 툭 떨어졌다.

"사실 키스하고 싶어서 쳐다본 거예요."

아예 고개를 들이미는 꼴이 영락없이 계획적이었다. 이러려고 배즙을 들고 온 건가? 왕한테 공물 바치듯이? 어이가 없고 우스워서 입꼬리가 올라갔다. 커다란 눈망울을 깜빡이는 시현의 눈가에 속눈썹으로 인해 생긴 그림자가 희미하게 아른거렸다.

"키스해도 돼요?"

질문과 달리 이미 입술을 쭉 내민 자세였다. 어쩔까 짧게 고민하다가 손을 들어 녀석의 뺨을 꽉 감싸 당겼다. 웃으며 끌려온 얼굴을 바라보다가 입술 대신 뺨에 쪽 뽀뽀를 하자 거짓말처럼 붉게 물든 볼을 마주할 수 있었다.

"이걸로 참아."

"이건 뽀뽀잖아요."

"어쭈, 뽀뽀 키스 구별도 못 하던 게 까불어."

아프지 않게 코를 꼬집었다. 그러거나 말거나 시현은 좋다며 헤실거리기 바빴다. 뺨을 만지작거린 그의 손이 이내 옆구리로 파고들었다. 기분 탓인지 아닌지 평소보다 따듯했다. 자연스레 품을 허락하며 꼬물꼬물 안겼다. 다시 찾아오는 졸음에 긴 하품을 내뱉자 하얀 손이 다가와 머리칼을 넘겨 주었다.

"아침으로 뭐 먹을까요?"

이마에 쪽쪽거리며 입 맞추는 행위가 낯간지러웠다. 고개 들어 그의 뾰족한 턱을 바라보았다. 어제 먹은 국수를 생각하니 입맛이 삼삼하게 돌았다.

"나도 도와줄게."

군침을 삼키고 대답하며 일어나려는데 커다란 손이 어깨를 꾹 눌렀다. 시현이 고개를 저었다. 일어나지 말라는 뜻 같았다.

"제가 준비할 테니까 좀 더 자요. 아직 피곤하시잖아요. 눈 빨개요."

"괜찮아, 이건 새벽에 너무 울어서……."

눈을 깜빡거리며 변명하다가 지난 일이 떠올라 민망해졌다. 내 볼도 그만큼이나 빨개졌으리라. 흠흠 헛기침을 하는 사이 그가 벌떡 일어나 방문 앞에 섰다.

"원피스는 아직 덜 말라서 바깥에 널어 뒀어요."

"알았어."

매번 느끼는 거지만 우렁 각시가 있다면 이런 기분일까. 시현이 문을 닫고 나간 걸 확인하고 간밤에 벗어 둔 티셔츠와 반바지를 빠르게 입었다.

얼마 지나지 않아 정말 빠르게 식사 준비를 마친 시현이 쟁반 가득 음식을 담아 돌아왔다. 탁자에 차곡차곡 올려 둔 반찬의 빛깔이 먹음직스러웠다. 이렇다 할 정도로 특별한 음식이 있는 건 아니었으나 하나같이 정성 어린 반찬이었다. 따끈하게 김이 모락모락 피어오르는 쌀밥도 윤기가 자르르 흘렀다.

잘 먹겠다는 가벼운 인사조차 잊어버리고서 서둘러 숟가락을 들었다. 몇 차례 밥을 퍼먹고 나서야 뒤늦게 잘 먹겠다고 중얼거리자 시현이 작게 키득거렸다. 내 입술에 붙은 밥알을 떼 주는 그의 눈빛이 퍽 다정한 게 아니었다. 이유는 모르겠으나 간간이 목이 탈 정도였다.

"나 때문에 괜히 너까지 늦잠 잤네."

"오늘 어차피 쉬는 날이었는데요, 뭐."

부지런히 식사를 끝내고 부엌으로 향했다. 쟁반을 옮기던 시현이 왜 따라왔냐며 눈을 둥그렇게 뜬 찰나 잽싸게 고무장갑을 뺏었다.

"제가 한다니까요!"

"싫거든? 어떻게 매번 너만 시키냐. 나도 같이 먹었는데."

시현은 어떻게든 나를 저지하려 했지만, 부득불 내가 설거지를 하겠다고 우기자 포기하며 물러났다. 그 대신 접시를 닦는 동안 옆에서 커피도 타고 과일도 깎으며 기어이 후

식까지 준비했다.

우리는 방으로 돌아와 커피를 마시며 소화도 할 겸 도란도란 수다를 떨었다. 과일까지 먹으니 배가 터질 것 같았다. 대화는 별것 아닌 얘기가 대부분이었으나 그마저도 즐거웠다. 그러다 어제 미처 꺼내지 못한 말이 생각나 슬그머니 눈치를 살피다가 운을 떼 보았다.

"저기."

"저……."

그 순간 우연히 목소리가 겹쳐졌다. 둘 다 동시에 말을 꺼낸 까닭이었다. 시현은 놀라서 입을 벌렸고, 나도 머쓱하게 웃었다.

"너 먼저 말해."

"먼저 말씀하세요."

"아니, 네가 먼저 말해."

"어서요."

서로 차례를 양보하다가 마침내 내가 먼저 말을 꺼냈다.

"너 혹시 대학교 갈 생각 없어?"

"대학교요?"

예상치 못한 주제였는지 그가 어깨를 으쓱하며 고개를 기울였다. 이걸 어디서부터 설명하면 좋을까. 고민을 이어가며 침착하게 설명을 쏟아 냈다.

"검정고시 보면 대학교 갈 수 있잖아. 너 정도 나이면 아직 안 늦었고. 미래를 위해서라도 학업을 마저 끝내는 게 어떨까 싶어서."

동정심은 아니었다. 어찌 보면 단순한 오지랖에 가까운 마음이었다. 하룻밤 몸을 섞었기 때문인지, 그의 청춘이 아까워서인지 이대로 향도에서 살기엔 뭔가 아깝다는 마음이 한구석에 싹텄다.

"내가 도와줄 테니까 한번 생각해 봐."

"도와주신다고요?"

가만히 이야기를 듣던 시현이 살짝 미간을 좁혔다. 도와준다는 말이 금전적인 보상처럼 들렸던 걸까. 서둘러 손사래를 쳤다. 그런 식으로 도움을 베풀 생각은 나도 없었다. 혹여라도 상대의 자존감에 상처를 입힐지 모르니까. 원치 않는 배려가 폭력과 가깝다는 걸 나 역시 잘 알고 있었다.

게다가 시현은 이제 나한테 단순히 평범한 향도의 주민이 아니었다. 나 역시 아무 마음도 없이 몸까지 섞을 정도로 충동적인 인간은 아니었다. 마지막으로 서울을 떠났을 때조차, 나는 충분히 냉정하고 무감한 성격이었다. 좋지 않았던 연애가, 그 시작과 끝이 나를 변화시켰다.

하지만 지금은 어떤가. 막연하게 시현의 미래를 걱정하고, 그를 위해서 자그마한 선의라도 베풀고 싶었다. 그게 내 진심이었다. 시현을 향해 미묘하게 끌리는 마음을 인지하자 더욱 목소리에 힘이 들어갔다.

"공부 말이야. 모르는 문제나 방향 지도는 자신 있거든. 그러니까 검정고시 준비해 볼래?"

검정고시. 시현이 내 말을 따라 읊었다. 조용히 중얼대는 그의 입술이 도톰하니 붉었다. 날카로운 외모라 표정을 없애니 차가운 인상이 되돌아왔다.

"생각해 본 적 없는 일이라 잘 모르겠어요."

역시 그렇겠지. 예상했던 대답에 괜히 말을 꺼냈나 싶은 기분이 들었다. 용기로 커졌던 목소리도 작아졌다. 괜스레 어색함을 지우고자 볼을 긁었다.

"내가 너무 오지랖 부렸나?"

오지랖이라는 말에 시현이 펄쩍 뛰며 고개를 가로저었다.

"그럴 리가요. 오지랖이라고 생각 안 했어요! 저 걱정해 준 건데."

그는 포크로 사과 한 쪽을 건네주며 사근사근하게 웃었다. 아예 관심이 없는 건 아닌 듯한 미소에 희망이 샘솟았다.

"대학 가면 서울에 갈 수 있겠죠?"

"서울에 있는 대학을 가면 그러겠지."

냉정하지만 현실적인 대답을 들려주었다. 시현은 잠시 천장을 바라보았다. 무슨 생각을 하는지 알 수 없는 표정에 의구심이 들었다.

"왜? 서울 가고 싶어서?"

"네."

이번에는 칼 같은 대답이 돌아왔다. 망설임이라고는 없는 대답에 오히려 내가 놀라 고개를 들었다. 베어 물려던 사과를 다시 접시에 내려놓자 시현이 뒤늦게 수줍은 얼굴로 웃음을 흘렸다. 뜻 모를 눈빛은 똑같았다.

"서울, 올라가고 싶어요."

단호한 대답에 머리가 빠르게 돌아갔다. 계속 섬에서 지내다 보니 서울에 대한 동경이 생긴 걸까? 아니면 설마, 내가 서울에 있으니까? 어느 쪽이 답이든, 솔직하게 털어놓는 게 부끄러울지도 몰랐다. 멋대로 그의 마음을 상상하면서 배려해 주고자 더 캐묻지 않기로 했다.

"진짜로 공부 도와주실 거예요?"

은근슬쩍 옆으로 다가온 시현이 손가락을 톡 건드렸다. 차마 만지지는 못하고 허락을 구하듯 반짝이는 눈망울에 입꼬리가 올라갔다. 못 이기는 척 손을 건네니 부리나케 붙잡는 모습에서 순진함이 느껴졌다. 새벽에 느꼈던 성인 남자의 집요함은 어디로 갔는지 보이지 않았다.

"네가 원한다면 도와줄 수 있지."

"왜요?"

"너처럼 똑똑한 애가 섬에만 박혀 지내는 게 아깝잖아."

무심코 대답을 던진 다음 곧바로 후회했다. 너무 생각 없는 대답이었다. 시현은 나름대로 자기 생활에 만족하며 지낼 수도 있는데. 혹시라도 내가 오만하게 보였을까 봐 두서 없이 변명의 말을 생각했다.

"지금 생활을 무시하려는 건 아니고, 그러니까, 으음."

"무슨 말인지 이해했어요."

배시시 웃어 주는 반응이 고마웠다. 이렇게 착한 애가 또 있을까? 가끔 보면 정말 티끌 하나의 불행한 일 없이 맑게만 자란 아이 같았다.

"도와주시면 다시 해 보고 싶긴 해요. 공부."

솔직하게 대답한 남자의 눈동자에 새로운 동기로 인한 열정이 엿보였다. 그 열정의 씨앗이 나로 인해 심어졌다고 생각하니 미미한 뿌듯함이 일었다. 기특한 마음에 머리칼을 쓰다듬자 시현이 왜 그러냐는 표정으로 시선을 내렸다.

"너 워낙 성실하니까 금방 배울 거야. 참, 방금 뭐 물어보려고 했어?"

그러고 보니 동시에 말을 꺼낸 건, 시현도 나한테 궁금한 게 있어 벌어진 일일 터였다. 어서 말하라고 재촉하자 시현이 미묘한 웃음을 보였다.

"나중에 알려 드릴게요."

저렇게 말하니 괜히 더 궁금하네.

"그냥 지금 알려 주면 안 돼?"

일부러 고개를 가까이 들이밀며 속삭이자 하얀 얼굴이 노을처럼 발간빛으로 물들었다. 정말 금방 빨개진다니까. 짓궂게 놀리자마자 눈을 흘긴 녀석이 잽싸게 이마에 쪽 입을 맞췄다.

"검정고시 붙은 다음 알려 드릴래요."

"진짜? 그때 꼭 알려 줘야 해?"

"네, 네. 진짜로요. 약속."

새끼손가락까지 걸면서 제법 귀여운 약속을 마치자마자 시현이 쟁반 위 식기를 정리했다. 나도 마지막 사과 한 조각을 먹은 다음 접시를 치웠다. 차곡차곡 식기가 쌓인 쟁반을 시현은 한 손으로도 거뜬히 들었다.

"쟁반 좀 치우고 올게요."

"나도 너 볼만한 문제집 없는지 찾아볼게."

청량한 미소와 함께 시현이 방을 떠나자마자 신나게 가방을 뒤적였다. 문제집을 꺼냈을 때는 근본 없는 콧노래까지 흥얼거리고 있었다.

"어디 보자, 이 정도면 테스트하기에 적당하겠지?"

혼잣말을 중얼대며 가방을 뒤적이다가 네모난 기계가 가방 밖으로 굴러 나왔다. 휴대폰이었다. 누가 시킨 것처럼 반사적으로 몸이 굳어졌다.

일부러 화면을 꺼 둔 상태라 어두컴컴한 화면이 눈에 띄었다. 그대로 원래 자리에 놓으면 될 걸, 이상한 충동심이 마음을 부추겼다. 켜진 않았지만 매일 꼬박꼬박 충전해 둔 상태니 버튼만 누르면 전원이 들어올 게 뻔했다.

잠깐 확인만 해 보자. 어지러운 머릿속에 결론을 내리고 휴대폰을 켰다. 혹여나 엄마한테서 전화가 왔으면 곧바로 확인해야 했다. 버튼을 꾹 누르자 화면에 휴대폰 브랜드 로고가 밝게 빛나며 빙글빙글 돌아갔다.

그때부터 끝없는 진동의 시작이었다. 문자와 전화가 뭐 그리 많이 왔는지, 끊임없이 윙윙대며 진동했다. 차갑고 뻣뻣해지는 손끝으로 화면을 쓸었다.

역시 괜히 켰어. 대충 훑어본 번호에 엄마의 이름은 없었다. 얼른 꺼야지 싶어 손을 움직이는데 상단에 익숙한 번호가 나타났다. 실수로 번호를 누르자 공교롭게도 문자 내용까지 확대되어 나타났다.

〈전화 좀 받아. 얘기 좀 하게.〉

우리가 할 얘기가 아직 남아 있었나? 뻔뻔한 말 한마디에 속이 부글부글 끓었다. 판판했던 바닥이 수렁이 되어 두 다리를 끌어당겼다. 주저앉지 않으려고 벽에 이마를 기대고서 호흡을 가다듬었다. 악몽 같았던 기억도 모자라 그 남자의 눈빛까지 선명하게 머릿속을 스쳤다.

"너하고는 대화가 안 통해."

대화가 안 통하니 답답하다고 소리 지를 때는 언제고, 이제 와 얘기 좀 하자니. 다시 생각해도 어이가 없는 문자였다. 떨어트리지 못한 휴대폰을 손에 쥐고서 벌벌 떨었다. 독하게 마음먹자는 각오와 달리 눈앞은 천천히 흐려졌다. 호흡이 빨라지는 걸 느끼며 두 눈을 질끈 감았다.

떠올리기 싫어. 다시 생각하기 싫어. 그 사람은 이제 내 인생에서 벗어난 남자야. 더 생각할 필요도 없는 사람이라고……

"선생님, 혹시 빨랫감 있어요?"

문이 언제 열려 있던 걸까. 악, 소리도 내지 못하고 휴대폰을 떨어트렸다. 깜짝 놀라 대답 없이 고개를 돌리자 나만큼이나 놀란 시현이 두 눈을 크게 뜨고 바닥에서 빙글빙글 돌아가는 휴대폰을 바라보았다.

"죄송해요. 액정 깨지면 안 되는데."

휴대폰은 시현의 근처까지 굴러가 있었다. 무거운 정적이 흐른 끝에 먼저 움직인 건 시현이었다. 휴대폰에 손을 뻗는 그의 행동에 마음이 아득해졌다.

"잠깐!"

너무 부자연스럽게 반응했다는 걸 알았지만, 되돌릴 수도 없는 노릇이었다. 재빨리 뻗은 손끝에 이미 휴대폰을 주워 든 시현의 표정이 보였다. 화면에 고스란히 남았을 문자 내용을 눈에 담은 그의 입매가 조금 딱딱해졌다.

어쩌지? 문자 내용이 수상한 건 아니었지만, 내 반응 때문에 어떤 사이인지 궁금해하지는 않을까? 그리고 나는 왜 이 상황에서 시현의 반응을 제일 걱정하고 있을까. 내가 그에게 뭐 얼마나 특별한 사람이라고.

온갖 걱정에 사로잡혀 안절부절못하는 동안 시현은 조용히 휴대폰을 그러쥐고 걸어왔다. 얌전히 내 손에 휴대폰을 돌려주는 남자의 표정은 원래대로 돌아와 있었다. 의심하거나 추궁하려는 눈치도 보이지 않았다. 그 단정한 표정을 보고서야 가슴을 짓누른 바위가 하나 사라진 기분이었다.

"여기요."

"고, 고마워."

부드럽게 웃어 주는 시현의 얼굴에 당황하여 눈치를 살

폈지만, 그는 아무렇지 않게 내 곁을 지나쳐 빨랫감이 담긴 바구니를 들었다. 정말 아무 일도 벌어지지 않았다는 태도였다.

"여기 넣은 게 전부죠?"

"어? 아, 응. 그것만 빨면 돼."

"알겠어요."

바구니를 번쩍 든 남자의 팔뚝에 푸른 핏줄이 툭 튀어 나왔다. 휴대폰을 아예 뒤로 감추고서 나가려는 그의 곁으로 달려갔다. 왠지 어떤 말이라도 꺼내야 할 것만 같았다. 시현도 멈춰서 내 얼굴을 바라보았다.

하지만 입이 떨어지지 않았다. 무슨 말을 한단 말인가. 네가 생각하는 그런 문자가 아니라고? 그렇지만 어젯밤 몸을 섞은 상대한테 헤어진 전 애인의 이야기를 하는 건 못 미더운 짓이지 않나.

끝내 아무 말도 꺼내지 못하고 머뭇거렸다. 시선은 아예 바닥으로 떨어졌다. 그의 발끝만 노려보며 입술을 잘근대는데, 시현의 목소리에 침묵이 깨졌다.

"빨래부터 돌릴게요. 쉬고 계세요."

문 여는 소리에 고개를 들었다. 눈이 마주치기만 기다렸다는 얼굴로 시현이 해사하게 웃었다. 그 미소에 안도감이 들었다.

문자를 보고도 이상한 낌새를 느끼지 못한 걸까? 자그마한 희망을 품은 채 문이 닫히자마자 그대로 주저앉았다. 다리에 힘이 하나도 없었다.

"나쁜 새끼. 갑자기 왜 연락한 거야."

가방을 끌어당겨 크게 벌렸다. 휴대폰을 가방 구석 깊숙이 처넣을 셈이었다. 씩씩거리고도 분이 풀리지 않아 전원을 꺼 버리려는 찰나 진동이 짧게 울렸다. 버튼을 누르기도 전에 문자 내용이 화면을 가득 채웠다. 이번에는 학원에서 온 문자였다.

〈문 선생님, 휴가 언제 끝나세요?〉

그나마 친하게 지내던 직장 동료의 문자였다. 나이가 얼마 차이 나지 않아 서울에 있을 때는 언니 동생 하며 지내던 사이였으나 그 사건이 벌어진 후 미묘하게 거리감이 생겼다. 뜬금없이 문자를 보낸 걸 보면, 아마도 원장의 압력이 있었으리라. 평소와 다른 어색한 호칭이 바로 그 증거였다.

휴대폰의 전원을 끄고 힘없이 팔을 늘어트렸다. 지금 누리는 휴식도 끝나는 날짜가 정해진 휴가에 불과했다. 아무리 싫어도 언젠가 일상으로 돌아갈 준비를 해야 한다는 뜻이었다.

　"아……."

　의도치 않은 한숨이 폭포처럼 쏟아졌다. 머리칼을 헝클
어트리며 구석에 개어 놓은 이불을 바라보았다. 시현이 예
쁘게 정리하여 각이 똑바로 잡힌 이불이 반듯하니 깔끔했
다. 아무 대가 없이 다가오던 그의 마음처럼. 찜찜한 마음
이 한층 더 무거워졌다.

2부

스물하나의 남자

5. 선생님, 선생님

까마득한 기억의 첫 번째 단추는 어머니였다.

어머니는 매춘업에 종사했다. 그녀는 매일 낯선 손님 곁에 앉아 술을 따르거나 웃었고, 손님이 없으면 온종일 TV 앞에 앉아 가요 방송을 밤새도록 보곤 했다. 그럴 때면 나도 이불 구석에 쪼그려 앉아 함께 음악을 들었다. 우중충한 음악은 언제 들어도 신이 나지 않았다.

"밑으로 내려가서 얌전히 기다려."

손님이 오면, 엄마랑 같이 지낼 수 없는 날이었다. 밤에

는 반지하로 내려가 다른 아이들과 한 이불을 덮고 옹기종
기 모여 잠을 청했다. 여름에는 무덥고 겨울에는 얼어붙을
만큼 추운 도시였다.

나는 그곳에서 모든 일을 도맡았다. 내가 그 집에서 지
내는 아이 중 가장 나이가 많았고, 제일 건강했기 때문이었
다.

시들시들 앓던 아이들은 어느 날 쥐도 새도 모르게 사라
지거나 이를 악물고 도망쳤다. 그렇게 행방불명된 아이들을
다시 만날 일은 없었다.

순전히 죽지 않기 위해 하루하루를 버텼다. 내게 죽음은
그리 멀리 놓인 게 아니었다. 몇 발자국만 뒤로 물러서면
바로 그곳에 죽음의 문턱이 괴물처럼 아가리를 벌리고 있었
다. 매일 밤 괴물에게 잡아먹히는 악몽에 시달리며 몇 년을
보냈다.

"나와."

그러던 어느 날이었다. 이번에야말로 제대로 된 남자를
잡겠다며 들떴던 어머니가 판잣집을 나선 며칠 후 얼굴에
멍을 달고 돌아왔다.

그녀는 일언반구 없이 내 옷가지와 짐 몇 개를 조촐하게

챙겨 그곳을 떠났다. 아이들과 작별 인사를 나눌 여유는 없었다.

어머니는 단순한 이사라고 생각하라며 처음으로 햄버거를 사 줬다. 여태 그녀가 사 준 것 중 제일 맛있는 음식이었다. 햄버거를 먹으며 작은 낚싯배에 탔다. 그녀처럼 낡고 해진 원피스를 입은 여자 몇몇이 사이좋게 웃으며 나를 구경했다. 그곳에 아이는 나뿐이었다.

그대로 배에 태워져 이름 모를 섬에 도착했다. 향도(向島). 섬을 향한다는 뜻의 그곳이 내 새로운 집이었다. 돌봐야 할 아이도 없었고, 옹기종기 모여서 잠을 청할 아이도 없었다. 향도의 어린아이는 내가 유일했다.

"이제부터 여기서 사는 거야."

다짐하며 말하던 어머니의 표정은 어떠했던가. 이제는 기억 속에서 흐릿하게 지워진 그녀의 얼굴을 떠올렸다. 그녀는 다정하지 않았으나 나를 외면하거나 괴롭히지 않았다. 살기 위해 기를 쓰며 발버둥 치면서도 귀찮은 짐을 버리지 않았다.

나는 그 이유만으로도 어머니를 사랑할 수 있었다. 누군지도 모를 남자의 아이를 이만큼이나 키워 온 그녀에게 감사했다.

향도는 지내기 썩 괜찮은 장소였다. 도시처럼 시끌벅적하거나 요란스럽게 반짝이지 않았다. 아침이 되면 밝아지고, 밤이 되면 어두컴컴해지는 정직함이 좋았다. 내가 빠르게 향도에 적응하는 동안, 어머니는 하루가 다르게 메말랐다.

섬의 남자들은 거칠었다. 낮에는 다정한가 싶다가도, 밤이 되면 포악질을 부리며 어머니를 범했다. 어머니는 저항하지 않았다. 이 섬에서 편히 살려면 그 방법뿐이라며 술에 손을 대기 시작했다.

"너처럼 쓸모없는 애를 낳아서, 그래서 내가 이 꼴이 된 거야! 꺼져! 당장 꺼져!"

그때쯤 매질도 시작되었다. 그녀가 손찌검하고 물건을 던질 때마다 죽은 듯 웅크려 바위처럼 버텼다. 나를 때리는 것으로 그녀의 분이 풀리기를 바랐다.

우리는 어차피 이 섬에서 떠날 수 없다는 걸, 그녀도 나도 잘 알고 있었다. 그렇게라도 이 시궁창 같은 삶을 부여잡고 살아야 했다. 향도는 어머니에게 낯선 땅이었지만, 내게는 유일한 집이었다.

나는 이 섬이 그녀에게도 집이 되길 바랐다. 몰래 책을 가져와 공부를 시작하고, 동네를 돌아다니며 살림을 돕기 시작한 건 어떻게든 이 섬에 뿌리를 내리기 위함이었다. 어머니가 몸을 팔지 않아도, 내가 그녀를 보살필 수 있을 때까지만. 딱 그때까지만 버텨 보기를 바랐다.

"엄마! 엄마, 왜 그래!"

하지만 신은 쉽게 기회를 주지 않았다. 어머니는 뿌리를 내리기도 전에 무자비하게 뽑힌 새싹처럼 쓰러져 앓기 시작했다. 그녀가 쏟은 피거품을 바라보며 할 수 있는 건 그저 무력하게 떨거나 비명을 지르며 도움을 요청하는 것뿐이었다.

"살려 줘, 죽기 싫어. 나 죽기 싫어……."

흐느끼는 그녀의 눈은 먼 곳을 보고 있었다. 우리가 떠나온 도시를 꿈꾸고 있었다. 마지막 순간까지도 그녀는 이 섬을 사랑하지 않았다. 그녀의 마음이 도시에 묶여 있는 한, 섬은 그녀에게 집이 될 수 없었다.

섬에 뿌리내려 살고 싶던 건 어디까지나 내 욕심이었다.

모든 게 헛된 희망이었다. 혼자가 된 순간에서야 그 사실을 깨달았다. 섬은 그녀에게 도피처일 뿐이었다.

어머니는 쓸쓸하게 뭍만 그리워하다가 숨을 거두었다. 향도의 남자들과 함께 화장되어 고운 뼛가루로 돌아왔다. 나는 그 하얀 가루를 향도 앞바다에 뿌리며, 그녀의 영혼이 나마 이 섬에 뿌리 내렸기를 바랐다.

그날 저녁, 어머니의 가방에서 몇 개 안 되는 짐이 나왔다. 뭍으로 돌아가기 위해 챙긴 물건과 뱃삯이었다. 뱃삯은 어머니의 몫뿐이었다. 내 몫의 돈은 보이지 않았다.

과거의 꿈에 오래 발목 잡히는 건 그다지 유쾌한 일이 아니었다.

눈을 뜨고 천장에 드리운 새벽빛을 보면서 그런 생각부터 했다. 어머니의 꿈은 언제 꿔도 속이 개운치 않았다. 부스스한 머리칼을 손으로 대충 정리하며 상체를 일으켰다.

한 이불을 덮고 잔 여자의 얼굴이 보였다. 문지우. 어느날 향도에 나타난 정체불명의 손님. 기꺼이 제게 지낼 거처를 허락해 준 상대. 순하게 생긴 외모와 달리 성격은 당차고 종잡을 수가 없었다.

"선생님."

조심스레 그녀의 볼에 달라붙은 머리카락을 떼어 냈다. 고개를 기울이자 좋은 향기가 맡아졌다. 처음 그녀가 뭍에 도착했던 날도 이런 향기가 났다. 향도에서는 절대 맡을 수 없는 냄새다. 도시의 향기, 뭍의 냄새.

그녀를 품에 안았던 기억을 회상하니 괜스레 목이 탔다. 지우는 머리부터 발끝까지 새롭지 않은 구석이 없었다.

처음 만났을 때는 그저 낯설고 다정한 사람이라고 여겼던 상대와 이런 관계가 될 줄이야. 그녀의 입술을 살며시 더듬었다. 여전히 꿈같았다. 마른 입술을 침으로 축이며 속삭였다.

"선생님, 일어나세요."

지우라고 불러 보면 무슨 느낌일까. 몰래 속으로 불러 본 적이야 수도 없이 많았다. 그렇지만 실제로는 잠자리 가질 때가 아니면 쑥스러워서 이름을 부르기가 겁이 났다. 지우도 어색해하는 것 같고. 그래서 쭉 선생님이라고 불렀다. 언젠가 내 마음을 온전히 털어놓을 때, 편히 이름을 부르게 될 그 순간만 막연히 기다리면서.

"으응, 깼어. 일어날게……."

지우는 눈을 뜨고 어리광부리듯 내 팔에 고개를 비볐다. 나보다 연상이라는 게 이해가 가지 않았을 만큼 진한 사랑스러움이 느껴졌다. 지난 새벽 집요하게 몸을 섞느라 피곤한 기색이 역력한 볼에 발그레한 생기가 돌았다. 그녀는 귀엽고 달콤한 존재였다.

"참, 오늘 할머니가 제사 따라오라고 했는데."

할망당에 가기로 한 날이었구나. 그녀의 눈가에 묻은 속눈썹을 떼어 내며 고개를 끄덕였다. 이른 아침이었으나 준비할 게 많았다. 할머님들은 부지런하시니까.

"그럼 어서 씻고 옷 갈아입어야죠. 먼저 씻으세요."

"너는?"

"선생님 씻은 다음 들어갈게요."

다시 누우려는 지우를 살살 달래며 이불을 정리했다. 그녀는 눈을 끔뻑거리며 문을 통해 들어온 햇빛의 궤적을 바라보았다. 하얀 옆모습에 또 마음이 동했다. 아슬아슬하게 가슴을 가리는 얇은 원피스 사이로 내가 남겼던 자국이 꽃처럼 피어 있었다.

"그러지 말고 같이 씻을까?"

"네?"

아무렇지 않게 농담을 던진 지우가 낮게 키득거렸다. 짓궂음이 선연한 미소에도 심장은 눈치 없이 쿵쿵 뛰기 바쁘다. 이런 내 마음을 그녀도 알고 있겠지. 그러니까 시도 때도 없이 이런 농담을 던지는 거겠지.

"너무해."

진짜로 해 줄 것도 아니면서. 작게 투덜거리자마자 그녀가 쓱 고개를 내밀었다. 가볍게 쪽 맞닿은 입맞춤 앞에서 내 마음은 또 흐물흐물 녹아내린다.

"삐졌어?"

"저 안 삐져요."

"거짓말."

유치한 마음에 확 달려들었다. 그녀는 웃음을 터트리며 반듯하게 정리한 이불 위로 무너졌다. 엎치락뒤치락 엉키다가 입술이 부딪쳤다. 자연스레 내 허리를 끌어안는 그녀의 손이 파르르 떨렸다. 혀가 엉키고 그녀의 입술이 축축하게 젖었다. 내 것은 또다시 단단해지며 반응했다.

"아침부터 급하네. 기운도 좋다."

입술을 뗀 지우가 웃으며 허리를 쿡 찔렀다. 머쓱한 마음에 시선을 피했다. 혈기왕성한 마음을 들키면 어쩔 수 없는 부끄러움이 뒤따랐다. 닿을 때마다 일일이 반응하는 내 몸과 차분하게 대처하는 그녀의 태도가 비교되어 더욱 부끄러웠다.

"얼른 씻고 올게."

똑같은 어른이면서도 지우는 언제나 내 혈기를 능숙하게 무마시켰다. 지금도 마찬가지였다. 장난스럽게 내 어깨를 짚고 벌떡 일어난 그녀가 가벼운 걸음으로 문턱을 넘었다. 그녀가 사라지고 텅 빈 자리를 돌아보며 흐트러진 이불을 다시 정리했다. 묵직해진 아랫배를 풀고자 심호흡했지만, 영 도움이 되질 않았다.

진정하자고 생각하며 지우가 씻고 나오기만을 기다렸다.

향도의 해녀들은 중요한 물질이 있을 때면, 꼭 할망당에 들러 제사를 지냈다.

커다란 바위틈 사이에 놓인 제사상에는 소복하게 쌓아 올린 쌀밥 한 그릇과 과일, 생선 한 마리. 그리고 떡과 술을 올렸다. 해녀 중 가장 늦게 물질을 시작한 사람이 매번 준비하는 일이었다.

윤정숙 할머님은 이 중요한 일을 당신의 손녀가 지켜보기를 바라시는 듯했다. 지우는 아직 졸음이 다분한 얼굴로 할머님 곁에 서서 제사를 구경했다. 나는 두 손을 모으고 그녀의 뒤에 서서 함께 제사를 지냈다.

제사의 내용은 단순했다. 바다의 신에게 오늘 물질도 안전하게 마무리되도록 비는 것이다. 아주 오래된 향도의 풍습이니만큼 다들 진지한 얼굴로 제사에 임했다. 지우는 불청객이 된 기분이 들었는지 다소 불편한 표정이었다.

"휴, 겨우 끝났네."

제사가 끝나자 곁으로 다가온 지우가 작게 소곤거렸다. 립글로스를 바른 그녀의 입술이 햇볕 아래서 조개껍데기처럼 반짝거렸다.

"피곤해요?"

"조금. 너는 안 피곤해?"

"저는 괜찮아요."

"맨날 괜찮대. 일은 제일 많이 하면서."

비틀거리는 그녀를 위해 손을 잡아 주었다. 마른 몸이 울퉁불퉁한 바위 위에서 휘청거릴 때마다 가슴이 불안감으로 가라앉았다. 내 마음을 아는지 모르는지, 그녀는 바닥을 살피지 않고 성큼성큼 발을 내디뎠다. 할머니 곁으로 쪼르르 달려가는 그녀의 머리칼이 해초처럼 나부꼈다.

"할머니!"

제사도 끝났으니 가서 할머니들을 도와 그물을 정리해 줄 차례였다. 그러나 지우가 할머니 앞으로 막아서며 엉뚱한 제안을 던졌다.

"오늘 부탁할 일이 있어서 그러는데, 시현이 좀 데려가도 돼요?"

"시현이를? 뭣 하러?"

말간 눈을 빛내며 할머니를 설득하는 그녀의 미소를 훔쳐보았다. 살가운 눈웃음 위로 꽃봉오리가 만개하는 듯했다. 그녀의 얼굴에는 봄이 있었다. 이 향도의 찌는 듯한 햇볕 아래서도 시들지 않은 꽃이 있었다.

"시현아, 허락받았어! 할머니 마음 바뀌기 전에 얼른 가자."

밝게 웃으며 다가오는 지우의 볼이 발갰다. 제사 내내 모자를 쓰지 못한 탓이었다. 혹여나 따가울까 싶어서 황급히 챙겨 온 밀짚모자를 씌워 주었다. 반쯤 그늘이 진 얼굴에 장난기가 다분했다. 그녀는 은근히 짓궂은 성격이었다.

"손잡을까?"

"지, 지금 잡으면 들켜요."

"농담한 거야."

나지막이 장난을 주고받으며 조용히 자리를 떴다. 바위에서 어느 정도 벗어난 다음에는 신나게 웃으면서 냅다 뛰었다. 나란히 달리면서 맞는 바닷바람이 선선하니 짭조름했다. 따개비 박힌 바위를 요리조리 피하는 지우의 머리칼이 아슬아슬하게 닿을 듯 말 듯 멀어졌다.

얼마나 뛰었을까. 이마에 땀이 송골송골 맺힐 무렵이 되고서야 지우가 걸음을 멈췄다. 도착한 곳은 내가 그녀한테 안내해 주었던 언덕의 정자였다. 그녀는 제법 이곳을 마음에 들어 하는 듯했고, 그 사실이 나를 뿌듯하게 했다.

"공부 좀 해야지."

지우가 부지런히 챙겨 온 교재를 꺼내 들었다. 그녀의 하얗고 가느다란 손가락이 베일 듯 날카로운 종이를 아무렇지 않게 넘길 때마다 마음이 서늘하게 가라앉았다. 휙휙 넘어가던 책장이 우뚝 멈췄다.

"오늘은 여기부터 풀어 보자."

얌전히 시키는 대로 앉아서 교재를 풀기 시작했다. 며칠간 그녀가 내 주는 숙제를 묵묵히 한 덕분에 그다지 어렵지 않았다. 열심히 연필을 굴리며 문제를 푸는 동안, 지우의 시선이 내 목 언저리와 얼굴에 닿는 게 느껴졌다.

착하네. 연신 칭찬해 주며 머리를 쓰다듬어 주는 손길에 마른침이 꼴깍 넘어갔다. 그녀는 알고 있을까. 별것 아닌 손길 하나, 시선 하나에 내 마음은 하루에도 몇 번씩 바다 위 부표처럼 출렁대고 있다는 걸. 두근거리면서도 어쩔 줄 모르는 감정의 경계선을 오가고 있다는 걸. 과연 알고 있을까?

키스하고 싶다. 솔직한 소망을 꾹 숨긴 채 고개를 들었다. 마주친 시선에 그녀가 살며시 고개를 기울였다. 턱과 어깨 사이에서 흔들리는 머리칼이 검고 매끄러웠다. 필시 좋은 향기가 나겠지. 그녀가 품고 있는 물의 향기가.

며칠간 공부를 하면서 우리의 사이도 점차 가깝고 깊어졌다. 가끔 나누던 뽀뽀는 이제 볼이 아니라 입술까지 이어졌다. 처음에는 어떻게 대해야 할지 몰라 서툴렀지만, 조금씩 익숙해지고 나날이 무뎌졌다.

나는 이제 가벼운 칭찬이나 손길만으로는 만족할 수 없었다. 지우의 입술과 몸에 닿고 싶었다. 그녀가 내뱉는 숨이나 목소리, 모든 걸 공유하고 싶었다. 그녀의 모든 순간을 가지고 싶었다.

"다 풀었어요."

문제를 다 해치우고서 채점을 맡기는 순간이 좋았다. 동그라미가 무수하게 많은 문제집을 확인한 다음, 상을 원하듯 빤히 쳐다보면 지우가 웃어 주곤 했으니까. 그럴 때면 그녀도 얄궂게 입술만 피하며 볼이나 이마에 입 맞추곤 했다.

가만히 뽀뽀를 받고 시무룩할 틈도 없었다. 나도 요리조리 고개를 돌려가며 어떻게든 입술을 겹쳐 그녀의 웃음과 숨을 빨아들였다. 그 순간의 즐거움이 유독 진했다.

"오늘은 그만 풀어도 될 것 같아. 잘했어."

오랜만에 학생을 가르치는 기분이 꽤 괜찮았는지 문제집을 살피던 지우의 입가에 만족스러운 미소가 번졌다. 선생님다운 말투 때문에 편한 옷차림인데도 성숙하고 세련된 분위기가 느껴졌다.

학원에서 선생님으로서 지내던 그녀는 이런 모습일까?

언제부터였는지 모르겠지만, 나도 모르게 시간이 지날수록 서울에서 생활했을 지우의 모습을 상상하기 시작했다.

지금처럼 편하게 살갑게 학생을 대했을지, 아니면 냉철하고 선을 그으면서 대했을지. 여러 모습이 궁금했다. 향도가 아니라, 서울에서의 모습이. 그 호기심이 마음속에 서울로 가고 싶다는 욕망을 남몰래 심어 주었다.

"저 잘 풀었나요?"

"응, 아주 잘했어. 이해도 빠르고. 학원에서 가르치던 애들보다 진도 나가는 속도도 더 빠른 것 같아."

발랄하게 이야기를 이어 나가던 지우가 잠시 숨을 골랐다. 동시에 그녀의 손에서 빙글빙글 돌던 색연필이 멈췄다.

"어때? 이해 잘 되게 설명해 주고 있나?"

왜 당연한 질문을 하나 싶어서 열렬히 고개를 끄덕였다. 지우는 또다시 애 다루듯 내 머리칼을 쓱쓱 쓰다듬었다. 애 취급은 싫어도, 그녀의 손길은 좋았다. 얌전히 그녀의 어깨에 살짝 머리를 기댔다. 머리 위로 지우의 고백 같은 몇 마디가 조곤조곤 내려앉았다.

"여기 오기 전에…… 서울에서 말이야."

서울 생활과 관련된 이야기는 자주 들은 적이 없었다. 기댔던 머리를 떨어트리고 그녀를 바라보았다. 지우는 은근슬쩍 내 시선을 피하고 문제집을 쳐다본 채로 이야기를 이어

나갔다.

"갑자기 몸이 굳어서 제대로 수업을 못 하겠더라고."

"언제부터 그랬는데요?"

지우는 잠시 입을 다물었다. 어떤 말부터 해야 할지, 어떤 식으로 설명해 주면 좋을지 고민하는 눈치였다. 재촉하지 않고서 느긋하게 그녀의 말을 기다렸다. 괜히 조급하게 굴어서 그녀의 평정심을 깨트리기 싫었다.

"그냥……."

결국, 그녀는 회피를 선택했다. 제대로 된 이유를 스스로 알고 있는데도 말하기 싫어하는 마음이 느껴졌다. 더 물어보지 않고 고개만 끄덕였다. 그녀는 고맙다는 듯 힘없이 웃다가 문제집에서 고개를 돌렸다. 내 얼굴을 바라보는 까만 눈빛이 다정하게 일렁였다.

"그냥 그랬어. 그런데 여기서 너 가르칠 때는 이상하게 편해. 꼭 처음 애들 가르칠 때만큼 기분이 들떠. 왜 그럴까."

이유는 모르겠다고, 그렇지만 나와 단둘이 있을 때 참 편하다고. 그렇게 말하는 여자의 입술에 참지 못하고 입을 맞췄다. 살포시 닿은 입술 너머로 그녀가 미소 짓는 게 느껴졌다. 살짝 떠밀었는데도 너무나 쉽게 무너지는 그녀의 허리가 지나치게 가늘었다. 허리를 감싸며 더 깊이 입술을 겹쳤다. 따듯하게 숨결이 섞이는 그 느낌이 좋았다.

선생님에게 도움이 되었으면 좋겠어요.

그 한마디를 키스로 대신했다. 뛸 듯 기쁜 마음을 혼자 가슴에 묻었다. 지우가 이 마음을 알아주면 싶다가도, 혹여나 부담을 주게 될까 싶어서 두려웠다. 그녀가 향도를 편하게 받아들이는 만큼 내 존재도 부담스럽지 않게 느껴 줬으면 했다.

"이제 집으로 갈까?"

짧은 입맞춤이 끝나자 지우가 짐을 챙기기 시작했다. 아쉬운 마음에 손이 먼저 튀어 나갔다. 카디건 소매가 붙잡힌 지우의 눈이 왜 그러냐고 물어보듯 느리게 깜빡거렸다. 눈꺼풀 위로 햇빛 한 줄기가 부드럽게 넘실거렸다.

"요 앞에서 좀 걷지 않을래요? 산책할 겸."

충동적인 말이라는 건 스스로 잘 알고 있었다.

"산책?"

하지만 꽤 괜찮은 제안이었는지 지우의 얼굴이 순식간에 환해졌다. 화색 도는 얼굴을 보니 다행이라는 안도감이 끼쳤다. 그녀도 산책을 좋아하는 모양이었다. 냉큼 몸을 일으키더니 얼른 내려가자고 손짓하는 걸 보면 말이다.

"으음, 할머니가 보면 잔소리하실 것 같은데."

"할머님들은 반대편에서 일하시니까 괜찮아요. 아무도

못 볼 걸요."

"관리하는 사람도 없어?"

"향도는 그런 거 없어요. 이장님도 여기까지는 안 오시고."

가파른 길에 넘어지지 않도록 주의하며 그녀를 이끌었다. 내 어깨에 조심스럽게 팔을 걸친 그녀의 티셔츠 안쪽으로 둥근 가슴선이 드러났다. 조심하라는 말 대신 정면을 바라보며 묵묵히 걸었다. 그녀의 즐거움을 쓸데없는 지적으로 망치고 싶지 않았다.

"아, 미안."

그러나 숨기지 못한 얼굴의 열 때문에 시선을 들키고 만 모양이었다. 지우는 잽싸게 제 옷차림을 확인하더니 가슴팍을 손으로 꾹 눌렀다. 그러지 않아도 된다는 뜻으로 우뚝 걸음을 멈췄다.

"뭐가 미안해요. 제가 실수로 본 건데."

"아냐, 다 큰 여자가 이러고 다니면 쓰나. 내가 원래 이런 자잘한 부분을 잘 신경 못 써. 천성이 무심해서 그래."

지우는 가끔 나보다 몇십 년은 더 산 사람처럼 말하곤 했다. 흐트러진 머리칼이 그녀의 옆모습을 가렸다. 그게 싫어서 귀 뒤로 머리카락을 넘겨 주었다. 툭 마주친 시선에 또다시 입안이 타들어 갔다. 갈증은 심각했다.

"진짜 괜찮아요."

대답을 들은 그녀가 씩 웃었다. 어떤 생각을 하는지 전혀 모를 미소다. 이처럼 도통 속내를 파악할 수 없던 상대는 어머니 이후로 처음이었다.

"어떤 사람은 내가 이럴 때마다 칠칠찮다고 싫어했는데. 큰 흠이래, 흠."

"누가 그런 말을 해요?"

지우의 가족이 아니고서야 인정할 수 없는 말이다. 아니, 가족이어도 인정할 수 없는 말이었다. 문지우는 흠 없이 완벽한 여자였다. 내가 살면서 본 여자 중에 가장 예쁘고 착한 데다가 신비로운, 한여름 밤의 꿈처럼 나타나 아직도 떠나지 않은 섬의 손님.

"그 사람 눈이 삐었네."

"맞아, 삐었어."

지우는 내 말을 부정하지 않았다. 그러나 동감하는 표정이 썩 시원하지도 않았다. 그걸 알아차리자 그녀가 말했던 그 사람이 신경 쓰이기 시작했다.

대체 누굴까.

저런 말을 아무렇지도 않게 할 정도면 사이가 가까운 상대일 터였다. 원래 누군가를 제일 상처 입힐 수 있는 건, 가장 가까운 사이에 놓인 사람이다. 친하지 않은 상대에게는 쉽사리 상처 받지도 않는다. 그저 그런 사이일 뿐이니까.
오래 기억에 남지도 않으니까.

"여기야?"

사이좋게 언덕을 내려가는 동안, 어느새 탁 트인 해변이
나타났다. 잔뜩 들뜬 얼굴로 제자리에서 콩콩 뛰는 지우를
향해 고개를 끄덕였다. 반대편과 달리 수심이 얕아 모래 바
닥이 자세히 보이는 해변이었다.

바닷바람이 선선하게 불어와 짠 내음을 흩뿌렸다. 입술
을 살며시 핥고 짜다며 웃던 지우가 조용히 손을 건넸다.
나도 떨리는 마음을 겨우 갈무리한 채 그녀의 손을 잡았다.
지우의 손은 차갑고 부드러웠다.

바닷물이 밀려와 하얀 거품을 남기며 사라졌다. 지우와
나란히 걷는 동안 축축한 해변에 점점이 발자국이 찍혔다.
우리는 가끔 뒤를 돌아보면서, 파도가 지나간 자리에 발자
국이 얼마나 남아 있는지를 셈하면서 웃었다.

"선생님, 앞에."

슬쩍 힘주어 손을 당기자 지우가 옆구리에 찰싹 달라붙
었다. 나도 모르게 바짝 긴장하여 목덜미까지 뻣뻣해졌다.
지우는 그 낌새를 눈치채지 못하고 그녀의 샌들 앞에서 줄
줄이 걸어가는 게를 바라보았다. 자그마한 새끼 게가 파도
에 나뒹굴면서 꿋꿋이 무리를 따랐다.

"신발 벗고서 걷고 싶다."

이윽고 지켜보던 게 무리에게서 흥미를 잃었는지, 지우가 바람에 휘날리는 머리카락을 정돈하며 속삭였다.

"그런데 나중에 돌아갈 때 좀…… 그렇겠지? 모래도 치워야 하고."

"상관없어요. 어차피 씻을 텐데. 마당 수돗가에서 발 씻고 화장실로 들어가면 되죠."

"그래?"

지우가 냉큼 신발을 벗었다. 그녀가 벗은 샌들을 챙기고 다시 손을 잡으려는데, 별안간 지우가 옆구리를 쿡 찌르더니 물러났다. 갑작스러운 행동에 놀라 앗, 하고 고개를 들자 살금살금 물러나는 그녀가 보였다. 지우의 입가에 장난스러운 미소가 달처럼 걸려 있었다.

"몸 좋네, 김시현."

"먼저 찔러 놓고 어디 가요."

나도 장난에 응수하며 그녀의 허리를 꽉 부여잡았다. 빠져나가려고 발버둥 치는 지우의 발 주변에 첨벙첨벙 하얀 거품이 일었다. 시원스럽게 웃음을 터트리는 그녀의 입술 사이로 하얗고 고른 치열이 보였다.

"물 진짜 차가워. 신발 괜히 벗었네."

"샌들 다시 줄까요?"

"아니, 그래도 더 담그고 있을래. 바닥이 고운 모래라서 기분이 좋아."

잘 걷는다 싶더니, 얼마 지나지 않아 밀려오는 파도에 지우가 비틀거렸다. 황급히 쫓아가 잡아 주자 그녀가 품에 폭 안겼다. 맞닿은 가슴이 고스란히 느껴져서 지나치게 신경 쓰였다. 아랫입술을 꽉 깨무는데, 이번에는 지우가 내 얼굴을 보았다.

"왜 표정이 그래?"

씩 미소 짓는 그녀가 검지를 뻗어 내 입술을 톡 두드렸다. 이어서 머리카락을 한 올 한 올 넘겨 주는 손길마저 자극적이었다. 일부러 얄궂게 구는 그 마음을 모르지 않았다. 입술을 삐죽이자 지우가 싱그럽게 웃었다.

"몰라요."

"솔직하게 말해야지."

붙잡힌 뺨이 그대로 끌려갔다. 맞닿은 가슴이 뜨겁다고 생각하는 순간, 입술이 닿았다. 바닷바람에 몸이 차갑게 식어 가는데도 그녀의 입술만큼은 불덩이 같았다. 도톰한 입술 너머로 혀가 미끈하게 움직였다. 여유로운 오후를 즐기는 여자의 모습에 심장이 뛰었다.

"우리…… 이제 집에 가요."

결국, 먼저 함락된 건 또다시 내 쪽이었다. 흥분에 취해 어쩔 줄 모르는 마음이 갈팡질팡하며 그녀의 입술을 찾았다. 허겁지겁 등을 어루만지자 그녀가 사탕으로 어린아이를 여유롭게 놀리는 어른처럼 자그맣게 속삭였다.

"조금만 참아. 산책하자더니."

그녀의 인내심은 대체 얼마나 깊은 걸까. 나는 저 하얀 손끝이 내 몸을 스치기만 해도 머릿속이 온통 음습해지고, 몸이 바싹 달아오르는데. 조금은 얄미웠다.

"선생님도 춥잖아요."

"나 하나도 안 추워."

"거짓말, 입술이 새파란데."

애가 탔지만 차분하게 기다렸다. 그녀가 원하는 태도를 보여 주고 싶어 필사적이었다. 이후 포상처럼 다가올 손길을 알고 있기 때문이었다. 잘 훈련된 개처럼 그녀만을 바라보며 순종적으로 눈을 내리깔았다.

반달처럼 휘어진 지우의 눈꼬리에 입을 맞추고 싶었다. 그녀는 샐쭉하게 미소 짓다가 검지로 내 입술을 문질렀다. 열에 들떠서 건조해진 입술이 조금 창피했다.

"얼굴이 빨간데, 김시현. 이상한 생각했어?"

날것의 쾌감을 분석하듯 그녀의 시선이 날카롭게 내 얼굴을 훑었다. 내 눈빛에 일렁거렸을 열기와 애정을 들켰다는 사실만으로도 수치심이 밀려왔다. 더 견딜 수 없어 그녀의 팔을 홱 잡아당겼다.

지우는 발버둥조차 치지 못하고 내 품에 안겨 쏟아지는 키스를 받아 냈다. 드디어 맞물린 입술의 열기가 달고 진득했다. 그녀의 머리칼을 조심스레 뒤로 넘기면서 더 가까이 끌어안았다. 그녀가 낮게 신음을 뱉으며 웃었다.

"시현아, 뭐가 그렇게 급해."

"그러는 선생님은 왜 그렇게 담담해요?"

"글쎄?"

저건 달래는 말투가 아니다. 나를 놀려먹으려는 말투다. 이 순간까지도 내 반응이 그저 귀엽기만 한 거다. 그게 분하면서도, 막상 얼굴을 마주하니 좋기만 해서 고개를 떨구었다. 그녀가 두 팔을 높이 뻗어 내 머리를 끌어안았다. 정수리 위로 부는 숨결이 바닷바람처럼 덧없고 길었다.

문득 지우의 가슴에 귀를 가까이 대 보고 싶었다. 그녀의 심장 박동이 나만큼 거칠게 뛰고 있는지 확인하고 싶어졌다. 이따금 나를 보는 눈빛에서 느껴졌지만, 결코 그녀가 입 밖으로는 꺼내 본 적 없는 진심을 알고 싶었다.

"우리, 같은 냄새가 나요."

내 말에 지우가 긍정하듯 고개를 끄덕였다. 그녀도 나와 같은 생각을 공유했다는 것만으로도 가슴이 울컥거렸다. 바보처럼 눈가가 시려 재빨리 고개를 숙였다.

"슬슬 돌아갈까?"

따뜻한 숨결이 정수리에 내려앉았다. 착하다고 말하듯 내 머리칼을 쓰다듬어 주는 손길이 다정해서 설레었다. 내가 지금 이 순간, 그녀를 상대로 어떤 상상을 하는지 알아차리지 못하고 그저 착한 아이 달래듯 구는 손길이었다.

가느다란 허리를 꼭 껴안고서 몇 번이나 벅차오르는 감정을 추슬렀다. 지우를 껴안을 때마다 내 몸은 꼭 밑바닥이 없는 바다에 잠기는 것만 같다. 밀려오는 파도에 모든 생각과 감정이 휩쓸리는 느낌이다.

구부정하게 숙이고 있던 허리를 폈다. 가슴에 닿는 지우의 얼굴이 보였다. 지우가 내 얼굴을 빤히 바라보더니 짓궂게 속삭였다.

"네 표정, 무서워."

내가 무슨 표정을 지었길래 저럴까. 지우의 웃음소리가 들렸다. 얄미우면서도 좋았다. 대뜸 그녀의 핑계를 댔다.

"선생님 때문이잖아요."

"뭐, 말만 하면 내 탓이래."

"사실이니까."

"그게 왜 사실……. 으응."

눈을 흘기려다가 그 얄미운 입술을 삼켜 버렸다. 아랫입술을 끈적하고 집요하게 핥다가 도망치려는 혀를 쫓아 허덕였다. 끝나지 않을 듯했던 갈증이 그 순간 멈추었다. 달뜬 지우의 신음과 흐트러진 호흡을 느낄 때마다 초조함이 줄어들었다.

사랑한다고 말하면 도망가겠지. 좋아한다고 말해도 시선을 피하려는 사람이니까. 울컥대며 튀어 나오려는 진심을 꾹꾹 짓밟으며 미소 지었다. 여린 목덜미에 입을 맞추자 지우가 바르르 몸을 떨었다.

그녀의 자그마한 반응에도 깊은 안도감이 들었다. 동시에 미미한 집착이 뒤따랐다. 이 모습을 나만 오롯이 볼 수는 없을까.

지우가 이런 감정까지는 몰라주기를 바랐다. 성숙하고 멋진 그녀의 앞에 내보이기엔, 다소 추잡하고 부족한 감정이었으므로.

화창한 날이었다.

소를 챙겨 달라는 부탁을 받아 아침 일찍 집을 나섰다. 흥덕 할매의 집 문턱을 넘자마자 개 두 마리가 시끄럽게 짖었다. 가까이 다가가자 내 얼굴을 알아보는지 꼬리를 쳤다. 누렁이의 머리를 쓰다듬어 주다가 곧장 외양간과 이어진 부엌으로 향했다.

아궁이에 불을 때고 가마솥에 물을 부어 끓기를 기다리는 동안, 상한 배춧잎과 짚을 골라 정리했다. 짚이 바스락대며 흔들릴 때마다 안에 숨어 있던 벌레들이 데구루루 튀어 나왔다.

손을 휘적대며 날벌레를 쫓은 다음, 가마솥 뚜껑을 열어 몽땅 쏟아 넣었다. 쌀겨가 희끄무레하게 휘날렸다.

겨울도 아니니 굳이 쇠죽 먹일 필요가 없다지만, 흥덕 할매는 가끔이나마 따듯한 쇠죽을 끓여 먹여 달라 부탁하곤 했다. 아무래도 소들이 더운 여름을 나느라 지쳐서 살이 잘 안 붙는 게 신경 쓰이는 모양이었다.

"휘, 저리 가라."

혀부터 내미는 소를 피해 쇠죽을 여물통에 쏟아붓고 먼지가 가득 쌓인 부엌을 깔끔하게 정리했다. 일을 마치고 바깥으로 나왔을 때는 온몸이 땀범벅이었다.

어쩔 수 없이 집으로 돌아가기 전에 정자에 들러 수돗가로 갔다. 이 꼴로 그녀를 만나러 가는 게 신경 쓰였다. 그렇지 않아도 선생님이라고 부르라며 저를 진짜 학생처럼 대하는데, 지저분한 꼴로 갔다간 더 애 취급을 당할 터였다.

모자와 상의를 벗고 등목을 했다. 그 모습을 보며 정자에서 쉬고 있던 할매가 가까이 오라 부르더니 옥수수를 쥐여 주었다. 삶은 옥수수를 한 입 크게 베어 먹자 단맛이 났다.

지우도 옥수수를 좋아할까. 무언가를 먹을 때 이런 생각을 하는 건 처음이었다.

수건으로 물에 젖은 머리칼을 시원하게 털어 냈다. 혹시 땀 냄새가 날까 싶어 킁킁 냄새를 맡아보았지만, 다행히 바닷가의 짠 내만 코끝을 찔렀다. 이 향기는 아무리 씻어도 사라지지 않는 향도의 체취였다.

"아야, 더 먹거라."

할매가 아예 옥수수 한 소쿠리를 내주었다. 감사하다며 받아 든 소쿠리 바닥이 따끈따끈했다. 지우한테 먹일 생각에 신이 났다. 서둘러 발길을 재촉하며 집으로 향했다. 집으로 돌아가는 길이 오늘따라 유난히도 길게 느껴졌다.

"선생님!"

대문을 넘자마자 크게 소리쳤다. 인기척이 없어 잠시 주춤하다가 마루로 다가가 소쿠리부터 내려놓았다. 살짝 열린 문틈 너머로 축 늘어진 다리가 보였다.

그녀가 외할머니에게 받아 온 선풍기 한 대가 덜덜거리며 느리게 돌아가고 있었다. 어찌나 낡았는지 바람이 안 부느니만 못했다. 역시나 더위를 견디기 역부족이었는지 지우의 손바닥에 부채 하나가 힘없이 들려 있었다.

자기 직전까지 부채질을 했던 걸까?

살금살금 다가가 지우의 얼굴에 드리운 햇빛을 손으로 대충 가려 주었다. 인상을 찡그리고 있던 그녀의 미간이 반듯하게 펴졌다. 손가락 사이로 빠져나온 빛 한 줌이 그녀의 콧등에 자그마한 동그라미를 그렸다. 색색 들려오는 숨소리에 맞춰 완만한 가슴팍이 위아래로 움직였다.

슬그머니 고개를 숙였다. 시선을 내리자 도톰하고 붉은 입술이 보였다. 나도 모르게 침을 꼴깍 삼켰다. 저 말캉한 입술이 얼마나 달고 보드라운지 잘 알고 있기 때문이었다. 언제 깨우면 좋을까 망설이던 찰나 뭔가가 눈에 띄었다.

지우의 가방 사이로 파일 하나가 삐죽 튀어 나와 있었다. 시선을 빼앗겨 손을 내렸다. 햇빛이 드리운 자리에 파일 전면이 나타났다. 지우의 사진이 인쇄된 포스터가 파일에 들어 있었다.

귀신에 홀린 듯 손을 뻗어 쭉 잡아당겼다. 포스터는 너무나도 쉽게 튀어 나왔다. 머리를 단정하게 올리고 블라우스와 정장 치마를 입은 지우의 모습이 찍혀 있었다. 어른스럽고 당당한 분위기였다. 향도에 온 첫날, 땀에 푹 젖은 채 만났던 모습과 굉장히 달랐다.

서울에서는 이런 모습으로 돌아다녔을까? 그럼 지금처럼 방에 누워 곯아 떨어진 지우의 모습은, 어쩌면 나만 볼 수 있는 게 아닐까? 그녀의 지인들은…… 지우가 잠자리에서 얼마나 애틋하게 신음하는지도 모르겠지. 전부 나만 알 수 있는 거겠지.

이런저런 생각에 괜히 심장이 두근거렸다. 다른 이들은 절대 모를 지우의 모습을 다 혼자서만 독식한다는 생각에 가슴이 들떴다. 포스터 속 지우의 모습을 좀 더 감상하기 위해 자세를 바꿀 때였다.

"너 뭐 하니?"

별안간 오른쪽에서 지우의 목소리가 내리꽂혔다. 깜짝 놀라 그대로 얼어붙은 채 시선만 살짝 돌렸다. 언제 잠에서 깼는지, 지우가 부스스한 머리칼을 손으로 대충 빗으며 빙글빙글 웃고 있었다.

"왜 내 사진 보면서 그런 표정으로 웃어?"

후다닥 포스터를 내려놓고 얼굴을 더듬거렸다. 뭐지, 내 표정이 어떻길래 저러지. 이상한 표정이라도 지었나?

"표, 표정이 왜요?"

"음흉한 표정이잖아."

귀엽다고 덧붙인 그녀가 내 한쪽 볼을 쭉 잡아당기며 놀렸다. 부끄러움에 시선을 피하며 머리만 벅벅 긁었다. 혹시 기분이 나쁘지는 않을까 눈치를 살폈지만, 그녀는 아무렇지도 않게 포스터를 더 빳빳하게 펼쳐 주었다. 아예 편하게 보라는 뜻 같았다.

"작년에 찍은 거야. 이때는 좀 더 날씬하고 머리카락도 더 길었는데."

추억에 젖은 여자의 표정이 인상 깊었다. 먼 곳을 바라보 듯 흐리고 멍한 시선이 연신 포스터를 훑었다. 저런 표정을 미처 본 적이 있었나? 지우의 얼굴에서 눈을 떼지 못하고 아무 질문이나 뇌까렸다.

"학생 가르치는 일, 좋아했어요?"

넌지시 던진 질문에 지우의 입꼬리가 부드럽게 올라갔 다. 진심이 우러나오는 미소였다.

"좋았지."

"어떤 점이요?"

그녀의 인생이 궁금했다. 그녀가 서울에서 보고 들은 것 들이 궁금했다. 나와 만나기 전까지 어떤 생활을 보냈고, 일상 속에서 얼마나 많은 행복을 얻었는지. 그렇게나 행복 한 삶을 잠시 미뤄 두고서 향도까지 온 이유는 무엇인지. 문지우라는 여자의 모든 게 궁금했다. 호기심은 억누르려고 할수록 더 강해지기만 했다.

"대학 합격하고, 감사하다고 꽃이나 케이크 들고 돌아오 는 애들도 있었어. 그런 애들 보면 뿌듯하기도 하고. 내가 되게 대단한 사람이 된 기분이 들었거든."

선생님으로서 문지우는 어떤 사람이었을까. 지금처럼 다

정하기만 한 사람이었을까, 아니면 가끔 엄하기도 한 어른이었을까. 앞으로도 절대 볼 수 없을 그녀의 과거를 상상하며 포스터를 관찰했다.

"길고 긴 애네의 인생 한구석에 내가 조금이나마 보탬이 되었다고 생각하면 그렇게 행복할 수가 없었어. 나는 별것 아닌 사람인데, 얘들은 뭐가 좋아서 나를 이렇게 따를까. 내가 뭐라고, 웃기지?"

얌전히 듣다가 마지막 말이 마음에 걸려 인상을 찌푸렸다. 문지우는 가끔, 이런 식으로 제 가치를 깎아내리듯 말하는 버릇이 있었다. 그럴 때면 괜한 불편함이 가슴 한편에 모래처럼 쌓였다. 왜 스스로를 낮춰 말하는지 이해할 수 없었다. 나는 그녀만큼 반짝반짝 빛나는 사람을 여태까지 본 적이 없었으니까.

"원하는 대학에 못 가서 우는 애들 위로할 때면, 나도 슬프고 미안하고. 내가 더 열심히 못 가르쳐서 그런 것 같고……."

그런데 왜 휴가를 낸 거냐고, 그렇게 좋아하던 일을 왜 접고 향도에 왔는지 물어보고픈 마음이 목구멍까지 차올랐다. 그녀는 아직도 돌아가는 배편을 알아보고 있지 않았다. 그래서 더 불안했다. 언제까지 머물 건지만 알려 줘도 이 정도로 불안하지 않을 것 같았다.

하지만 그걸 물어보는 순간, 곧바로 배편을 알아보기 시작할지도 모른다. 잊고 있던 서울의 일상을 떠올리고서 나만 남겨 두고 돌아갈지도 모른다.

지우가 향도의 분위기에 취해서 잠깐이나마 서울을 잊었다면, 그렇다면 차라리 계속 잊어 줬으면 좋겠다고 생각했다. 그럼 적어도 내 곁을 떠나진 않을 테니까. 차마 밝힐 수 없을 만큼 새카만 속내를 꾹 감추고 애꿎은 포스터를 뒤집었다.

포스터의 뒷면에는 지우를 포함한 다른 강사들의 사진도 함께 찍혀 있었다. 강사진의 단체 사진 아래에 큼지막한 글씨로 학원의 대학 합격률이 적혀 있었다. 시선이 구석으로 향했다. 지우의 어깨에 팔을 두른 남자가 보였다.

마주 보며 웃는 얼굴에서 퍽 다정한 느낌이 묻어났다. 가까운 사이였는지, 지우도 활기차고 즐거운 표정이었다. 금방이라도 사진 바깥으로 그녀의 웃음소리가 튀어 나올 것만 같았다. 슬그머니 고개를 들었다. 어느새 지우도 사진 속 남자를 바라보고 있었다.

"이 사람은 누구예요?"

그냥 같이 일하던 동료이거니 싶어 물어보았다. 내가 던진 질문에 지우가 슬그머니 포스터를 가져갔다. 아무렇지 않은 척 웃고 있었지만, 시선이 흔들리는 걸 알 수 있었다.

순간 내 가슴에도 돌덩이가 쿵 내려앉았다.

저 남자가 누구길래 이런 표정을 짓는 걸까? 소중한 사람이었던 걸까? 물어보지 말아야 했을 걸 그랬나 싶은 후회가 밀려오려는 찰나, 지우가 간단명료한 답을 건넸다.

"같이 일했던 사람."

설명처럼 그리 단순한 사이처럼 느껴지지는 않았다. 물어보면 안 된다고 생각하면서도 거품처럼 밀려오는 호기심을 막지 못했다. 멈추지 못한 입이 멋대로 지껄였다.

"가까운 사람이었어요?"

동시에 지우가 눈에 불을 켜고 쏘아보았다. 일그러진 표정과 날 선 눈빛에 당황하여 마른침을 삼켰다. 그녀가 이런 얼굴로 나를 보는 건 처음이었다. 시간이 지나자 경계심 가득한 표정이 아주 천천히 허물어졌다.

대답이 없는 지우의 손에서 포스터를 낚아챘다. 놓아주지 않으려던 그녀도 이내 포기한 듯 힘을 풀었다. 어쩌면 별일 아니라고 생각했을지도 모른다. 나한테 이 남자가 누구인지 알려 줘도 달라질 일은 없을 테니까.

"그럼…… 좋은 사람이었어요?"

그대로 포스터를 구겨 버리고 싶은 충동에 휩싸였지만, 겨우 억눌렀다. 감정을 여과 없이 드러내는 건 바보 같은 짓이었다. 괜히 지우만 도망가게 될 테니까.

"아니."

이번에는 단칼에 대답이 튀어 나왔다. 조금 놀라 고개를 들었다. 그녀는 정말 실낱같은 미련조차 남지 않았다는 얼굴이었다. 안심되면서도, 한편으로는 그녀에게 깊이 각인되는 게 얼마나 힘겨운 일인지 느껴져서 가슴이 답답했다.

"좋은 사람은 아니었지."

"그런데 왜……."

왜 그런 표정을 짓는 거예요? 좋은 사람도 아닌데, 설마 그리운 거예요? 그런 건 아니죠? 지금 그 사람 생각을 하는 건 아니죠? 나를 앞에 두고서.

"어떤 사람인지 궁금해?"

내가 속마음을 꾸역꾸역 삼키는 동안, 지우가 멋쩍게 웃으며 말을 붙였다. 그건 내가 원하던 질문이 아니었다. 그녀의 과거가 궁금하기는 했으나, 다른 남자를 사랑했던 이야기까지 알고 싶지는 않았다. 단호히 고개를 저었다.

"듣고 싶지 않아요. 궁금하지도 않고. 이것도 그만 봐요, 이제."

멋대로 포스터를 가져가 다시 파일에 집어넣었다. 다소 버릇없이 보일지라도 당장 그녀의 눈앞에서 이걸 치워 버리고 싶었다. 포스터를 볼 때마다 어두워지는 그녀의 얼굴도 가만히 보기 힘겨웠으니까.

지우는 약간 당황한 눈치였지만, 내 배려를 알아줬는지 살며시 웃었다. 내가 정리한 파일을 다시 가방에 집어넣는 그녀의 눈이 말갛게 빛을 냈다. 과거의 잔상이 사라지고 현재로 돌아온 그녀의 시선에 뒤늦게 안도감이 찾아왔다.

"그래, 그만 보자. 나도 지금은 서울 생각하기 싫어. 여기서 푹 쉬어야지."

이불 위로 발랑 드러누운 지우가 내 팔을 끌어당겼다. 아직 따뜻한 손바닥이 피부에 닿는데도 전혀 불쾌하지 않았다. 그녀의 온기는 볕이 내리쬐는 사막 아래에서조차 반가울 것 같았다. 얼마든지 버틸 수 있을 만큼 약한 악력이었는데도 아양이라도 부리는 듯 그대로 무력하게 끌려가 그녀를 안았다.

"아침부터 어디를 가나 했는데, 바다 다녀왔구나? 할머니들 도와드리고 온 거야? 짠 냄새 난다."

"냄새 많이 나요?"

습관처럼 냄새를 맡고, 바다 내음이 난다며 속삭이는 지우의 웃음소리가 달콤했다. 여태 꽁꽁 앓았던 문제들이 사르르 녹는 기분이었다.

마른 허리를 꽉 끌어안자 지우가 덥다고 밀어내면서도 어깨를 감싼 손을 놓지 않았다. 서로에게 얽매인 듯한 자세가 무척 마음에 들었다.

"아냐, 좋아서 그래."

냄새가 신경 쓰여 조금 떨어지려고 했지만, 지우가 허리를 끌어당겨 그럴 수 없었다. 좋다는 말에 심장이 또 눈치도 없이 요란하게 뛰었다. 혹여나 이 소리가 들킬까 봐 부끄러워서 살짝 가슴만 떨어트렸다. 어차피 내 표정만 봐도 다 들킬 테지만, 심장 소리까지 들키면 더 부끄러울 것 같았다.

더워졌는지 지우의 두 볼이 불그스름했다. 슬쩍 팔을 뻗었다. 더 가까이 끌어당긴 선풍기 바람이 그녀의 짧은 머리칼을 흔들었다. 갈대처럼 흔들리는 머리카락 너머로 작고 하얀 귀걸이를 단 귀가 보였다.

"이 섬도 생각보다 덥다. 서울보다는 아니지만, 에어컨 없는 게 조금 아쉽네. 학원은 에어컨을 온종일 틀어 대서 오히려 추울 정도였는데."

그녀가 내팽개친 부채를 다시 들었다. 살랑살랑 부채질을 해 주자 축 늘어져서 가만히 바람을 맞는 그녀의 모습이 꼭 낮잠 자는 고양이 같았다.

생기가 오른 두 볼을 보다 더 참지 못하고 입술을 가져갔다. 쪽, 입 맞추는 소리에 그녀의 눈꺼풀이 깜빡깜빡 움직였다. 눈을 맞추고 픽 웃는 모습이 포스터 속 모습과 달리 천진난만했다.

"이게 허락도 없이."

또 볼을 늘리려는 손을 피했다. 핀잔을 주는 그녀의 입술 사이로 선홍색 혀가 보였다. 또 군침이 당겼다.

"선생님도 내 허락 같은 거 안 받고 막 하면서."

오기가 생겨 한 번 더 할 요량으로 고개를 기울였다. 지우는 웃는 얼굴 그대로 내 어깨를 끌어당기더니 아예 입술을 겹쳐 버렸다.

뜨겁고 미끈한 살덩이가 입안으로 밀려들었다. 진하고 달콤한 키스에 또다시 가슴 깊은 곳에서 쾌감이 빠듯하게 차올랐다. 혀가 섞일 때마다 작게 새어 나오는 그녀의 신음에 더 견딜 수 없었다.

끙, 앓는 소리를 내자 지우가 입술을 떨어트렸다. 그녀의 시선이 불룩해진 내 바지 앞섶을 향해 있었다. 부끄럽지만 가릴 생각은 없었다. 떨어진 입술을 바라보니 키스가 부족했다는 생각에 아쉽기만 했다. 좀 더 길게 입을 맞춘다면, 이 정도 하체쯤 신경 쓰이지 않을 것 같았다.

"혈기왕성하네. 키스할 때마다 매번 이러면 어떡해?"

"내 탓 아니라니까요."

투덜거리는 것도 잠시, 모른 척 문을 닫아 버렸다. 햇볕이 사라지고 그늘이 방 안에 드리웠다. 지우는 앞으로 벌어질 일을 눈치챈 듯 슬금슬금 구석으로 도망치듯 물러나며 웃음을 터트렸다.

"이제 막 덤비려 드네. 너 귀여운 맛이 점점 사라진다."

"어젯밤도 그냥 잤잖아요. 공부만 하다가 선생님이 먼저 잠들어서."

"그래서 아쉬웠어?"

"당연한 걸 물어요."

호기롭게 문을 닫았지만, 대뜸 그녀의 옷을 벗기거나 달려들지 않았다. 그런 건 그녀가 내게 보여 준 선의에 대한 예의가 아니었다. 대신 애정을 갈구하는 마음을 그득 담아 속삭이며 곁으로 다가갔다.

귀엽다며 머리를 쓰다듬는 손길에 사르르 눈이 감겼다. 애 취급받는 건 싫어도 쓰다듬어 주는 손길이야 언제든 좋았다. 침묵하며 그녀의 옆구리로 파고들었지만, 지우는 무언가 마음에 안 드는 듯 내 어깨를 밀어냈다. 밀려나는 거리마저 아까울 지경이었다.

"우선 씻고 와. 어차피 공부가 먼저야."

청천벽력 같은 소리였다. 어젯밤도 공부만 하다가 잠들었는데.

"하지만……."

낮게 칭얼대자 지우가 곧바로 볼을 꼬집었다. 따끔한 통증에 정신이 번쩍 들었다.

"안 돼. 서울 가고 싶다며? 그럼 열심히 해야지."

틀린 말은 아니었다. 서울 가고 싶다는 건 진담이었으니까. 시무룩한 얼굴을 숨기지 않고 물러섰다. 지우가 한숨을 내쉬며 두 손을 뻗더니, 내 양 볼을 꽉 붙잡아 고개를 들게 했다. 억지로 들린 고개에 당황할 틈도 없이 곧장 가벼운 입맞춤이 입술에 쪽쪽 내려앉았다.

치사하다고 말하지 못하는 건, 그녀의 의도를 잘 알면서도 내 마음이 벌써 풀어졌기 때문이겠지. 자연스레 올라가는 입꼬리를 막지 못한 채 그녀를 올려다보았다. 내 반응이 만족스러웠는지, 지우가 씩 웃으며 장난스럽게 내 엉덩이를 툭툭 두들겼다. 또 애 취급이다.

"나 물 좀 뿌리고 올 테니까 상 펴놓고 기다려. 문제집 가방 앞주머니에 있으니까 꺼내 두고, 알았지?"

시키는 대로 고개를 끄덕였다. 몸을 놓아주자마자 지우가 거침없이 문밖으로 나갔다. 닫힌 문을 멍하니 바라보다가 지우의 가방 쪽으로 다가갔다. 아까 대충 집어넣은 파일을 더 깊이 넣기 위해 지퍼를 열었다.

다소곳이 들어 있는 문제집을 꺼내려는데, 손등에 닿은 휴대폰 화면이 순간 깜빡 빛을 발했다. 반사적으로 시선이 그리로 쏠렸다. 일부로 보려고 한 건 아니었으나 화면에 뜬 문자가 지나치게 선명했다. 하얀 배경에 둥둥 떠다니는 검은 글자가 머릿속에 콕콕 박혔다.

〈이번 달까지 서울로 돌아와. 안 그러면 진짜 찾아간다.〉

명령조의 단호한 문자였다. 처음부터 끝까지 마음에 드는 문장이라고는 하나도 없었다. 본능적인 혐오감에 인상을 찌푸렸다.

정말 신기한 일이었다. 이름조차 등록되지 않은 번호였는데도, 나는 이 사람이 누군지 정확히 알 수 있었다. 한때는 문지우의 애인이었을, 포스터에 함께 찍혀 있던 남자.

찾아간다니, 설마 여기를? 여기가 어딘 줄 알고?

반박의 말이 목구멍까지 차올랐지만, 내가 건드릴 부분이 아니라는 걸 잘 알았다. 애써 못 본 척 휴대폰을 밀어 넣고서 가방을 닫았다.

앉은뱅이 탁자를 끌어다 앞에 두고 문제집을 올렸다. 연필과 지우개를 예쁘게 정리하는 동안에도 정신은 온통 가방 안에 있는 휴대폰을 향해 쏠려 있었다.

지우가 요 며칠간 틈틈이 몰래 저 사람과 통화하고 있다는 건 알아차렸다. 그녀는 잠든 척 누워 있다가도, 새벽이되면 내 품에서 몰래 빠져나와 마당으로 나갔다. 그렇게 새벽달이 기우는 동안, 짧은 통화를 하곤 했다. 대부분 말다

툼으로 이어지는 통화였다. *끄트머리*에는 약간의 흐느낌도
들려오곤 했다.

그럴 때마다 내가 할 수 있는 행동이라고는 이불자락을
붙들고 분과 호기심을 삭히는 것뿐이었다. 누군지 몰라도
왜 지우를 화나게 하는지. 그녀가 치를 떨면서 꼬박꼬박 연
락을 받아 주는 이유가 뭔지. 궁금한 게 한둘이 아니었으나
어느 것 하나 쉽게 물어볼 수 없었다.

문자, 지워 버릴까.

가방을 노려보면서 짧은 충동에 휩싸였다. 잠시 문자를
지우는 상상을 해 보았지만, 금방 미련을 접고 고개를 돌렸
다. 저 휴대폰을 없애 버리지 않는 이상, 남자가 계속 연락
하리란 직감이 있었다. 고작 저 문자 한 통 지운다고 해결
될 문제가 아니라는 걸 알았다.

중요한 건 지우의 마음이었다. 만에 하나, 지우가 저 남
자와 다시 교제를 시작하려 한다면…… 나로서는 그녀를 붙
잡을 만한 명분이 하나도 없었다. 내가 그녀의 앞에 내세울
만한 건 치기 어리고 단순한 애정뿐이니까.

〈이번 달까지 서울로 돌아와.〉

문자의 내용이 자꾸만 마음에 걸렸다. 이번 달까지 서울

로 돌아오라는 건, 지우의 휴가도 그때까지라는 걸까. 그렇
다면 이제부터 지우가 배편을 마련하려고 든다면 저 남자를
만나러 가기 위함이라고 생각하면 되는 걸까.

불안한 예감이 평온한 오후를 갉아먹었다.

6. 섬은 도피처가 아니다

식은땀이 온몸을 흠뻑 적셨다. 물에 젖은 솜처럼 축축 늘어져 움직이지 않는 다리를 억지로 휘적거렸다. 그러나 아무리 달리고 쫓아가도 눈앞의 여자에게는 닿지 않았다. 멀리 뻗은 팔이 여자의 그림자만 헤집었다.

"엄마, 기다려! 엄마!"

목이 터지라 외쳐도 그 외침은 닿지 않는다. 모친은 언제나 뒷모습만 보이며 꾸역꾸역 달릴 뿐이다. 손에 든 보따리가 애잔하다. 그 안에는 기껏해야 주먹밥 몇 덩이와 화장품만 소박하게 들어 있을 테니까. 그게 그녀의 전부일 테니까.

모친이 이 섬에 제 손을 끌고 들어왔을 때는, 저만이라도 잘 키워 보겠다는 바람이 있었을지도 몰랐다. 죽으려고 들어온 건 아니었다. 어디까지나 살기 위해서 들어왔다는 걸 자신도 잘 알고 있었다.

하지만 시간은 그녀를 변하게 했다. 아무리 발버둥을 쳐도 이보다 더 나은 삶을 살 방법이 없다는 걸 깨달아 버렸을 때, 향도는 그녀에게 집이 될 수 없었다. 떠나야 할 정거장 중 하나였으며 하나뿐인 짐을 버리고 떠나기에 최적인 쓰레기장이었다.

"엄마!"

나는 애타게 그녀를 불렀다. 버림받고 싶지 않다는 소망만이 가슴을 가득 채웠다. 그녀가 지금 당장 내 손을 붙잡아 주지 않는다면, 이대로 쓰러져 숨이 막힐 것만 같다. 끝없는 외로움과 절망에 휩싸여 죽어 버릴 것만 같다.

제발, 나를 돌아봐.

간절하게 울부짖은 한마디에 드디어 그녀가 나를 본다. 돌아보는 시선이 낯설다. 그녀는 나를 보고 있지만, 나를 보고 있지 않았다. 그 순간 멈춰 섰다. 닿을 듯 말 듯 하던 손이 그녀의 옷깃을 놓치고 떨어진다.

"⋯⋯선생님?"

여자는 친모가 아니었다. 그녀는 문지우였다. 내 절망을 달래 주기 위해 뭍에서 온 손님이자, 새로운 절망을 안겨 주고 떠날 손님. 나는 그녀가 한때나마 내게 준 감정과 순간을 평생 끌어안고서 외롭게 살다 죽고 말겠지. 그때의 행복만을 그리워하다가 모친처럼 비참하게, 홀로⋯⋯.

"김시현, 왜 그래!"

반가운 목소리가 나를 깨웠다. 깜짝 놀라서 눈을 떴다. 눈물이 번져 흐려진 시야에 놀란 얼굴이 들어왔다. 지우였다. 그녀가 창백한 얼굴로 내 어깨를 흔들고 있었다. 꿈과 달리 정면에서 내 눈을 곧게 바라보는 시선에 다시금 눈물이 차올랐다.

"가, 가지 마세요."

아직도 꿈속에 있는 걸까. 현실과 꿈을 구분하지 못하고 튕기듯 일어나 무작정 지우의 품에 매달렸다. 안기자마자 크게 휘청거린 그녀의 몸에서 감출 수 없는 뭍의 향기가 났다. 나를 유혹하는, 또 절망에 빠트리는 향기.

"시현아?"

"가지 마, 제발, 나만 두고 가지 마요⋯⋯."

당황한 지우의 목소리를 들으면서도 몸을 떨어트리지 못했다. 가는 허리를 꽉 끌어안고서 하얀 목덜미에 고개를 묻었다. 나보다도 작은 그녀의 품에 애처로이 매달려 벌벌 떨었다. 귀신이나 도깨비가 쫓아오는 꿈이라도 꾼 것처럼 온몸에 오한이 돌았다.

간절하게 등을 부여잡고 허덕이는 내 꼴이 얼마나 우스울까. 얼마나 애처럼 보일까. 그걸 알면서도 두려움을 떨쳐 내지 못해 지우를 붙잡았다. 꿈속에서 나를 등지고 떠났던 모친처럼, 언젠가 내 곁을 떠나리라는 걸 이미 예상하였으므로.

뭍에서 오는 건 모두 내 곁에 있는 사람을 앗아 가기 마련이었다. 모친에겐 의사가, 나를 돌봐 주던 할머니도 자식이 찾아와 데려갔다. 그들은 모두 나를 홀로 남겨지게끔 했다.

이제는 그 남자가 내게서 지우를 앗아 가겠지. 며칠 전 지우의 문자를 본 후부터 내색하지 않았으나 내심 두려워하고 있었다. 애초에 지우의 휴가는 끝이 정해진 여정이었다. 그녀가 곁을 떠나가지 않을 거라는 보장이 처음부터 없었다는 뜻이다.

나는 그걸 알면서도 왜 이 여자한테 빠졌는가. 빠지고 말

앉는가. 자격지심에 허우적대다가도 지우의 얼굴을 보면, 그냥 숨죽여 사랑하고만 싶다. 아무것도 모르는 척 얌전히 사랑받고만 싶다.

그녀는 처참하기만 한 내 마음에 숨을 불어넣는다. 다가오는 현실에서 눈을 돌리고, 오직 그 품에 매달려 순간의 따뜻함만 갈구하게끔 한다. 지독하게 아름답고 신비로운 여자.

"괜찮아, 괜찮아. 악몽 꿨나 보네. 나도 가끔 그래."

내 마음을 조금도 알지 못하면서도 그녀의 손길은 늘 다정하다. 그 다정한 손길이 내 머릿속에서 모친의 기억을 나가게 한다. 문지우는 모친과 다르다. 모친은 일평생 내게 다정했던 적이 없었다. 오직 지우만이 나를 다정하게 보듬어 준 여자였다.

"이제 좀 진정됐어?"

"선생님."

다시 그녀의 허리를 끌어안은 채 이불 위로 엎어졌다. 지우는 어두컴컴한 그늘에 잠긴 채 나를 바라보았다. 이마의 식은땀을 닦아 주는 그녀의 손을 붙잡아 입술로 끌어당겼다. 입을 맞추자 하얀 손등이 가볍게 떨렸다.

"누구랑 같이 잠드는 게 이렇게 행복한 일인지 몰랐어요."

지우는 대답이 없었다. 애초에 대답을 바라고 던진 말은 아니었다. 그저 이 순간을 잊고 싶지 않은 마음에 거듭 속삭였다.

"처음 알았어요."

다른 손으로 머리를 쓰다듬어 주던 그녀가 멈칫하더니 슬쩍 몸을 돌렸다. 지우는 멍하니 천장을 올려다보고 있었다. 의아해서 고개를 들었으나 천장에는 아무것도 없었다. 그녀의 시선은 무얼 쫓고 있는 걸까. 문득 악몽의 내용이 생각나 가슴이 답답해졌다.

"처음이라서 그래."

"네?"

"이런 일이 처음이라며. 그래서 행복하게 느껴지는 거야."

지우는 뜻밖의 말을 꺼냈다. 작은 손이 느리게 내 머리칼을 다시 쓰다듬었다. 그녀의 손길에 따라 베개에 머리를 기댄 채 조곤조곤 이어지는 말을 들었다.

"낯선 만큼 특별하게 느껴지는 거겠지. 시간이 흘러서 나중에 생각해 보면 별것 아닐 거야, 전부."

"정말 그렇게 생각해요?"

그 말은 내 모든 감정을 부정하는 듯했다. 내가 지우를 애틋하게 느끼는 감정이 단순하게 낯선 만남에서 오는 것뿐이라고. 시간이 흐르고 나면 전부 잊게 될 거라고. 낮은 속 삭임에서 그녀의 마음을 읽었다. 그녀의 시선이 다시 뭍을 향하고 있다는 걸.

"다른 것도 그렇지."

깍지 낀 손이 따뜻했다. 소리 없이 품으로 파고드는 그녀의 행동에 폭풍우 앞의 배처럼 흔들리던 감정이 잠잠해졌다. 가까워진 거리에 쿵쿵 뛰는 심장이 그녀의 마음을 상하게 하지 말라며 명령하고 있었다.

"원래 처음은 좋은 사람이랑 해야 하는데……."

지우의 목소리에 약간의 죄책감이 묻어났다. 그녀가 무얼 후회하고 있는지 느껴졌다. 충동적으로 나와 잠자리를 한 것에 대해 죄책감을 느낀 모양이었다. 그 마음을 이해하기 어려웠다. 난 지우가 좋아서 그녀를 안은 것뿐이었다.

"나처럼 일면식도 없는 사람이 아니라, 너처럼 착하고 다정한 사람."

낮은 음성이 꿈결에서 들려오는 듯 잔잔했다. 곧장 고개를 가로저었다. 나한테는 선생님도 충분히 중요한 사람이라고, 그렇게 대답하고 싶었다. 다만 그 말이 또 지우한테 짐이 될까 봐 두려워 꺼내지 못했다.

"선생님, 나는……."

코끝을 간질이는 향기에 취할 것만 같다. 어쩌면 지우도 내가 입을 다물어 주기를 바랄지 모르겠지만, 이대로 넘어가면 무겁고 찝찝한 기분이 사라지지 않을 듯했다. 그래서 다른 말을 지껄였다.

"나는 처음이 선생님이라서 좋아요. 그냥 좋았어요."

나름 용기를 긁어모아 던진 말이었다. 고작 그 한마디를 하는데도 가슴이 벅차서 목이 꽉 막혔다. 눈시울이 화끈거려서 끝내는 이를 악물어야 했다. 애처럼 징징대며 매달리고 싶지 않았다. 어른스럽게 보이고 싶었다. 북받치는 감정을 다스리기 위해 평소보다도 더 느리게 숨을 골랐다.

이 사람을 알고 있을까? 내가 이 말을 꺼내기 전에 몇 번이나 머릿속으로 같은 내용을 곱씹으며 고민했는지. 아무렇지 않게 흘려도 모를 이 말이, 그녀에게 짐이 될까 싶어 얼마나 염려했는지를.

"고마워."

지우는 노곤하게 웃으며 속삭였다. 맥이 빠지는 대답이었다. 심지어 아이 달래듯 답하는 목소리에 무언가를 더 말하기도 어려웠다. 다른 대답을 재촉하는 대신, 그냥 입술을 삐죽이다가 그녀의 옆구리를 간질였다. 그녀가 장난으로 이 대화를 마무리하길 바라는 눈치였기 때문이었다.

아니나 다를까 지우는 기다렸다는 듯 웃음을 터트리며 옆으로 도망갔다. 데굴데굴 도망가는 몸을 쫓아가 강하게 끌어안았다. 이렇게라도 그녀가 내 품에서 도망치지 못한다면, 지금은 그것만으로도 족했다.

"웃지 마세요."

버둥대는 그녀의 허리를 부여잡은 채 어깨에 입을 맞댔다. 뽀얗고 말랑한 피부에 입술을 누를 때마다 달콤한 향이 올라왔다. 문득 첫날이 생각났다.

"선생님도 여기 처음 온 날, 악몽 꿨잖아요."

"응, 그랬지."

지우가 이 집에서 처음 잠을 청했던 날. 그녀는 그날 악몽을 꿨는지 새하얗게 질린 얼굴로 땀범벅이 되었다. 해가 뜨기 전, 내가 깨우지 않았다면 아마도 한참을 더 끙끙댔을 터였다. 그날 그녀가 꾼 악몽은 무엇이었을까.

"대체 무슨 꿈을 꾼 거예요?"

넌지시 던진 질문에 내 팔꿈치를 가만가만 매만지던 손이 멈췄다. 조용히 대답을 기다렸지만, 그녀의 입매는 단단히 다물린 채 열릴 기미조차 보이지 않았다. 곤란한 질문이었을까. 조심스럽게 먼저 입을 뗐다.

"나는 어렸을 때 꿈을 꿔요."

그제야 지우의 손이 다시 움직였다. 돌아본 그녀의 눈빛에 미미한 호기심이 일렁거렸다. 나는 그 호기심을 달갑게 받아들였다.

"어렸을 때?"

"가끔 엄마가 꿈에 나올 때가 있거든요."

이 얘기가 지우한테 어떻게 들릴지 미지수였다. 그녀가 단순히 불쌍하고 가여운 아이로 나를 대하게 할지도 몰랐다. 하지만 내 얘기를 먼저 꺼내야 그녀의 이야기도 들을 수 있지 않을까? 어쩌면, 우리가 서로의 상처에 대해 더 자세히 알 기회가 되지 않을까. 자그마한 희망이 내 입을 열게 했다.

"우리 엄마…… 혹시 할머니한테 들은 적 있어요?"

지우는 머뭇거리더니 시선을 피하고서 고개를 끄덕였다. 당사자 모르게 이야기를 들었다는 사실이 조금 미안한 모양이었지만, 정작 나는 별로 신경 쓰지 않았다.

어차피 향도에서 내 이야기를 모르는 사람은 한 명도 없었다. 당분간 같이 살게 될 처지였으니, 그녀의 할머니가 내 이야기를 들려준 것도 이해됐다.

"엄마는 이 섬에서 떠나 뭍으로 돌아가려고 했어요."

오히려 과거를 설명하지 않아도 좋다는 건 편했다. 곧장 본론을 꺼낼 수 있었으니까. 점차 흐릿해지고 있던 기억을 다시금 꺼내 되짚으며 말문을 열었다. 남들이 보면 비극적일 수도 있는 이야기였으나 내게는 담담하기 짝이 없는 사건이었다.

"나를 혼자 남겨 두고."

"너 혼자? 향도에?"

지우가 아예 몸을 돌리고 나를 마주 보았다. 베개 위에 흐트러진 그녀의 머리칼이 바닷속 해초처럼 검게 빛났다. 마땅히 시선 둘 곳을 찾지 못해 그 자리를 연거푸 바라보았다.

"네, 혼자만."

"돌아가시기 전에 그러셨다는 거야?"

"엄마 죽고 나서 가방을 열었는데, 거기 배삯이 있었어요. 내 건 없이, 엄마 것만요."

과거의 일을 떠올리는데도 퍽 담담했다. 어릴 적에는 그때 일만 떠올려도 속이 쓰렸는데, 이제 내 마음도 꽤 무뎌졌구나. 그런 생각이 들어 우스웠다. 어른이 되면 모든 일에서 달관할 줄 알았는데, 정말 그런 건지, 아니면 그냥 잊으려고 노력하는 중인지 구별하기 어려웠다. 확실한 건 어른이 되었다고 해서 모든 일에 무감해지는 건 아니라는 점이었다.

"아직도 가끔 생각해요. 엄마가 무슨 생각이었을지. 혼자 나가서 어떻게 살 생각이었는지."

이상하게 지우의 눈을 똑바로 마주칠 수 없었다. 그녀가 내 감정을 읽을까 싶어 왈칵 겁도 났다. 그래서 까맣고 말간 눈을 피해 말을 이었다.

"내가 이 섬을 집이라고 여긴 것처럼, 엄마도 그렇게 생각해 줬으면 했는데. 엄마한테는 그냥 이 섬이 도망친 장소였나 봐요."

생각해 보면, 모친은 늘 도시의 생활을 그리워했다. 도시에서 험하게 다뤄지던 생활에 지쳐 향도로 왔으리란 건 어디까지나 내 추측에 불과했다. 똑같이 험난한 생활이라면, 차라리 이 섬 구석이 아니라 도시가 나았을 거라고. 그녀는 수도 없이 생각했을지도 몰랐다.

함께 밥을 먹을 때조차 말 한마디 없던 모친이었지만, 가끔 서울에서 온 잡지를 읽을 때면 그 어느 때보다 활기 넘치는 표정을 짓던 그녀였다. 잡지 부록으로 딸려 온 머리핀이나 책갈피를 한참이나 들여다보던 그녀였다.

돈이 없어 허덕거리면서도 그녀는 절대 구독을 끊지 않았다. 틈만 나면 배 타고 넘어오던 그 잡지는, 모친이 죽고 나서야 모습을 감췄다.

"내가 이 섬을 집이라고 여긴 게 마음에 안 들었겠죠. 나를 때리기 시작한 것도 그쯤이니까. 매일…… 엄마가 걱정스러웠어요."

하루도 멍 자국이 사라지지 않는 날이 없었다. 모친을 원망한 적은 없으나 매질이 억울하지 않았던 건 아니었다. 그

원망조차 지금은 빛바랜 종이처럼 흐릿해져 기억나지 않았다. 다만 가끔 미안했다. 모친의 마음을 헤아리지 못하고 그저 이 섬이 좋다고 헤실헤실 웃기만 했다는 점에 대해서.

"엄마한테는 내가 얼마나 생각 없고 멍청하게 보였을까요."

"시현아."

지우가 떨리는 목소리로 내 이름을 불렀다. 가느다랗게 흘러나오는 목소리에 온갖 감정이 담겨 있다. 안타까움과 동정, 그리고 미안함. 이런 이야기를 나누게 되었다는 걸 그녀는 후회하고 있을까? 살며시 지우의 볼을 감싸며 괜찮다는 뜻으로 미소 지었다.

"물론, 다시 그때로 돌아간다고 해도 내 생각은 변하지 않을 거예요. 나는 향도가 좋으니까. 나한테 이 섬은 도피처가 아니었으니까."

그래, 나는 그때의 내 마음을 후회하지 않았다.

"만약 내가 섬을 떠나고 싶어진다면, 그건……."

그러나 지금은 어떤가. 매 순간, 지우의 눈을 들여다보면서 내 마음을 똑바로 고백하지 못한다는 것에 후회하고 있지 않나? 그녀를 붙잡을 수조차 없는 내 처지를 원망하고 있지 않나? 이 비참한 마음을, 대체 무엇으로 달랠 수 있을까.

"다른 곳에서 지내고 싶어졌다는 뜻이겠죠?"

지우를 따라 서울로 가면 모든 게 괜찮아질까. 막연한 희망이 샘솟았다. 만약 그녀가 섬을 떠나서, 나 혼자 남게 된다면…… 다시 전처럼 살 수 있을까. 그녀가 내 마음에 일으킨 파문을 무시하고 모른 척 지낼 수 있을까.

"너는 생각 없고 멍청한 애가 아니야."

더듬더듬 입을 연 지우가 내 어깨를 감싸 안았다. 동정심이라도 좋으니, 지금처럼 계속 안아 줬으면 했다. 그녀의 목덜미에 고개를 파묻고 깊이 숨을 들이마셨다. 향도에 살면서 한 번도 느끼지 못했던 향기에 또다시 배꼽 아래로 힘이 들어갔다.

"네 어머니한테 이런 말 하는 게 싫을 수도 있겠지만…… 자기 속상하다고 자식 때린 부모가 나쁜 거지. 너는 아무 잘못 없어."

적극적으로 옹호하는 말에 도리어 당황스러워 고개를 들었다. 혹시 지우도 부모한테 맞은 적이 있는 걸까 싶었지만, 표정을 보니 그런 건 아닌 듯했다. 그렇다면 왜 나를 위로해 주는 걸까. 그게 궁금해서 눈을 떼지 못했다.

"맞은 이유에 대해서도 궁금해 하지 마. 오히려 그런 상황에서도 어머니를 걱정한 게 착하고 대견하다, 진짜."

"착한 게 아니라 그냥…… 참는 게 더 편했던 거죠."

칭찬해 주는 말이 쑥스러워 변명을 던졌다. 지우는 내 말에 생각난 바가 있는지, 뭔가 말하려다가 입술을 깨물었다. 왜 그러나 궁금해서 빤히 바라보는데, 그녀가 천천히 입을 열었다. 이번에는 나를 위로해 주는 말이 아니었다.

"나도 그랬어. 너처럼 참는 게 익숙해서, 화가 나도 제대로 말 못 하고 넘기는 데 급급했어."

바로 그녀의 이야기였다. 기민하게 귀를 기울였다. 긴 설명을 붙이지 않아도 지우가 여태 숨겼던 이야기를 자연스레 꺼내고 있다는 걸 알아차렸다. 그녀의 표정만으로도 알 수가 있었다. 늘 해사하게 웃기 바빴던 그녀가 저 정도로 지친 표정을 짓는 건 처음이었으니까.

"그럼 자연히 해결되겠거니 싶었으니까. 그런데 아니더라. 전부 문제더라고."

말하는 목소리에 피로감이 진득하게 묻어났다. 여태 도시에서 무슨 일을 겪은 건지, 평소 반짝이던 눈도 그늘에 가려져 어두워졌다.

이 섬에 도착해 처음 만났을 때만 해도 밝고 활기찬 모습을 보여 주던 그녀였다. 이런 어두운 감정까지 내비친다는 건, 내가 그녀에게 어느 정도 가까운 사이가 되었다는 증거인 걸까. 아니면, 언제 헤어져도 이상하지 않을 사이가 되어 그런 걸까. 그녀의 속마음을 들을 수 있다는 사실에 기

쓰면서도 가슴 한구석이 시렸다.

"참고 있다는 걸 상대는 모르잖아. 그냥 내가 상처 입는
데 담담한 줄로만 알지. 늘 괜찮은 줄로만 알고, 더 막 대하
지."

뼈가 있는 말이었다. 경험에서 우러난 충고라는 게 느껴
졌다. 어쩐지 안쓰러운 마음이 들어 그녀의 머리칼을 매만
졌다. 손끝에서 바스락 소리를 내며 비벼지는 머리카락이
간지럽고 서늘했다.

"감정 쓰레기통이라는 말 알아?"

처음 듣는 단어였으나 딱히 좋은 뜻이 아닐 거라는 예감
이 들었다. 지우의 눈빛이 아까보다 더 어둡게 가라앉을 걸
보면. 그녀는 입술을 잘근거리며 열심히 말을 골라 뱉었다.

"계속 참기만 하고 지내면, 우리가 딱 그 꼴 되는 거야."

무거운 목소리에 감정이 실렸다. 정확한 대상이 정해진
분노였다. 그 대상이 누구인지 물어보지 않아도 대충 짐작
할 수 있었다. 그녀가 이전에 흘렸던 말과 행동에 힌트가
있었으니까. 아마도 그녀를 향도로 도망치게끔 한 사람일
터였다.

"나…… 그렇게 살다가 질려서 여기로 도망친 거야. 좀
바뀌고 싶은데, 계기가 필요해서."

까만 눈이 문 쪽을 향했다. 그녀는 허공 속에서 누군가를

노려보듯 한참이나 고개를 돌리지 않았다. 그 시선에 증오와 괴로움이 점철되어 있음을 알았다.

누군지 몰라도 지우한테 엄청난 상처를 남겼을 사람. 나역시 이름도 얼굴도 모르는 그 사람이 미웠다. 지우를 만나게 해 준 원인임에도 불구하고 고맙지 않았다. 지우의 괴로움을 밑바탕으로 만나게 된 인연이라면, 차라리 그녀가 행복하기를 바랐으니까.

"그러니까 시현이 너도, 그렇게 살지 마. 언젠가 후회해. 정말이야."

꽤 길고 진실한 충고 속에서 내 귀에 들린 건 딱 한 부분뿐이었다.

"여기로 도망친 거야."

도망쳤다는 그 말이 낯설지 않았다. 결국, 지우도 향도를 도피처로 여기는 것뿐인가 싶어 가슴이 좀 서늘해졌다. 모친이 그랬듯 내 곁을 떠나 다시 도시로 돌아갈 생각이라면, 지금 나한테 이 이야기를 털어놓는 이유도 이해가 갔다.

내뱉지 못한 말을 속으로 삼키며 괜히 입술만 삐끔거렸다. 나를 혼자 이 섬에 남겨 두고 갈 생각이냐고 묻지 못한건, 당장은 그렇다는 대답을 들을 자신이 없기 때문이었다.

그래서 어떤 문제가 그녀를 참게 했냐고, 이곳으로 도망치게 했느냐고 차마 묻지 못했다. 이 어색한 공기가 사라질 때까지 그저 침묵만 유지했다.

지우도 더 말을 잇지 않았다. 그녀의 시선은 아까부터 문에 고정되어 움직이지 않았다. 몸은 내 곁에 있었으나 신경은 모조리 다른 곳에 쏠려 있었다.

그래서였을까. 문득 그녀가 떠날 준비를 하리라는 예감이 들었다. 배편을 구하기 시작한 게 아니더라도, 향도에 도망친 것뿐이라고 말한 게 근거였다. 이곳에 정착할 생각이 아니라는 건 곧 떠날 거라는 얘기였으므로.

나는 지우를 붙잡을 자신이 없었다. 그녀에 비하면, 나는 너무나 보잘것없는 섬의 아이일 뿐이었다. 배운 것 없고, 가진 것 없는 어린 남자. 아마도 남들이 볼 때, 그녀의 애인이 될 자격조차 부족할 만한. 그런 내가 무엇을 대가로 그녀의 애정을 요구할 수 있을까. 어떤 걸 내놓으면서 내 곁에 남아 달라 붙잡을 수 있을까.

현실의 무게가 내 발목을 잡고 지우에게 매달리는 것조차 못 하게 막고 있었다.

불안한 예감은 피하지 않고 적중했다.

지우는 별안간 짐을 싸기 시작했다. 짐이라고 말하기도 민망할 만큼 작은 가방에, 그녀의 할머니가 가져다준 반건조 식품 꾸러미가 들어찼다. 가방 바깥으로 튀어 나온 김이며 미역 줄기를 볼 때마다 내 가슴에도 돌덩이가 하나둘 들어섰다.

할머니는 가끔 들러 지우의 상태를 직접 살피기도 했다. 서울로 돌아가서도 밥 굶지 말고 제대로 먹으라느니, 건강 잘 챙기고 지내라느니. 온갖 걱정 어린 말을 엿들을 때마다 초조함이 늘어났다.

"배편은 언제쯤 구해 줄까?"

그 질문을 들었을 때는 정말로 심장이 쿵 떨어지는 듯했다. 다행히 지우는 당장 필요하지 않다고 대답했다. 언제든 필요해질 때가 되면 바로 찾아가겠다고, 그때 부탁한다고. 그녀의 말에 안심하면서도 기약 없는 기다림이 늘었다는 사실에 다시금 불안해졌다.

"시현아, 채점 좀 하자."

지우는 그 와중에도 내 공부를 도와주었다. 공부만이 그녀와 나를 평소처럼 지낼 수 있게 연결해 주는 끈이었다.

닥쳐오는 현실 앞에서 눈을 돌리고 있다는 걸, 어쩌면 우리 둘 다 알고 있었으나 그 점을 지적하지 않았다.

나는 지우가 그걸 원하고 있다는 걸 알았다. 또한, 지적할 용기도 없었다. 다만 문제집이 하루가 다르게 얇아지는 걸 보면서 일부러 늑장을 부렸다. 남은 걸 다 풀어내는 날이 우리의 마지막이 될 것만 같아서. 검정고시나 대학교에 관한 생각은 이미 추호도 없었다. 그렇게 한참을 잘 아는 문제도 굳이 틀려가면서 그녀의 관심을 뺏었다.

"선생님, 여기 잘 모르겠어요."

"어디?"

"3번 문제가······."

그간 간단하게 풀었던 문제도 쉽게 틀리는 나를 보고서 내심 눈치채 주길 바랐다. 내가 그녀를 붙잡고자 발버둥 치고 있다는 걸. 하지만 그녀는 일부러 그러는지, 아니면 내 문제에 기운을 쏟을 여유가 없는 건지 알아차리지 못하고 문제를 설명했다.

지우의 까만 눈, 생기로 발그레 물든 볼. 그리고 도톰한 입술이 새털처럼 가볍게 움직이는 걸 볼 때마다 가슴이 시시때때로 울컥거렸다. 언제 터질지 모르는 폭탄을 품에 안고 꾸역꾸역 견디는 느낌이었다.

어느 새벽, 악몽에서 깨어나 서로 짧은 이야기를 털어놓

은 날. 바로 그날부터 우리 사이에는 암묵적인 벽이 생겨
버렸다. 가벼운 입맞춤과 키스를 이어 가면서도 절대 몸을
섞지 않는, 무슨 말로 정의해야 할지 전혀 알 수 없는 관계.
손은 잡고 있지만 서로를 바라보지 않은 채 평행선을 달리
는 거리감.

지우는 늘 그랬듯 한 자국 뒤에서 무심한 미소를 보냈고,
내 마음에는 매일 불안함이 싹을 틔웠다. 아무렇지 않게 웃
으며 떠들고, 식사하다가도 문득 방구석에 놓인 지우의 가
방이 시야에 들어오면 순식간에 지옥으로 끌려갔다.

"참, 시현아."

설명을 마친 그녀가 다음 문제를 채점하며 입을 열었다.
새빨간 동그라미가 하얀 종이 위에 죽죽 그려졌다.

"할머니한테 말해 뒀으니까, 나 떠나면 이 집 너 계속
써."

"네?"

"겨울에도 지낼 수 있도록 얘기해 뒀어. 검정고시 볼 마
음 생기면, 할머니한테 말해. 그럼 도와주실 거야. 마침 이
장님 손자가 곧 향도에 올 거래. 컴퓨터를 잘 쓴다니까 가
서 부탁드려."

차곡차곡 떠날 준비를 마치는 그녀의 말에 입안이 바싹
말라붙었다. 내가 바란 건 그게 아니라고 말할 용기도 없는

주제에, 고맙다며 그녀가 남길 선물들을 넙죽 받아 들 마음
도 없었다. 그건 나한테 선물이 아니었다.

참 신기한 일이었다. 지우가 떠나면 이 집을 혼자 쓸 수
있을 텐데, 더는 동네를 돌아다니며 지낼 곳을 찾지 않아도
괜찮을 텐데. 매일 두 사람분의 밥을 차리거나 빨래를 하지
않아도 괜찮을 텐데. 다시 혼자가 된다면 돌아오게 될 일상
을 잘 알고 있으면서도 그게 싫어 몸부림쳤다.

"……."

그때 알았다. 전처럼 홀로 있는 공간에서 편히 쉰다는
게, 이제 편하지 않은 시간이 되리라는 걸. 앞으로 지우의
빈자리를 끝없이 되새기며 하루하루를 후회 속에서 살아가
게 될 거라는 걸.

검정고시를 볼 생각이 있냐고 물어보면서도, 지우는 서
울에서 우리가 다시 만나게 될 날을 기약하지 않았다. 향도
에서 보낸 기억과 함께 내 존재를 통째로 삶에서 빼 버리려
는 마음이 느껴졌다. 문지우라는 여자가 나한테 한여름의
꿈처럼 찾아왔듯, 그녀 역시 나를 어쩌다 꾼 꿈처럼 쉽게
잊으려는 것이다.

"시현아?"

생각에 잠긴 사이, 그녀는 이미 마지막 문제까지 동그라
미를 치고 있었다. 내가 대답하지 않았음에도 그녀는 이미

제 결정대로 일을 진행할 생각 같았다. 내가 필요 없다고 한다면 무슨 표정을 지을까. 뭘 어떻게 해야 좋을지 몰라서 무작정 웃었다.

"많이 맞혔네요."

"그러게, 이제 좀 더 풀면 끝낼 수 있겠다. 똑똑해서 진도가 빨리 나가네."

지우도 나를 따라 입꼬리를 올렸지만, 며칠 전처럼 마냥 행복하고 부드러운 미소가 아니었다.

"집중하기 어렵지? 뭐라도 좀 먹고 마저 풀래?"

평소 같았다면, 그만 풀고 나가서 섬을 구경하자고 했을 그녀였다. 시선을 피한 채 문으로 걸어가는 지우의 미소에 어색함이 묻어났다.

"저번에 할머니가 주셨던 옥수수 좀 남았지? 그거 먹고 하자."

"제가 가져올게요."

"아니야, 너 좀 쉬고 있어. 이제 심화 문제 풀 거니까."

붙잡기 위해 돌아보았지만, 지우는 이미 슬리퍼를 신고 부엌으로 걸어가고 있었다. 머쓱하게 펜을 내려놓고 다시 문제집을 내려다보았다. 누군가 찌르면 터질 듯 부푼 풍선처럼, 무겁고 어색한 분위기가 가실 길이 없었다.

예전이라면 문제를 하나씩 풀 때마다 뽀뽀라도 해 달라

며 입술을 쭉 내밀었을 것이다. 그럼 지우가 장난스럽게 웃으며 입 도장을 찍어 줬을 테고, 달콤한 로션 향기가 코끝을 맴돌 터였다. 그 향기가 저를 자극하여 남성을 곤두서게 만들었을 텐데. 상상을 곱씹을수록 아쉽고 서글픈 감정만 늘어났다.

왜 이렇게 된 걸까. 고작 며칠 사이에 벌어진 일이 어째서 우리를 이토록 멀어지게 만들었을까. 몸을 섞을 때면 그 누구보다 가까운 듯했던 그녀가 이제는 저만치 멀어진 채 서성였다. 지우의 부재를 느낄 때마다 심장이 아프게 죄였다.

그때 멀리서 기계음이 들렸다. 이어진 진동 소리가 단숨에 신경을 앗아 갔다. 소리가 난 방향으로 고개를 돌리자 지우가 덮어 둔 해설지 아래에서 요동치는 휴대폰이 보였다.

언제부터 휴대폰을 꺼내 두었던 걸까. 원래는 가방 속에 꼭꼭 집어넣고서 숨기던 그녀였는데. 이제는 숨길 마음도 없어졌나 싶어 속이 쓰렸지만, 지우가 돌아왔을 때 관심을 뺏기기 싫어 손을 뻗었다. 휴대폰의 화면도 바닥을 향하도록 돌려 둘 셈이었다.

문제는 땀 때문에 손이 좀 미끈거렸다는 점이었다. 검지가 액정에 닿자마자 어째선지 통화 버튼이 눌렸다. 순간 얼어붙어서 휴대폰의 화면이 깜빡거리는 걸 멍청히 쳐다보았다. 눈 깜짝할 새에 상대방의 목소리가 울려 퍼졌다. 굵직하고 낮은 목소리에 분노가 섞여 있었다.

—야, 문지우!

상대는 다짜고짜 지우의 이름을 외쳤다. 남자의 목소리였다. 씨근거리는 숨소리 너머로 빵빵대며 클랙슨 소리가 퍼졌다. 대로변에 있는지 차가 맹렬히 지나가는 소리도 이어졌다. 대답이 없자 남자는 멋대로 말을 이어 갔다.

—내 말 안 들려? 자꾸 이럴래?

지금이라도 끊어야 할까 싶어서 급하게 휴대폰을 들었다. 혹여나 이상한 사람이라면, 굳이 이걸 계속 듣고 있을 필요가 없었다. 서둘러 종료 버튼을 누르려는데 난데없이 욕설이 이어졌다.

—씨발, 어디 있냐고 묻잖아!

욕을 듣는 순간 온몸의 피가 거꾸로 솟구쳤다. 이 사람, 지금 나를 문지우로 착각하고 욕하는 건가? 도대체 무슨 사이길래 전화를 받자마자 욕을 하는 거지?

—여보세요? 나 무시하냐? 왜 대답이 없어!

"저기요."

참아야 한다는 생각이 잠깐 머릿속을 스쳤지만, 이성보다 감정이 먼저 움직이고 말았다. 당장은 반박해야 한다는 생각뿐이었다. 누군지 몰라도 몰상식하게 욕부터 쏟아 내는 이 남자한테.

"선생님 잠깐 자리를 비우셨어요. 누구신데 다짜고짜 욕을 하세요?"

—뭐? 선생님? 넌 또 누구야? 장난치지 말고 빨리 문지우나 바꿔. 쌍년, 이제는 별 수법을 다 써서 피하려 드네.

서서히 차오르는 분노에 눈앞이 캄캄해졌다. 이 사람은 누구인데 그녀에게 함부로 말을 하는 거지. 저한테 더할 나위 없이 소중하고 신비한 여자한테 더럽고 끔찍한 욕을 하는가. 기분 나쁜 이명이 귀를 가득 채워 갔다. 참지 말라고 속삭이는 감정의 편을 들고자 입을 뗐다.

"자리에…… 없다고."

—뭐?

"선생님 자리에 안 계시다고, 씨발."

상스러운 말이라는 건 쓰면 쓸수록 다시 돌아오기 마련이었다. 어렸을 때부터 모친이 쓰는 욕설을 들을 때마다 그런 생각을 하며 자랐다. 덕분에 이 나이가 되도록 욕 한 번 허투루 내뱉은 적이 없었다.

남들은 착하다며 칭찬할지도 모르겠지만, 그건 내게 착하다는 증거가 아니었다. 그저 욕의 무게를 알고 있기에 쉽게 내뱉지 않는 것뿐이었다.

그러나 지금은 예외였다. 사랑하는 여자한테 험한 말을 쓰는 놈이다. 똑같이 돌려준 것뿐이니 죄책감 가질 필요는 없겠지. 좀 조용해지려나 싶어 대답을 기다렸더니, 남자가 버럭버럭 고함을 치기 시작했다. 완전히 역효과였다.

—너 누구야? 너 누구냐고, 이 버르장머리 없는 새끼야!

"알아서 뭐 하게."

—뭐야? 야!

차갑게 일갈한 후 종료를 누르려는데 등 뒤로 툭 소리가 들렸다. 돌아보자 바닥에 떨어진 쟁반과 그 옆을 구르는 옥수수 몇 개가 보였다. 열린 문 너머로 딱딱하게 굳어진 지우의 얼굴을 발견하니 아무 말도 꺼낼 수 없었다. 일이 잘못되었다는 직감이 들었다. 섬뜩한 예감이었다.

"너 지금 누구랑 얘기하는 거야?"

다정스레 이름을 부르던 지우의 눈빛에 일순간 공포가 스쳤다. 나를 향한 공포가 아니었다. 내가 받으면 안 될 전화를 받은 모양이었다. 순순히 귀에서 휴대폰을 떨어트렸다. 남자는 아직도 시끄럽게 욕과 고성을 내지르고 있었다. 어찌나 목소리가 컸는지 휴대폰을 떨어트려도 쩌렁쩌렁 울릴 지경이었다.

"서, 선생님."

"휴대폰 이리 줘!"

달려든 지우가 휴대폰을 강제로 뺏어 갔다. 혼란스러운 표정으로 고개를 숙인 그녀의 낯이 희게 질려 있었다. 남자한테 말을 걸기 직전까지도 그녀의 눈빛에는 공포가 서려 있었다.

　"여…… 여보세요."

　―이 씨발, 어? 문지우? 문지우 맞지? 너 지금 누구랑 있는 거야!

　시끄러운 남자의 외침에 성큼 다가갔지만, 지우가 멈추라며 손으로 막아섰다. 한 발만 내디딘 상태로 주춤거리자 그녀가 더 가까이 오지 말라는 뜻으로 고개를 가로저었다. 남자의 욕설은 하나도 무섭지 않았지만, 지우의 굳은 표정은 무서웠다. 그러고 보니 그녀가 내 욕을 들었던가? 제발 듣지 못했길 바라며 서늘해진 가슴을 달랬다.

　"기다려. 내가 설명할 테니까 좀 조용히 해."

　―지금 조용히 하라는 말이 나와? 전화랑 문자는 왜 안 봐? 내가 기어이 다른 번호로 연락해야 네 마음이 편하겠어? 설마 나 차단했냐?

　여과 없이 들려오는 남자의 욕설에 조금씩 화가 치밀었다. 역시 안 되겠다 싶어서 다시 손을 뻗었지만, 지우가 버럭 외치는 소리에 몸이 굳었다.

　"김시현, 멈추라니까!"

움직이지 않고 바라보았다. 화를 낸 그녀의 눈빛에 죄책감이 스쳤다. 이건 그녀가 잘못한 일이 아닌데, 저 남자가 잘못한 건데. 지우가 나한테 죄책감까지 느껴가며 화를 내게 한 저 남자가 더욱 미웠다.

—문지우, 너 지금 누구랑 있냐고! 설마 벌써 다른 남자 만나는 거야? 그래?

남자가 떠드는 내용이 부끄러운지 지우의 얼굴은 한없이 일그러지며 붉게 물들었다. 이 상황을 나한테 들키고 싶지 않아서, 그동안 몰래 새벽에 마당으로 나가 쥐 죽은 듯 작은 목소리로 통화했던 걸까. 그녀의 마음을 미처 헤아리지 못하고 섭섭히 여겼던 내가 싫어졌다.

"내가 어디를 가서 누구를 만나든, 무슨 상관인데."

—다 내팽개치고 휴가까지 가서 한다는 게 고작 남자 만나는 거야? 네가 그렇게 여유가 넘치냐?

남자는 그 뒤로도 온갖 험담을 퍼부었다. 지우는 끝내 참지 못하고 전화를 끊어 버렸다. 고성이 오가던 방 안은 순식간에 고요에 잠겨 버렸다.

전화를 받는 게 아니었다고 후회했지만, 만약 그녀 혼자 있을 때 전화를 받았다면 더 심한 말을 계속 들었을지도 몰랐다. 그 생각을 하니 다시금 화가 머리 꼭대기까지 넘실거렸다.

지우는 휴대폰을 꺼 버리더니 몸을 돌려 가방이 있는 쪽으로 다가갔다. 가방에 휴대폰을 깊이 밀어 넣는 그녀의 뒷모습을 보다가 줄에 묶인 인형처럼 힘없이 다가갔다. 어깨를 돌려세우자 그녀가 놀란 얼굴로 쳐다보았다.

"저 사람 누군데 저따위로 말을 해요?"

두서없이 튀어 나오는 말에 지우의 낯이 더 발갛게 물들었다. 그녀한테 수치심을 주고 싶었던 게 아니었으므로, 어깨를 부드럽게 고쳐 잡았다.

"왜 다짜고짜 욕을 하는 거예요? 대체 누구길래……."

"전에 사귀던 사람."

이어진 말은 너무 충격적이었다. 지우는 수치스러운 단어라도 뱉는 것처럼 빨개진 얼굴로 속삭였다. 내가 대답이 없자 한 번 더 쐐기도 박았다.

"애인이었던 남자라고."

한 걸음 더 가까이 다가가며 고개를 기울였다. 전에도 이런 적이 있었지만, 그때 등록된 번호가 아니었다. 그럼 그 사람이 다른 번호로 전화를 걸었던 거였나. 어이가 없고 의아한 마음이었다. 어떻게 그럴 수 있는지, 처음부터 끝까지 이해가 되는 부분이 없었으니까.

"사귀던 사람한테…… 누가 저딴 식으로 행동해요?"

믿기지 않아 목소리가 덜덜 떨렸다. 한때나마 좋아했던

여자한테 저런 식으로 행동할 수 있다니, 미치지 않고서야 어떻게 그럴 수 있지. 그런 욕을…… 문지우한테 할 수가 있지?

"미친 사람 아니에요?"

"괜찮아."

지우는 습관처럼 손톱을 뜯다가 내 시선을 알아채고 손을 등 뒤로 돌렸다. 억지로 웃는 미소가 처량했다. 한껏 기가 죽은 그녀를 보고 있자니 남자를 향한 분노만이 막연하게 늘어났다.

저 남자가 이 여자를 망쳤던 거구나. 그래서 여기까지 도망친 거구나. 결국, 문지우를 향도로 오게 한 장본인이…… 저 남자였구나.

"원래 성격이 불같은 사람이니까 너무 마음에 두지 마. 옥수수 다 쏟았네, 금방 치울게."

지우가 자연스레 말을 돌렸다. 대화를 피하기 위함이라는 걸 모를 수 없었다. 어색한 말투와 행동에서 지나치게 티가 났다. 얼굴을 구겼지만, 여기서 계속 대화를 시도했다가 지우가 도망칠지도 모른다는 생각에 선뜻 말을 걸기 어려웠다.

결국 이를 악물고 허리 숙여 함께 옥수수를 주웠다. 노란 옥수수가 다 식어 있었다. 서둘러 쟁반에 옮겨 담던 와중에, 파르르 떠는 손끝을 보았다. 지우의 손이 가늘게 떨리고 있었다. 더 무시하지 못하고 손을 잡아챘다.

지우가 고개를 높이 들었다. 토끼처럼 두 눈을 동그랗게 뜨고 쳐다보는 눈가가 벌겋다. 눈물이 고여 있지 않았지만, 금방이라도 유리구슬처럼 맑은 눈물을 뚝뚝 쏟아 낼 것만 같았다. 무엇이 그녀를 참게 하는지 모르겠으나 고집스럽게 울지 않는 모습이 더욱 처연했다. 속이 상했다.

"우는 거예요?"

말라붙은 입술로 넌지시 물어보자 그녀가 고개를 저으며 웃었다. 나를 안심시켜 주려는 듯했다.

"안 울어. 어차피 자주 있던 일이고. 이제 익숙해. 그리고 헤어진 사람인데, 뭐."

자주 있던 일이라니, 당황해서 할 말을 찾는데 그녀가 냉정히 말을 자르며 손을 놓았다. 멀어진 손이 마지막 옥수수를 쟁반에 담았다. 그걸 바보처럼 보고만 있었다.

"나중에 또 전화 오면 나 없다고 끊어 버려. 나랑 아무 사이 아니라 둘러대고, 알았지?"

묵묵히 쌓아 두기만 했던 벽에 드디어 금이 가기 시작했다. 알겠다고, 그러겠다고 대답해야 했는데 차마 입이 떨어지지 않았다. 더는 우리의 관계를 부정하고 싶지 않았으니까. 우리가 향도에서 보냈던 시간을, 그 기억을 전부 쏟아 버리고 싶지 않았으니까.

"왜요?"

시선을 피한 지우가 쟁반을 탁자에 올렸다. 옥수수가 저들끼리 부딪치며 데굴데굴 굴러다녔다.

"혹시 몰라서 그래."

"뭐가 혹시 모른다는 건데요."

아예 방을 빠져나가려는 지우의 앞을 막아섰다. 그녀는 멈칫하더니 우는 아이를 달래듯 차분하게 말을 이었다. 감정에 흔들려 되는대로 내뱉는 나와 달리, 그녀의 태도는 여느 때보다도 침착했다. 그게 나를 더 슬프게 했다. 지우가 억지로 감정을 죽여 가며 침착한 척하는 것처럼 보였고, 또 그게 익숙한 듯 굴었으니까.

"괜히 너한테 화풀이할 수도 있는 사람이니까. 나랑 아무 사이 아니라고, 그냥 일 도와주러 들린 사람이라고만 하면 돼. 쉽잖아."

"정말 그 남자가 여기까지 찾아올까 봐 그래요?"

지우가 걱정하는 게 뭔지 대충 짐작이 갔다. 지우는 지금 내가 자신의 문제에 휘말리게 될까 봐 겁이 나는 거다. 그 남자가 향도에 찾아와 자신한테 해코지할까 봐 두려운 게 아니라, 내가 다치게 될까 봐. 그 배려가 또다시 나를 그녀에게서 밀어내고 있다는 걸 모른 채.

"너 그걸 어떻게……."

지우의 시선이 갈피를 못 잡고 이리저리 방황했다. 그녀는 꼭 이런 상황에서 어떤 표정을 지어야 할지 몰라 고민하는 것 같았다. 어쩌면 여태 그녀한테 이런 식으로 말해 준 사람이 없었거나. 아마도 후자 같았다.

"어쨌든, 아무것도 신경 쓸 것 없어. 걱정하지 마."

몰상식한 남자가 그녀의 평온한 휴가를 망칠까 염려하는 건 나도 마찬가지였다. 온다면 흠씬 두들겨 패서 쫓아내고 싶은 마음이었다. 물론 그녀가 보지 않는 앞에서만. 지우의 앞에서 흉한 꼴을 보이고 싶지는 않았다.

하지만 그 무엇보다도 나를 막막함에 빠트리는 건 지우의 대처였다. 그 몰상식하고 염치없는 남자 앞에서 내 존재를 숨기려는데 급급한 그녀의 태도. 질책하려는 게 아니었다. 그저 상처 받았을 뿐이다. 내가 왜 숨어야 하나 싶은 마음 때문에.

"선생님은 그 사람한테 나를 그렇게 설명하고 싶어요?"

그래서 충동적인 선택지를 골랐다. 지우의 불안한 마음에라도 매달려 보자고 결심했다. 내가 내세울 만한 건, 어차피 그런 것들뿐이라는 걸 나도 모르지 않았다. 도리어 잘 알았기에 철저히 이용할 수 있었다.

"애인이라고 말하면 되잖아요."

흠칫 놀라 물러선 지우의 눈빛이 세차게 흔들렸다. 지금 내가 무슨 소리를 하는지, 들으면서도 이해가 잘 가지 않는 모양이었다. 그럴 법도 하다고 생각했다. 지우가 나를 진지하게 교제 상대로서 여기지 않을 것쯤은 예상했었으니까.

"뭐?"

"그렇게 둘러대면, 다시 연락 안 할지도 몰라요."

"김시현!"

지우가 무서운 표정으로 언성을 높였다. 무서운 눈초리로 쏘아보는 그녀가 조금도 밉지 않았다. 나를 밀어내려는 그녀의 행동에 진심이 느껴지지 않았기 때문이었다. 정말 나를 밀어내려는 게 맞는지 의심이 갈 정도로.

"장난치지 마. 나 그럴 기분 아니야."

"선생님한테는 내 말이 장난처럼 들려요?"

"너는 그 사람을 모르니까 이러는 거야! 그 사람은 정상 아니야. 아예 생각할 수도 없는 짓을 한다고!"

지우는 그저 무서워하고 있었다. 대체 그 남자가 무슨 짓을 했길래, 이토록 그를 증오하면서도 두려워하는 걸까. 악을 쓰는 지우의 얼굴이 점점 발갛게 물들었다. 창피함과 분노가 반씩 섞인 얼굴이 낯설고 안타까웠다.

"내 앞에서 다른 여자랑 키스까지 했던 사람이야. 말다툼 좀 했다고, 겨우 그딴 이유로……."

홧김에 말을 쏟아 내던 지우가 아차 싶었는지 입을 다물었다. 홱 몸을 돌려 나가려는 그녀의 어깨를 가까스로 붙잡았다.

"방금은 못 들은 얘기로 해."

"뭘요? 뭘 못 들은 거로 하라는 건데요!"

"그만하라고!"

세게 뿌리친 손에 실수로 얼굴을 맞았다. 지우는 본인이 더 깜짝 놀라 한 걸음 물러났다. 나 역시 힘없이 밀려나 뺨을 더듬었다. 맞은 곳이 아픈 게 아니었다. 아픈 건 속이 더 심했다. 가슴 깊숙한 곳이 견딜 수 없을 정도로 쓰라렸다.

"그만하자."

지우는 목적어를 말하지 않았다. 대화를 그만두자는 건지, 아니면 이름조차 붙이지 않은 관계를 그만두자는 건지. 명확히 뜻하지 않아도 그게 둘 다를 의미한다는 걸 알 수 있었다. 그래서 더 밀려날 수 없었다. 대화는 얼마든지 그만둘 수 있지만, 그녀는 아니었다. 나는 그녀를 보낼 자신이 없었다.

"그만할래."

지우는 피곤하다는 듯 관자놀이를 짚었지만, 궁지에 몰린 쥐처럼 바들바들 떠는 어깨가 그녀의 속내를 드러냈다. 당당하고 나른하던 평소의 모습과 지나치게 달랐다.

문지우가 이토록 작은 사람이었나? 금방이라도 바스러질 것처럼 유약한 사람이었나? 아니, 아니다. 문지우는 그런 여자가 아니었다. 적어도 내가 알고 있는 사람 중에 그녀처럼 멋지고 빛나던 사람은 없었다.

나는 그걸 알았다. 그 남자든 누구한테든, 쉽게 험담을 듣고 혼자 괴로워할 만한 여자가 아니라는 걸 알았다. 그녀는 그 어떤 험담을 듣고도 웃어넘길 자격이 있는 여자였다. 아름답고 신비로운, 섬에 머무르는 게 아까울 정도로 빛나는 여자.

"그게 아니잖아."

목소리가 떨리지 않길 바랐지만, 눈앞이 흐려져 조절하기 어려웠다. 멋대로 튀어 나가는 반박을 참지 않고 그대로 내뱉었다.

"그냥 당신이 나를 애인이라고 소개할 수 없는 거면서."

목소리 끝이 부서지듯 작아졌다. 정곡에 찔린 얼굴로 눈을 깜빡거리는 지우의 표정 앞에서 또 마음이 울컥울컥 튀었다.

한 발자국, 딱 한 발자국만 더 걸어가면 그녀가 코앞인데 이상하게 멀게만 느껴졌다. 그녀는 지금 내 마음에서 가장 멀리 떨어진 곳에 홀로 서 있었다. 여유가 없다는 얼굴로 나를 밀어내던 지우의 손이 바닥으로 떨어졌다. 그녀가 나를 밀어내는 이유를 찾아 여러 번 질문을 내뱉었다.

"왜 그러는 건데요. 내가 가난하고 어려서요?"

"그런 거 아니야."

"그럼요? 집도 부모도 없는, 불쌍한 애라서요?"

그녀의 손끝만 겨우 붙잡았다. 지우는 내가 밧줄 붙잡듯 그러쥔 손가락을 빤히 내려다보다가 입술을 달싹였다. 떨리는 입술이 창백했다.

"너는…… 너무 착해, 시현아."

그 말이 지나치게 잔인했다.

"괜히 나랑 얽혀서 피곤한 일에 휘말릴 필요 없어. 그래서 이러는 거야."

"나 안 착해요."

구차하게 보일지라도 매달려야 했다. 지우가 잠시나마 내게 적선하듯 던져 준 애정이라도 좋으니, 더 갈구하고 있다는 걸 보여 줘야 했다. 그러지 않는다면 정말로 내 곁에서 떠날 생각일 테니까.

"저 하나도 안 착하다고요. 안 착하니까 이렇게 악착같이 달라붙는 거잖아요. 떨어지기 싫어서, 매달리고 비는 거잖아."

아무도 모르고 떠돌이 개처럼 동네를 헤매던 때로 돌아가기 싫었다. 혼자 이 섬에서 살면서 지우의 빈자리만 그리워하게 될 미래가 싫었다. 흔들리는 눈동자가 다시 내 얼굴로 돌아왔을 때, 더 참지 못하고 가는 몸을 끌어안았다. 그녀도 이번에는 내 어깨를 밀어내지 못하고 애꿎은 손바닥만 쥐었다 펴기를 반복했다.

"버리지 말아 달라고, 헤어지지 않게 해 달라고 계속 빌었어요. 알잖아요, 내 마음."

눈시울이 뜨거워 울고 있음을 알았다.

"시현아, 이러지 마."

무심히 다가온 손등이 눈물을 닦아 주는가 싶더니, 이내 바닥으로 떨구며 물러났다. 나 역시 고개를 수그리자 눈물이 바닥으로 점점이 흩어졌다. 엉망이 된 탁자에 쟁반과 문제집이 엉켜 있었다. 마치 우리의 관계처럼.

"나 너 못 책임져. 그럴 자신도 없어."

해가 쨍쨍한 여름날, 아지랑이처럼 나타났던 여자가 이제 제자리로 돌아갈 시간이라며 속삭였다.

"휴가 끝나면, 나 다시 서울로 돌아갈 거야. 내일부터 공부도 끝이야."

칼같이 선을 긋는 행동에 내 마음도 뾰족해졌다. 꼭 이렇게까지 해야 하는 걸까. 가만히 있던 나를 들쑤신 건 그녀가 아니었던가?

"그러니까 이제 나한테 신경 쓰지 마."

이럴 거였으면, 나한테 다정하게 굴지 말지. 잔인하고 미련 없이 떨쳐 낼 거였다면 처음부터 안아 주지 말지. 나한테 곁을 허락하지 말지. 내가…… 내가 당신을 좋아하게 하지 말았어야지.

"선생님한테는 향도가 잠깐 들린 장소일 뿐이었나요?"

인상을 찌그리자 눈물이 또 후드득 떨어졌다. 향도라고 말했지만, 실상 나를 지칭하는 단어와 다름없었다. 그녀에게 내 존재가 잠깐 스칠 인연 정도였는지 물어보고 있었다.

"언제든 미련 없이 떠날 수 있는 장소였고요?"

제발, 나한테 넘어와요. 내 말에 흔들려 주세요. 어른으로서의 책임감 같은 건 내버려 두고, 나를 바라봐 줘요. 속으로 몇 번이고 외쳤다. 그녀의 앞에서 내 자존심 같은 건 한날 종잇조각처럼 초라해졌다. 그래도 기분이 상하지 않았다. 그녀만 붙잡을 수 있다면, 내 자존심 같은 건 몇 번이고도 버릴 수 있었다.

"시현아, 화내지 마. 나는."

"나 화내는 거 아니에요. 그냥 부탁하는 거예요. 이 섬을 도피처라고 여기지 말라고."

나를 도피처라고 여기지 말아 줘요. 나를 집 삼아 소중히 보듬어 곁에 있어 주세요. 내 마음에 뿌리를 내렸던 것처럼, 나 역시 당신의 마음에 뿌리를 내리게 해 주세요.

"왜?"

지우가 천천히 되묻고 있다. 이미 수십 번, 수백 번 눈과 행동으로 보여 줬던 내 마음을 다시 물어보고 있다. 몰라서 물어보는 게 아니라는 건 명백했다. 저건 그저 회피할 요령으로 던진 질문이었다.

"왜 나한테 그런 말을 하는데?"

"진짜로…… 몰라서 묻는 거예요?"

그녀가 이 문제에서 등 돌리지 않기를 바랐다. 정면으로 맞서 주기라도 한다면 고마울 것 같았다. 내가 매달려 볼 수 있게끔, 그럴 기회라도 줬으면 좋겠다.

"이렇게까지 구는데 모를 리 없잖아요. 내 마음 이미 알고 있잖아요! 똑똑한 사람이 그걸 어떻게 몰라요? 이렇게, 이렇게 티가 나는데?"

목소리가 젖어 들어 꼴사나워 보일까 두려웠다. 눈물로 흥건해진 얼굴을 닦고 싶었지만, 그럴 여유조차 없이 말을 뱉어 내기 바빴다. 놓칠세라 하나둘 모아 놓은 진심을 가득 담아서 소리쳤다.

"자꾸 선생님이라고 부르니까, 진짜 내가 학생처럼 보여요? 나 학생 아니에요! 내가 그냥 어리고 철없이 보일지 몰라도, 나는……!"

문지우는 잔인하다. 너무나도 쉽게 내 마음에 성큼 들어와 터를 잡더니, 이제는 보금자리를 다 부수고 도망치려고 했다. 자신이 준 걸 몽땅 쓸어 담아 돌아가려고 했다.

그녀가 내게 준 걸 양분이라고 믿었건만, 실은 독이었던 모양이었다. 이토록 가슴이 아픈 걸 보면, 괴로운 걸 보면……

"이제 선생님이라고 안 부를 거예요."

나는 그런 문지우를 사랑했다.

"시현아……."

"지우 씨."

선생님. 그 호칭은 우리의 관계에 마땅히 붙일 단어가 없어 잠시 빌린 것뿐이었다. 만약 우리가 서울에서 만났더라면, 섬이 아니라 다른 곳에서 마주쳤더라면 그랬을지도 모른다고 생각해서 빌린 관계의 형상이었다.

선생과 제자. 스물일곱 여자와 스물하나 남자의 관계에 그보다 더 적절한 호칭이 없을 거라고 지우가 생각했었으니까.

"나 당신 좋아해요. 사랑한다고요."

하지만 이제는 아니었다. 더는 그 관계 속에 숨을 생각 같은 건 없었다. 예고 없이 찾아와 급하게 떠나려는 문지우를 붙잡아야 했다. 내 감정을 박박 긁어모아 바쳐서라도,

그녀의 다리를 붙잡고서 처절하게 매달리더라도.

"나 버리고 가지 마요."

그녀에게 향하는 마음을 더 이상 막을 방도가 없었다.

7. 선착장의 그 사람

"아가야, 너 나랑 배 좀 타자."

손질하던 그물에서 눈을 떼고 고개를 들었다. 갑작스러운 제안이었다. 홍덕 할매는 볼우물이 깊게 패게 피우던 담배를 댓돌에 대고 톡톡 털었다. 나뭇가지처럼 마른 손가락 아래로 거뭇한 담뱃재가 흩어졌다.

함께 배를 타자는 건 흔히 듣는 제안이었다. 간혹 도시에서 아들 내외가 내려와 할매의 일을 도울 때도 있지만 지금처럼 더운 여름에는 일손이 부족할 때가 많았다. 평소 일을 거들고 삯을 받았던 일도 잦아 거절하기도 쉽지 않은 상대였다.

"언제요?"

"낼모레."

머뭇거리는 내 행동을 눈치채지 못한 할매가 무뚝뚝하게 대답했다. 담배를 아예 바닥에 떨구고 고무신으로 짓이겨 끈 그녀가 굽은 허리를 펴고서 부엌으로 향했다. 당연히 내가 수락하리라고 생각했는지 구태여 어떤 대답도 듣지 않았다.

할매가 사라진 마루에 홀로 앉아 고개를 들었다. 구름 낀 하늘이 평소보다 흐리고 어두웠다. 한바탕 비가 내리려는지 잿빛으로 물드는 구름 모서리를 눈이 시릴 때까지 바라보았다. 내심 비가 내리기를 바라고 있었다.

날씨가 궂으면 배를 띄울 수 없었다. 그러니까 배를 타고 나갈 수 있는지 없는지 날씨를 확인한 후에야 결정이 나곤 했다. 괜히 비가 올 때 배를 탔다가 물귀신이 되어 버린 사람도 많았으므로 향도 사람들은 날씨를 아주 중요하게 여겼다.

고개를 떨구고 반쯤 손질을 마친 그물 상태를 확인했다. 넓은 마당 구석에 다른 그물도 걸려 있었다. 아들 내외가 가을에 손주를 데리고 놀러 온다고 했던가. 흥덕 할매는 며칠간 유난히도 부지런히 일감을 찾았다. 배를 띄우자는 것도 전부 돈 때문이었다.

품속에 손을 넣어 보았다. 여태까지 새벽부터 일어나 온 종일 일하고 받은 돈이 꽤 되었다. 그동안 꼭꼭 숨겨 놓았던 돈을 셈해 보다가, 불현듯 막막한 기분에 휩싸여 한숨을 내뱉었다. 분명 꽤 모았다고 생각했는데 지금 와서 보니 한참 부족하게 느껴졌다.

예전에는 막연히 돈을 많이 가지고 있으면, 언젠가 풍족하게 살 수 있을지 모른다고만 생각했다. 구체적인 목표를 정하지 않고 돈을 모았으니 꽤 많이 번 것처럼 느껴졌다. 하지만 서울행을 결심하게 되면서부터 가난의 무게가 비로소 피부에 와 닿았다. 그건 현실적인 무게였다.

"대학 가면 서울에 갈 수 있겠죠?"

"서울에 있는 대학을 가면 그러겠지."

지우와 나눴던 대화가 떠올랐다. 그녀의 무심하고 냉정한 대답이 현실을 일깨운 거나 다름이 없었다. 그녀의 말대로 대학에 붙지 않는 이상 무작정 서울로 가는 건 어리석은 짓이었다.

체력 좋고 손재주만 있으면 무슨 일이든 해 볼 법했던 향도와 달리, 서울은 먹고 살려면 여러 조건이 필요했으니까. 학벌은 그중에서도 가장 중요한 조건이었다. 예전 중학교에 다녔을 때, 기를 쓰고서라도 서울에 있는 고등학교로 진학하려던 애들이 몇몇 생각났다. 그때는 이해하지 못했던 부분이었다.

"할매, 저 갈게요."

거의 손질을 끝마친 그물을 대충 마루에 펼쳐 정리한 후 부엌으로 다가가 인사를 건넸다. 아궁이 앞에 쪼그려 앉아 불을 확인하던 할매가 대충 손을 휘적거렸다. 그녀의 발밑에 흩어진 솔방울과 잔가지로부터 습하고 찐득한 숲의 냄새가 풍겼다. 찢어진 신문지 자락이 끝에서부터 재가 되어 부서졌다.

철제 대문을 밀자 귀에 거슬리는 소음이 울려 퍼졌다. 문턱을 넘기 전 챙긴 가방을 어깨에 메자 속에 든 문제집과 펜이 덜렁대며 흔들렸다. 그 요란한 소리를 듣고 있으니 며칠 전, 덜덜대는 선풍기 바람 앞에서 늘어져 있던 지우의 모습이 떠올랐다. 비죽 새어 나오던 웃음이 울적한 기분에 짓눌려 금방 사라졌다.

"나 당신 좋아해요. 사랑한다고요."

용기를 끌어모아 고백했던 날부터 지우는 의도적으로 나를 외면했다. 벽을 치는 모습에 상처 받을 틈은 없었다. 그때부터 밀려드는 일감으로 바깥에서 보내는 시간이 길어졌으니까. 때로는 그게 다행이라는 생각도 들었다.

거절의 대답조차 주지 않는 지우를 볼 때마다 마음이 아팠다. 나만 애타는 게 억울하고 슬퍼서 견딜 수 없을 때도 있었다. 차라리 일에 집중하면 잠시나마 그 일을 잊을 수 있다는 게 다행이었다. 속이 타긴 해도, 신기하리만치 원망은 생기지 않았다.

매미 우는 소리가 더운 바람에 실려 왔다. 고개 들어 언덕 위로 늦게 저무는 해를 바라보았다. 붉은색이 길고 가파른 언덕길 위로 부드럽게 넘실거렸다. 가을이 오면, 노을이 아니더라도 고추를 말리느라 섬 곳곳이 붉게 변할 터였다.

가을. 지우는 가을이 오기 전에 떠날 생각인 듯했다. 반사적으로 집에서 쉬고 있을 그녀가 떠올랐다. 반바지 아래로 쭉 뻗어 하얗게 반질거리던 다리를 떠올렸다. 웃을 때마다 다정히 휘어지던 눈매와 움푹 파인 쇄골 근처 자그마한 점도 생각났다.

일하러 나오기 전에 차려 둔 밥은 다 먹었을까. 저번처럼 대충 라면을 끓여 먹은 건 아닐까. 잠자다가 또 악몽을 꾸고 일어나지는 않았을까.

일이 고될 텐데 자기까지 신경 쓰지 말라던 그녀의 메마른 몸과 창백한 안색을 차례차례 떠올릴 때마다 목이 콱 막혔다. 아무리 내가 향도에서 고된 일을 한다고 한들, 서울에서 지냈던 그녀보다 나을 것이다.

매일 내가 집 밖으로 나갈 때, 혹은 늦은 밤 집으로 돌아갈 때. 그때마다 지우는 방에서 나를 맞이했다. 벽을 보고 누워 있는 지우의 등을 보고 다녀왔노라 인사를 건넬 때면 씁쓸하면서도 묘한 안도감이 돌았다.

아무리 지우가 나를 모른 척해도, 어쨌든 당장은 곁에 있었다. 아직 그녀가 향도를 떠나 서울로 돌아가지 않았다는 현실만이 나를 안심시켰다. 다만 그 안도감도 언제까지 이어질지 모를 일이었다.

어마어마하게 길게만 느껴졌던 여름이 어느덧 끝물로 접어들고 있었다.

다음 날 하늘은 어제보다도 더 흐렸다. 둥글게 모여 날아가는 하루살이 떼를 손으로 치워 내며 돌아가는 길이 오늘따라 길고 멀게 느껴졌다. 날씨가 더 궂어졌는데도 아직 빗방울이 떨어지지 않는 게 신기할 따름이었다.

"내일 오후에 일단 배 띄워 보고 갈지 말지 정해야겠다."

바느질감을 돌려주기 위해 찾은 흥덕 할매로부터 들은 말이었다. 역시나 지금 날씨로는 아직 판단이 잘 서지 않는 모양이었다. 삯을 받은 다음, 무거운 발걸음을 옮겼다.

가방에서 문제집을 꺼내 책장을 펼쳤다. 팔락거리는 소리와 함께 빨간 동그라미와 빗금이 눈앞에서 주르륵 나타났다가 사라졌다. 최근에 바깥에서 일하면서도 틈틈이 풀었던 문제집이었다. 끝까지 다 푼 문제집 뒷장에 아기자기한 그림이 그려져 있었다.

"다 풀었네. 많다고 생각했었는데, 벌써……."

첫 장을 넘길 때만 해도 마냥 설레던 문제집이었는데, 마지막 장을 넘기는 순간이 이토록 씁쓸할 줄이야. 그때는 전혀 상상도 못 했던 기분이었다. 다 풀면 지우가 꼭 껴안아 주고 칭찬해 주리라고 기대했는데, 아무것도 할 수 없는 데면데면한 사이가 되다니.

쓰린 속을 부여잡고 조용히 걸었다. 걷다 보니 어느새 집 앞이었다. 푸른 지붕 아래로 길고 넓은 그늘이 졌다. 대문을 넘는 소리가 울려 퍼지자 마당에 삼삼오오 모여 있던 참새들이 파드득 흩어졌다.

"다녀왔습니다."

대답이 돌아오지 않을 걸 알면서도 굳게 닫힌 문을 향해 외쳤다. 무겁게 흐르는 침묵이 버거웠다. 가방을 마루에 내려 두고 수돗가로 다가갔다. 수돗가 옆을 일렬로 지나가는 개미를 피해 조심조심 자리를 잡고 섰다. 수도를 틀고 손부터 씻으려는데, 문득 근처에 쓰러져 죽어 가는 묘목이 보였다.

"나 여기다가 묘목 심어도 돼?"

"묘목이요?"

"응, 꽃나무. 할머니가 좀 얻어다 주신다고 했거든."

전부 지우가 심은 묘목이었다. 이 집에서 함께 살게 된 후, 그녀는 휑하고 넓은 마당이 쓸쓸하다면서 할머니로부터 묘목 몇 그루를 얻어 왔다. 도와 달라는 그녀의 부탁에 따라 수돗가 옆에 작은 화단을 만들었다. 다소 무신경하다고 여겼던 그녀로부터 가장 먼저 느껴진 변화였다.

다른 집의 마당에 들러 청소를 한 적은 많았어도, 내가 머무는 집의 마당을 가꿔 본 적은 없었다. 화단도 마찬가지였다. 밭을 맸으면 맸지, 아무 이유 없이 꽃이나 묘목을 심어 볼 생각 같은 건 할 겨를도 없이 살았다.

그래서 그녀와 하는 모든 게 더욱 신선하고 즐겁게 다가왔다. 삽을 들고 자리를 만드는 것과 무거운 벽돌을 빙 둘러 울타리를 짓는 것. 퇴비와 흙을 골고루 섞어 옮겨 담고 구덩이를 만들어 조심스레 묘목을 심는 것. 아침마다 바가지로 물을 퍼서 뿌려 주는 것. 모든 게 처음이었다.

묘목이 생각보다 무럭무럭 자라서 금방 나무가 될지도 모른다고 생각했다. 그렇지만 지금은 어떤가. 약간의 거리를 두고 심었던 묘목은 몇 개를 제외하고 반쯤 쓰러져 죽어 가고 있었다. 삐쩍 마른 뿌리들의 묘지가 되어 가는 화단에 스산한 바람이 불었다.

틀어 둔 수돗물에 댄 손을 떼지도 못하고 얼어붙었다. 콸콸 흐르던 물이 바가지를 넘치고 흘러나와 땅을 흠뻑 적셨다.

물이 신발 끝까지 적시는 와중에도 그저 멍하니 화단만 바라보았다. 메말라 가는 화단이 어쩌면 지우의 마음이 여기서 뜨고 있다는 증거가 아닐까. 그런 생각에 점점 눈가가 홧홧해져서 더 뜰 수 없을 때까지 그 자리를 보았다.

얼마나 서울로 돌아가고 싶으면, 그동안 아꼈던 묘목이 말라비틀어지는 것도 모를 수 있을까. 울컥하는 감정이 목밑까지 복받쳤다. 그녀가 떠나면, 곧 내가 저 묘목처럼 될지 모른다는 상상에 두려웠다.

덜덜 떨리는 손으로 겨우 바가지에 물을 받았다. 묘목 앞으로 다가가 쓰러진 나뭇잎 위로 천천히 물을 부어 주었다.

이런다고 해서 반쯤 죽은 묘목이 다시 살아날지 의문스러웠다. 아니, 애초에 지우가 향도를 떠나기 전까지 이 묘목이 살 수 있을까?

보내기 싫어. 이대로 보낼 수 없어. 내 마음을 다시 확인한 순간, 바가지는 이미 손을 떠나 수돗가에 뒹굴고 있었다. 그대로 마루로 다가가 가방을 거꾸로 뒤집어 안의 물건을 와르르 쏟아 버렸다. 흩어진 펜 사이 구겨진 문제집을 거칠게 집어 들고서 문을 벌컥 열어젖혔다.

"……지우 씨."

당당하게 문을 열었을 때는 언제고, 막상 그녀를 마주할 생각에 겁이 나 목소리를 죽였다. 구석에 앉아 가방을 정리하던 지우가 인기척에 고개를 들었다. 물끄러미 날 바라보는 그녀의 얼굴에 표정이 하나도 없었다. 바깥의 소리를 다 들었을 텐데도, 조금의 감정도 느껴지지 않는 무감한 반응에 숨이 턱 막혔다.

"왔어?"

지우가 뒤늦게 입꼬리를 살짝 올렸다. 부드럽지만 어색한 미소였다. 그 미소를 보고 나니 더욱 굳게 결심이 섰다. 애초에 내 고백을 철회할 생각 따위는 없었다. 다시는 선생님이라는 거짓 호칭을 사용하지 않겠다는 결심도 마찬가지였다. 지우는 내심 그 호칭으로 다시 불러 주기를 바라는 눈치였지만, 그에 따를 마음은 없었다.

"보여 드릴 게 있어요."

성큼 걸어가 묵묵부답으로 일관하는 지우의 앞에 섰다. 물끄러미 바라보는 시선을 느끼며 들고 있던 문제집을 불쑥 내밀었다. 그제야 지우의 표정이 변했다.

"김시현, 이건……."

"확인해 보세요. 다 풀었어요. 저 혼자."

까만 눈동자가 혼란스럽게 흔들렸다. 그녀의 시선이 내 손을 따라 문제집으로 내려갔다. 문제집을 받아 들고 한 장씩 넘기는 하얀 손가락이 조금 떨고 있었다. 문제집을 다 푼 이상, 그녀도 내 곁에 있을 명분이 없어진 상황이라는 걸 알았을 터였다. 그걸 스스로 내미는 내 모습이 당혹스러웠을지도 몰랐다.

딱딱하던 그녀의 표정이 문제집을 차근차근 확인하면서 조금씩 풀어졌다. 마침내 마지막 장을 넘긴 순간, 그녀는 울 듯 말 듯 뜻 모를 표정으로 문제집을 덮었다. 살며시 짓는 미소에 아까와 같은 어색함은 없었다. 오랜만에 보는 웃음에 가슴이 와르르 무너졌다.

"잘 풀었네. 내가 그랬잖아, 너 머리 좋다고."

그녀와 높낮이를 맞추기 위해 허리를 숙였다.

"시현아."

얌전히 자리에 앉자마자 그녀가 무거운 입을 열었다. 몇 번이고 속으로 고르고 골라 내뱉은 말인지 조심성이 다분히 묻어났다.

"우리, 전처럼 돌아갈 수 없을까?"

예상했던 대답이었지만, 실제로 듣게 되니 속이 타들어 갔다. 이를 악물고 고개를 저었다. 지우의 눈시울이 천천히 불그스름하게 물들고 있었다. 나를 따라 감정이 복받쳤는지 떨리는 목소리가 이어졌다.

"다시 선생님이라고는 못 부르겠어?"

문지우가 원하는 건 명백했다. 우리가 특별하지 않은, 그저 짧고 평범한 인연으로 남기를 원하는 것이다. 그건 내가 가장 바라지 않는 결말이기도 했다.

"나 정말로 자신이 없어서 그래. 네가 싫은 게 아니라, 지금 여기서 시간이나 죽이고 괜찮아지기를 바라는 내가 싫어서…… 영영 제대로 된 연애를 못 할까 봐 무서워서."

그녀는 눈가를 붉혀도 눈물을 떨구지는 않았다. 이런 순간까지 어른스럽게 보이려 고집하는 그녀의 자존심이 느껴졌다. 진작 눈을 붉히던 나로서는 감정을 잘 다스릴 수 있다는 점이 부러웠다. 나는 조금도 그럴 수 없었으니까.

"너한테 완벽한 사람처럼 보일지 몰라도, 나 부족한 점이 많은 사람이야. 전에 사귀던 사람도 나한테 불평이 잦았고.

······나도 그걸 잘 알고 있어."

절절 끓던 목소리가 끝내 무겁게 가라앉았다. 깜짝 놀라서 눈을 크게 떴다. 지우는 떨리는 목소리를 숨기려는 듯 잠시 숨을 참았다. 금방이라도 눈물이 터질 듯 붉어진 눈가가 안쓰러웠다. 가늘게 떨리는 속눈썹 사이로 이슬이 맺힌 것만 같은 착각이 일었다.

제 가치를 깎아내리는 지우의 태도가 낯설었다. 대체 전에 만나던 남자가 얼마나 불평을 많이 했길래, 이 여자가 스스로 저런 말까지 하게 만들었을까. 이름 모를 남자에 대한 분노가 끝없이 치솟았다.

"이제 누가 나한테 실망하는 것도 지겹고, 그 사람한테 맞추려고 아등바등 구는 건 더 지긋지긋해. 그냥 쉴 시간이 필요했던 거야. 그래서 향도로 온 거고."

감정이 극에 다다랐는지 그녀의 가슴이 급하게 오르락내리락 움직였다. 불규칙한 호흡에 따라 흩어지는 숨결에 울음이 묻어났다. 지우는 울고 있었다. 눈물을 흘리지 않아도 얼마든지 울 수 있다는 걸 처음 알았다.

"그 사람한테 받은 상처를 애꿎은 너한테 풀게 될까 봐, 나도 그 사람처럼 상처 주게 될까 봐 무서워. 사람은, 원래 다른 사람으로 잊는 게 아니라잖아. 그런 말이 괜히 있겠어?"

지우의 시선이 내 얼굴을 찬찬히 훑었다. 그 눈빛에 서린 애정을 읽을 수 있었다. 그녀 역시 나를 마음에 품었다는 게 분명했다. 더불어 그녀가 그 마음을 억지로 접으려 한다는 점 역시 느껴졌다.

"너는 아직 어리고, 여기서 나가면 만날 수 있는 여자도 많잖아."

그녀는 우리의 나이 차를 핑계로 들먹였다. 많다면 많다고도, 적다면 적다고도 볼 수 있는 차이. 겨우 그만큼의 차이였다. 그걸 대수롭지 않게 여기는 나와 달리, 지우는 진지하고 무겁게 받아들이는 듯했다.

"전에도 말했지? 너는 내가 처음이라서 좋아하는 거라고. 이 섬에 온 게 다른 여자였어도, 아마 너는……."

"그런 식으로 말하지 마세요!"

더 참지 못하고 소리쳤다. 지우가 움찔하며 고개를 높이 들었다. 그녀가 자신의 마음이 가진 크기를 알아차리지 못하고 머뭇대는 건 참을 수 있었다. 억지로 외면하는 것도 참을 수 있었다.

하지만 내 마음을 멋대로 재단하는 건 참을 수 없었다. 그건 너무 잔인하고 지나친 처사였다. 여태 그녀의 대답을 들을 수 있으리라 기대하고 묵묵히 기다렸던 나한테.

"당신이 나한테 첫 여자라서. 그래서 내가 지금 이렇게 매달리는 거라고요?"

굳은 얼굴의 지우가 경직된 자세를 풀었다. 웅크린 어깨에 당당함이 사라져 안쓰러웠다. 떨리는 손을 내밀었다. 그녀는 손을 잡는데도 덤덤히 바라볼 뿐이었다. 다만 나만큼이나 붉어진 그녀의 눈가를 보며, 우리가 같은 마음이라는 걸 확인할 수 있었다. 나를 밀어내고자 일부러 아픈 말만 골라 내뱉고 있었다는 점도 알 수 있었다.

"어떻게 그런 식으로 말해요? 내가 여자라면 그냥 다 좋은, 발정 난 짐승처럼 보여요? 당신 눈에 내가 그렇게 보였어요?"

"김시현, 나는……."

"……좋아한다고 말했잖아요."

조심하려고 노력했으나 미세하게 떨리는 음성을 막을 수 없었다.

"그걸로 부족한가요? 그런 말로는…… 곁에 있을 수 없나요?"

또 눈물을 뚝뚝 흘릴까 봐, 떼쓰는 아이처럼 울게 될까 봐 숨을 죽였다. 사람의 마음이 종이에 그려진 그림 같다면 얼마나 좋을까. 그렇다면 꺼내서 있는 그대로를 보일 수 있을 텐데. 벽을 치는 지우의 마음도 내가 쉽게 이해할 수 있었을 텐데.

"당신이 내 첫사랑이에요."

그래, 문지우는 내 첫사랑이었다.

여태 누군가를 이토록 가슴 끓게 그리워하며 생각한 적이 있었나? 기억을 되짚어도 떠오르는 이가 없었다. 흔들리는 지우의 눈빛을 간절히 직시했다.

"누구를 이렇게까지 좋아한 게 처음이라고요."

진심이었다. 영화를 본 적도 없는 나였지만, 대충 이런 게 영화 속 사랑과 비슷하지 않을까 싶을 정도로. 그녀를 처음 보는 순간부터 두근거림을 주체할 수 없었다. 눈만 마주쳐도 가슴이 요란하게 뛰었고, 이 마음을 들킬까 싶어 더 조심스러웠다. 그러면서도 감출 수 없이 흘러넘치는 호감이 있었다.

"여태까지 섬에 여자가 온 적이 정말 한 번도 없었을까요? 수도 없이 많았어요! 만날 기회도 있었다고요. 내가 젊은 여자를 만난 게 당신이 처음이라서, 그래서 좋아한다는 건…… 어디까지나 지우 씨 생각이잖아요."

배를 타고 나가 일할 때면, 근처의 다른 섬에 갈 기회도 많았다. 여자를 만날 기회야 만들려면 얼마든지 있던 것이다. 그러나 누구를 이토록 절절히 애타게 좋아한 적은 없었다.

사랑은 가랑비에 옷 젖듯 가늘고 천천히 스며드는 줄로

만 알았다. 고작 한 계절이 채 지나가기도 전에도 빠질 수 있는 게 사랑일 줄은 꿈에도 몰랐다.

"나 어리다는 거 잘 알아요. 철없이, 또 무모하게만 보일 수도 있겠죠."

목소리가 점점 묵직해졌다. 숨이 차서 몇 번이고 입술을 달싹였다. 내 진심이 과연 그녀한테 닿을 수나 있을까. 회의적인 생각을 하면서도 또 기대감에 입을 열고 만다.

"하지만 그러면 안 되나요?"

당장에라도 끌어안고 붙잡고 싶은 마음을 필사적으로 짓누르면서 담담히 내뱉었다. 지우의 손이 내 손등을 가벼이 토닥였다. 울지 말라고 위로하는 대신 건네는 손길. 그 작은 손길에도 내 마음은 소리 없이 무너졌다. 언제나 그녀의 말 한마디, 행동 하나하나에 숨통이 조였다 풀어졌다.

"당신은 그랬던 적 없어요? 누가 미치도록 좋으면, 사람이 한 번쯤은 무모해질 수도 있는 거잖아. 이럴 때 아니면 대체 언제 무모해질 수 있는데요?"

그러니까 나한테 딱 한 번이라도 좋으니, 그녀 역시 무모해질 수는 없겠느냐고. 나를 위해서 무모한 결정을 내려 줄 수는 없겠느냐고. 간절한 마음을 내비친 질문 앞에서 지우가 불안하게 몸을 떨었다.

커다란 눈에 기어이 눈물이 고이는 광경을 보며 나 역시 가늘게 떨었다. 지우는 아직도 겁에 질려 있었다. 지우를 잔뜩 괴롭히고 상처 입힌 채 떠나 버렸다는 남자의 영향으로, 그녀는 아직 과거에 갇혀 힘겨워하고 있었다.

나는 지우가 불확실한 미래로부터 받는 공포에 대해 조금도 알지 못했다. 다만 그 공포를 누를 만큼의 사랑을 줄 수 있다는 점만 알아주기를 원했다. 멍청하고 어리석은 그 남자처럼 상처만 남기고 떠나지 않을 거라는 걸. 그녀가 무모하게도 나를 믿어 줬으면 했다.

"지우 씨."

이름을 부르자 고였던 눈물이 한 방울 떨어져 우리의 손등을 적셨다. 지우의 눈물이었던가, 내 눈물이었던가. 어쩌면 설득할 수 있을지 모른다는 기대가 꾸역꾸역 들고 일어났다. 지그시 두 눈을 감아 버리자 볼이 축축해졌다.

"나 내일 바다 나가요. 배가 제대로 뜨면 이틀은 못 돌아올 거예요."

파리하게 질린 손을 꽉 잡아 주었다. 지우는 그 말에 떨던 걸 멈추고 더듬더듬 입을 열었다. 갑작스러운 이야기에 적잖이 놀란 반응이었다.

"뭐?"

"이틀 동안 생각해 보세요. 내가 정말 싫은지, 이대로 헤어졌으면 하는지. 내가 지우 씨 인생에서 없는 사람이 되길 원하는지. 물론 당신이 그걸 원한다고 해도, 난 어차피 계속 좋아하겠지만……."

내가 바라는 건 큰 게 아니었다. 그녀가 내 마음을 아주 깊이 이해해 주는 걸 바라는 것도, 그녀가 자신을 속여서라도 내 곁에 남아 주기를 바라는 것도 아니었다. 그저 딱 한 가지.

"내가 당신 좋아하는 걸 의심하지만 말아 주세요."

이 벅차고 감당하기 힘들 만큼 커진 사랑을 지우가 의심 없이 그대로 믿어 줬으면 했다.

"……미안."

약간의 침묵이 이어진 다음, 지우는 사과의 말을 입에 담았다. 꽉 잠긴 목소리를 듣자마자 힘이 빠졌다. 울고 있는 문지우 앞에서 내 고집은 무력하게 허물어졌다.

"미안해, 시현아."

이런 순간만큼이라도 어른스럽게 보이려고 노력했는데, 그녀에게 고백하는 내 모습이 어리고 유치하게 보이지 않았으면 했는데. 속절없이 쏟아지는 눈물 앞에서 지우의 얼굴이 흐리게 번져 갔다. 그녀도 나처럼 울고 있었다.

지우는 멍하니 손을 뻗어 내 어깨를 끌어당겼다. 자석처럼 끌려가듯 그녀의 품에 안기자 노곤하게 몸이 풀렸다. 우리는 서로에게 기울어지는 고개를 피하지 않았다. 스르륵 눈을 감고서 입맞춤을 받아들이는 지우의 눈가가 살짝 부어 있었다. 손바닥으로 하얗고 작은 얼굴을 감싼 채 더욱 깊이 입술을 맞댔다.

"미안하다고 하지 마요. 차라리……."

거짓말이라도 좋으니까, 지금은 사랑한다고 말해 주세요.

마지막 말을 속으로 삼키며 하얀 살결을 입에 머금었다. 목의 여리고 약한 살결을 잘근거리자 그녀가 파드득 몸을 떨었다. 하얀 피부에 붉은 자국이 남는 게 보기 좋았다. 그녀가 꼭 내 것이라는 흔적처럼 느껴져서.

키스가 이어졌다. 뜨거운 입술을 겹치고, 여린 입안을 훑고 또 훑었는데도 도통 갈증이 사라지지 않았다. 지우와 몸을 겹치면, 또 눈을 맞추면 자꾸만 속이 뜨겁게 타들어 갔다. 그녀의 시선이 내 몸을 살피면 가슴에 불덩이가 들어온 느낌이었다.

기우뚱 무너진 몸이 개어 둔 이불 위로 쓰러졌다. 지우가 다급하게 내 팔뚝을 붙잡았다. 실수로 할퀸 자국이 핏줄 돋아난 팔뚝에 붉고 긴 선을 그렸다. 깜짝 놀란 지우가 팔을 살피려는 사이, 손을 뻗어 그녀의 가슴을 부드럽게 매만졌다.

지우는 흠칫 떨며 등을 구부렸다. 등허리를 쓸어 올리자 이리저리 피하려는 몸짓이 나를 애태웠다. 누구보다도 당당하던 그녀가 일순간 왜소하고 자그마한 여자가 되었다. 그게 안쓰러워 고개를 기울였다. 시선이 맞닿은 순간, 그녀가 손을 뻗어 어깨를 끌어당겼다.

단숨에 상의를 벗어 던졌다. 그녀의 마른 허리를 끌어안고 허겁지겁 브래지어를 풀어냈다. 가슴을 주무르는 손길이 다소 서툴렀는데도 그녀는 달뜬 신음과 함께 내 머리칼을 헤집었다. 서늘한 머리카락을 쓰다듬어 주는 손길에 짜릿한 쾌감이 일었다.

들뜬 마음에 끙끙대는 동안, 지우가 떨리는 손으로 내 바지를 벗겨 냈다. 그녀의 손이 딱딱해진 중심을 스쳤다. 깊이 숨을 들이마시며 인상을 찡그렸다. 닿은 곳이 전부 녹아내릴 것만 같은 쾌감이었다.

"아으, 훗……."

살며시 가슴을 입에 물었다. 지우의 입술 사이로 흩어진 숨결이 정수리에 내려앉았다. 어찌할 바 모르겠다는 듯 등을 어루만지던 손을 잡아 누르며 더 세게 그녀의 가슴을 빨았다. 말랑하고 부드러운 감각이 혀끝에서 움찔거렸다.

부드러운 곡선을 지나 배꼽으로 내려갈 때까지 입맞춤을 멈추지 않았다. 마침내 다리 사이로 다다랐을 때는, 갈증을 견디지 못해 마른침을 몇 번이고 삼켰다.

흠뻑 젖은 곳을 혀로 핥자 가느다란 두 다리가 벌벌 떨렸다. 손자국이 남을 정도로 세게 틀어쥔 허벅지 안쪽에도 쪽 입을 맞췄다.

"지우……."

이름을 부르면, 그녀가 반응한다.

"시, 시현아."

노래처럼 달콤한 그녀의 음성이 흥분을 돋우었다. 거칠게 구석 서랍장에 손을 뻗어 콘돔을 꺼냈다. 얇은 고무가 터질 것처럼 붉어진 성기를 감쌌다. 힘줄 돋아난 그곳을 발견한 지우의 얼굴이 새빨갛게 물들었다. 부끄러워하는 지우의 얼굴은 낯선 만큼 사랑스럽다.

"천천히……. 으응."

비좁고 축축한 살덩이를 가르는 느낌이 여실했다. 성기 끝부터 뜨거운 용광로에 문대지는 느낌. 이를 악물고 금방이라도 절정에 도달할 듯 높아진 쾌감을 가라앉혔다. 지우의 안은 너무 뜨겁고 깊어서, 조금이라도 방심했다간 억지로라도 절정의 순간까지 끌려갈 것만 같았다.

그녀의 안쪽 깊이 들어가 길을 내는 동안에도 갈증은 멈추지 않았다. 오히려 더 심해졌다. 무릎을 잡아 넓게 벌리자 지우는 커다란 눈동자를 끔뻑이며 내 얼굴을 응시했다. 땀인지 눈물인지 모를 것으로 불그스름하게 물든 눈가를 핥았다. 더 깊이, 더 뭉근하게 그녀의 안으로 들어가고만 싶었다.

"하웃, 으, 시…… 시현……."

너무 좋다고, 좋아서 미칠 것 같다고. 내가 제정신인지도 모르겠다고. 연달아 속삭인 말에 지우의 신음이 거세졌다.

젖은 살갗이 부딪칠 때마다 민망한 소리를 냈다. 성기를 죄이는 힘이 강해지면서 자연스레 허리의 움직임도 거칠어졌다. 살짝 높은 부분을 찌를 때마다 지우의 다리가 이불을 밀쳐 내며 흔들렸다. 어깨에 한쪽 다리를 올리고서 더 바짝 몰아붙였다.

"하아, 아……!"

거센 힘에 떠밀려 들썩거리는 엉덩이를 꽉 쥐었다. 도망갈 구석이 없어졌다는 사실에 그녀가 부르르 떨면서 고개를 흔들었다. 가로 젓는 고갯짓을 멈추고자 입술을 겹쳤다. 나오려던 신음을 억지로 틀어막자 그녀가 눈을 지그시 감았다.

"사랑……해요, 사랑해."

절정에 이르기 직전까지 속삭인 말은 딱 하나뿐이었다. 사랑한다는 고백에 지우는 고집스럽게 대답을 피했지만, 두 팔로 감싸 안은 내 어깨를 절대 놓지 않았다.

그 손길만이 유일한 위로였다.

어두운 시야 너머로 엄마의 등이 보였다. 부지런히 짐을 싸는 엄마의 뒷모습이 꽤 오랜만에 보는 기분이었다. 오른쪽 서랍장에 놓인 재떨이 위로 수북하게 쌓인 담배가 보였다. 방금까지도 담배를 피웠는지 천장에 매캐한 연기가 남아 있었다.

"엄마, 뭐 해?"

소리 내어 불러 봐도 돌아오는 대답이 없었다. 짐 싸는데 열중한 여자의 작은 머리가 끄덕끄덕 움직였다. 비좁은 가방에 꾹 눌러 넣는 라면 봉지에서 바스락거리는 소리가 흘러나왔다. 얼마 남지 않은 라면 봉지를 왜 챙기는 걸까.

"엄마, 어디 가?"

정신없이 짐을 싸던 손이 멈칫했다. 뒤늦게 내 목소리를 눈치챈 엄마가 뒤돌아보았다. 파리한 안색에 전혀 어울리지 않는 핑크빛 볼, 진한 붉은색 립스틱으로 덧칠한 입술이 다소 기괴한 느낌을 주었다. 아랫입술로부터 턱까지 길게 번진 립스틱 자국이 그녀의 눈가 아래 매달린 멍 자국과 선명히 대비되었다.

"시현아."

다정한 음성이 낯설고 신기했다. 엄마가 나를 저토록 애절히 불러 본 적이 있었나? 귀신에 홀린 것처럼 상체를 일으켰다. 가까이 다가오라며 손짓하는 엄마의 손목 아래 자해한 흔적이 엿보였다. 칼로 수차례 그은 자리에 피딱지가 맺혀 있었다.

무릎걸음으로 가까이 다가가자 술 냄새와 파스 냄새가 동시에 풍겼다. 엄마는 체할 때마다 배꼽 아래에 자그마한 파스를 붙이는 습관이 있었다. 오늘도 냄새가 풍기는 걸 보면 속이 답답한 모양이었다.

"왜 안 자고 깼어."

다가온 손이 다정하게 머리칼을 쓸어 넘겨 주었다. 그녀답지 않게 따뜻하고 부드러운 손길이었다. 기분 좋은 촉감과 달리, 가슴에 퍼지는 불안함이 찝찝하고 기이하기만 했

다. 눈앞의 여자는 분명 엄마와 똑같이 생겼는데 전혀 같은
사람이라고 느껴지지 않았다.

"더 자. 아직 밤이야."

그녀의 말에 고개를 떨구었다. 분명 이불 밖으로 빠져나
갔던 것 같은데, 다시 이불 위였다. 무의식중에 엄마의 소
매를 가볍게 당겼다. 여자의 입매가 조금 굳어졌다.

"엄마도 옆에서 같이 자."
"엄마는 안 돼."
"왜?"
"그래야……."

망설이는 듯했던 여자의 음성이 귓가에 스산하게도 내려
앉았다.

"네가 잠든 사이에 떠날 수 있잖니."

소름이 돋았다. 순간 몸이 바닥에 뿌리라도 내린 것처럼
꼼짝할 수 없었다. 입을 열고 크게 외쳐도 소리 하나 새어

나가지 않았다.

돌처럼 굳어서 옴짝달싹 못 하는 내 모습을 엄마가 웃는 얼굴로 내려다보았다. 무척이나 후련한 표정이었다.

"안녕, 시현아. 이제 진짜로 안녕."

엄마가 나지막이 속삭이며 내 몸을 도로 이불에 눕혔다. 커다란 눈으로 그녀를 바라보았지만, 엄마는 끝내 돌아보지 않고 문을 열었다. 그녀의 손에 들린 가방이 뭐였는지 깨달 았다. 엄마 몫의 뱃삯만 들어 있던 그 가방이었다.

"어, 엄⋯⋯."

드디어 소리가 터져 나온 순간, 잠에서 깼다. 눈물로 흐 려진 시야가 점점 선명해졌다. 둥근 천장과 꺼진 백열등이 차례대로 보였다.

그제야 꿈을 꿨다는 걸 알았다. 또 끙끙대면서 시끄럽게 굴었으면 어떡하지? 걱정된 마음에 벽 쪽으로 고개를 돌렸 다가 눈을 크게 떴다. 가방이 보이지 않았다. 살며시 열린 문 너머로 바람 소리가 쓸쓸하게 들렸다. 뒤이어 알아차린 건 옆자리가 텅 비어 있다는 점이었다.

찬물이라도 뒤집어쓴 것처럼 졸음이 말끔하게 달아났다. 벌떡 상체를 일으키자 방 안의 고요함이 더 적나라하게 느껴졌다. 홀로 방에 남겨진 적은 수없이 많았건만 지금처럼 그 사실이 공포감으로 다가온 적은 없었다.

"지우 씨?"

대답이 들릴 리 없다는 걸 알면서도 실낱같은 희망에 입을 열었다. 당장에라도 지우가 왜 부르냐며 대수롭지 않은 얼굴로 문을 열어 줬으면 했다. 그러나 낮게 갈라진 음성에 되돌아온 건 바깥의 바람 소리뿐이었다. 싸늘한 정적이 오싹하게 등을 훑었다. 옷을 주워 입고서 허겁지겁 문을 열어젖혔다.

이른 아침이었다. 먹구름 낀 하늘에 햇볕 하나 보이지 않았고, 댓돌에 있어야 할 지우의 신발도 보이지 않았다. 신발을 신은 뒤 자리를 박차 달려 나갔다.

거칠게 열어젖힌 대문이 끼익, 끼익 녹슨 소리를 퍼트렸다. 달리는 동안 머리 위로 빗방울이 후드득 떨어지기 시작했다.

불안한 예감이 화살처럼 가슴에 꽂혔다. 몸도 머리의 판단에 따라 무작정 선착장으로 발길을 이끌었다. 지우가 가방을 챙길 만한 이유는 한 가지뿐이었다. 이 섬을, 내 곁을 떠나기 위해서.

잔뜩 흐려진 날씨에 비까지 오고 있었다. 절대 배가 뜨지 못할 날씨다. 그런데도 혹여나 지우가 이미 배를 타고 떠났을지도 모른다는 생각을 멈출 수 없었다. 지난 밤 그토록 가까이 서로를 안았던 기억이 무색할 만큼 깊은 공허함이 감돌았다.

빗줄기가 거세지면서 하늘에 구멍이 뚫리기라도 한 듯 점점 쏟아졌다. 빗물이 눈가로 꾸역꾸역 밀려드는데도 닦을 여유조차 없이 계속 뛰었다. 눈살을 찌푸리고 달리는 탓에 결국 돌부리를 발견하지 못하고 크게 넘어졌다. 빗물로 젖은 흙에 미끄러진 채 이를 악물었다.

땅바닥에 처박힌 무릎과 턱이 욱신거렸다. 턱은 확인하지 못했지만, 무릎은 바지가 찢어질 정도로 크게 까져 피가 나고 있었다. 손등으로 턱에 묻은 진흙을 대충 닦아 냈다. 손등에도 불그스름하게 피가 묻어났다. 따끔한 통증이 불에 덴 것처럼 화끈거렸다.

이럴 시간이 없어, 지금쯤 배를 탔을지도 모르는데…….

상처를 무시하고 다시 일어나 뛰었다. 빗물 젖은 머리칼이 거슬리게 얼굴 위로 달라붙었다. 주룩주룩 흐르는 빗물이 얼굴에 묻었을 진흙이라도 씻겨 주길 바라며 비탈길을 내려갔다. 다행히 선착장은 멀지 않은 곳에 있었다.

"하아, 하아……."

거칠어진 숨을 몰아내며 멈췄다. 향도에서 그나마 선착장이라고 부를 만한 장소에 사람이 있었다. 바위 아래로 내려가는 길목에 가만히 서서 바다를 바라보는 여자. 새카만 단발과 손에 든 가방이 익숙했다.

턱 막히는 숨을 토해 내며 곁으로 달려갔다. 냅다 가방부터 뺏어 들자 드디어 상대가 뒤를 돌아보았다. 토끼처럼 커다래진 눈동자가 주체 없이 흔들렸다.

"너무한 거 아니에요?"

원망스레 쏘아붙인 말에 지우가 얼어붙었다. 겁먹을지도 모르니까 부드럽게 대하자고, 절대 소리 지르지 않겠다는 다짐이 무색할 만큼 설움이 일었다. 죄책감 어린 지우의 눈빛을 발견했기 때문일지도 몰랐다. 그녀의 죄책감이 내 행동에 면죄부가 되어 주리라는 걸 알았으니까.

"어떻게 사람이 잔 틈에 몰래 떠날 수 있어요!"

"시현아……."

지우가 더듬더듬 입을 뗐지만, 겨우 내 이름만 부르고서 다시 입을 꾹 다물었다. 단호한 반응에 심장이 철렁 내려앉았다. 그래, 지금은 내가 얼마나 슬프고 상처 입었는지를 내색할 때가 아니었다. 자존심이든, 자존감이든 뭐든 다 버리고서라도 그녀를 붙잡아야 할 때였다.

그런데 왜 하필 지금, 과거 모친이 나를 버리고 떠나려고 했던 일이 생각나는 걸까. 점점 흐려지는 시야를 빗물 탓으로 돌리며 이를 악물었다. 뜨거워지는 눈시울을 지우가 어쩔 줄 모르며 응시했다. 당황한 듯하면서도 피곤해 보이는 그녀의 눈빛에 왈칵 겁이 났다.

내가 선을 넘은 걸까? 이 여자한테 내가 정말로 아무 의미도 아니라는 걸 다 알면서 떼를 쓰고 있는 걸까?

"안 붙잡을게요."

지우가 말하기 전에 급히 선수를 쳤다.

"더 안 붙잡을 테니까 주말에 가요. 아니, 내일도 좋아요! 오늘만⋯⋯ 제발, 오늘만 가지 마세요."

지우의 모습이 흐려졌다. 덜덜 떨리는 입술이 창피해 더 세게 악물었다. 뭐라고 말하려던 그녀의 시선이 내 턱에 닿는가 싶더니, 그녀가 깜짝 놀라 손을 뻗었다.

"시현아, 너 피!"

하얗고 보드라운 손바닥이 뺨을 감쌌다. 맨살이 상처에 닿자 따끔한 통증이 느껴졌다. 더듬더듬 그녀의 손을 붙잡고 미친 사람처럼 중얼댔다.

"나⋯⋯ 그렇게 많은 거 바라는 거 아니잖아요."

끝내 참지 못한 눈물이 시야를 가득 메꿨다. 빗물이 눈물과 섞여 얼굴을 흠뻑 적셔 놓았다. 이 처절한 감정을 그녀가 알아주길 바랐다. 감정의 밑천까지 몽땅 드러내면서도 붙잡고 싶은 게 그녀라는 걸, 제발 알아줬으면 했다.

"내가 억지로 남아 달라고 부탁하는 거 아니잖아요, 네?

오늘은 날씨가 궂으니까, 위험하니까 다른 날에 가라는 거예요. 원래 이런 날씨에는 배 띄우는 거 아니에요. 내 말 들어요, 제발."

살면서 이토록 간절히 누군가한테 애원한 적이 있었나. 내 마음을, 진심을 상대가 읽기만을 바라며 구구절절 이유를 단 적이 있었나. 정말 지우의 바지 자락이라도 붙잡고서 매달리고픈 마음이었다.

"그래, 아가씨! 내 말이 맞지? 이런 날은 원래 배 안 띄워."

그때 낚싯배에서 내려온 아저씨가 신나게 맞장구를 쳤다. 내가 도착하기 전까지 배를 띄우니 마니 하면서 지우와 입씨름을 벌였던 모양인지, 내 말이 아주 반갑다는 표정이었다. 지우는 내 얼굴에서 손을 거두고 아저씨를 짧게 노려보다가 핀잔을 던졌다.

"그럼 왜 오신 건데요? 할머니 말씀 듣고 오신 거 아니었어요?"

"아가씨 데리러 온 게 아니라, 새벽에 누가 부탁해서 왔던 거야. 지금 돌아갈 수 있나 배 띄워 본 건데 다짜고짜 이러면 어쩌나."

지우의 결심이 꺾일세라 싶어 서둘러 그녀의 가방을 낚아채듯 뺏어 들었다. 아저씨도 허허 웃으며 사람 좋은 얼굴로 땅을 밟았다. 바위 위로 뚜벅뚜벅 걸어 올라오는 그를 내려다보며 지우가 의아한 표정을 숨기지 못했다.

"누구 데려왔다고요? 향도로요?"

"글쎄, 뭍에서 선생 하는 양반이라던데."

무심히 대답을 던진 아저씨가 우산을 펼쳐 들고 고개를 갸우뚱 기울이다가 뒤편으로 사라졌다.

아저씨가 자리를 뜬 후, 지우가 가장 먼저 한 건 휴대폰을 꺼내 살펴보는 일이었다. 그녀의 얼굴이 서서히 경악에 물들었다. 휴대폰 화면에 전화기 모양이 나타나 요란하게 깜빡거렸다.

누굴까. 누구의 전화일까. 아까보다도 더 불안한 예감이 머릿속을 돌아다녔다. 지우가 떨리는 손으로 통화 버튼을 눌렀다. 아주 잠깐의 정적 끝에 굵직한 음성이 들렸다.

"찾았다, 문지우."

목소리는 양쪽에서 들려왔다. 하나는 휴대폰이었고, 다른 하나는 그녀의 뒤였다. 깜짝 놀란 지우가 휴대폰을 든 채 딱딱하게 굳어졌다. 그녀의 시선을 따라 돌아보니, 정장을 입은 남자 한 명이 우산을 들고 서 있는 게 보였다.

눈이 마주친 남자가 한쪽 입꼬리를 실쭉 올리며 가벼이 인사하듯 손을 들었다 내렸다. 본능적인 경계심이 앞섰다. 저 남자가 바로 지우가 누누이 말했던, 그 사람이라는 걸 알아차렸기 때문에.

"오빠……."

힘없이 새어 나오는 지우의 목소리가 탄식에 가까웠다. 휴대폰을 붙잡은 손이 바닥으로 축 늘어지는 모습에서 그녀의 경악이 느껴졌다. 내 곁에서 한 박자 늦게 물러난 그녀의 눈빛이 불안정하게 흔들렸다. 물끄러미 남자와 지우를 번갈아 바라보는데, 이어서 낯선 여자의 목소리가 빗줄기를 뚫고 울려 퍼졌다.

"언니!"

지우가 깜짝 놀라 고개를 돌렸다. 머리를 질끈 묶은 여자 한 명이 남자 뒤편에 서서 손을 흔들었다. 여자는 허겁지겁 뛰어오더니 처량하게 비를 맞고 있는 지우에게 우산을 씌워 주고 의아한 눈초리로 내 몰골을 훑어보았다. 지우는 더듬더듬 목소리를 내뱉었다.

"다혜야, 저 사람…… 네가 데리고 온 거야?"

지우는 일부러 남자의 귀에 들리지 않도록 목소리를 죽이고 있었다. 다행히 남자는 멀리서 이 모습을 관망하기만 할 뿐 전혀 다가올 기세가 없었다. 여자는 미안한 얼굴로 속닥거렸다.

"미안해, 언니. 유 선생님이 안내 좀 해 달라고 자꾸 연락해서…… 끝까지 안 된다고 했는데, 무작정 언니 있는 곳으로 쫓아간다길래 어쩔 수 없이 같이 왔어. 언니 만나면 설명하려고 했고. 마침 나도 할 얘기가 많았으니까."

듣자 하니, 그녀의 잘못으로 남자가 지우의 위치를 알게 된 모양이었다. 그 책임을 지고자 함께 쫓아왔다고. 여자는 알게 모르게 지우의 눈치를 보며 시선을 피했다. 지우는 예상치 못한 상황에 당황했는지 어안이 벙벙한 얼굴로 멍하니 서 있었다.

가슴 한편이 답답해지는 와중에 여자가 내 옆모습을 흘깃거렸다. 감추지 못한 호기심이 만면에 드러나 있었다.

"이쪽은 누구야? 사촌 동생?"

말문이 막혔다. 남들 눈에는 우리 사이가 그렇게 보일 수도 있겠구나. 문득 가슴이 서늘해졌다. 일전에 지우가 나를 달래면서 걱정했던 게 떠올랐다. 그녀는 이런 상황까지 예상했던 거다.

"나중에 설명할게. 일단 비 오니까 집으로 가자."

지우는 슬그머니 여자의 손목을 잡아 몸을 돌렸다. 급하게 그 뒤로 따라가려는데 멀리서 쳐다보기만 하던 남자가 성큼성큼 걸어왔다. 앞을 가로막은 남자의 우산이 둥글고 큰 그늘을 만들었다.

"문지우."

굵직한 음성에 지우가 움찔하며 어깨를 수그렸다. 그 모

습에 반사적으로 둘 사이로 끼어들었다. 남자도 꽤 큰 편이
었으나 나보다 한 뼘 정도 작았다. 내가 내려다보는 게 불
만이었는지, 남자는 인상을 팍 구겼다. 날 선 말투가 곧장
내 뒤에 숨은 지우를 향했다.

"얘가 그때 그놈이지? 내 전화 받았던?"

역시, 그 남자가 맞았구나.

내내 고민하던 문제에 해답을 받은 기분이었다. 저 남자
가 여태 지우를 괴롭혔던 옛 연인이라는 걸 깨달은 순간,
친절하거나 부드럽게 대할 필요가 전혀 없다는 걸 알아차렸
다.

"소리 지르지 마."

나 역시 눈에 불을 켜고 노려보는데, 지우가 불쑥 튀어
나오더니 앞으로 나섰다. 딱딱하게 굳은 얼굴이 퍽 당당해
보였으나 남자와 나 사이를 가로막은 손이 안쓰럽게 떨리고
있었다. 남자 앞에 서는 것만으로도 그녀의 기억에 학습된
두려움이 반응하는 듯했다.

"내가 다 설명할 테니까, 여기서 이러지 말고 집으로
가."

"설명할 게 있긴 해? 왜, 저놈이랑 바람이라도 났냐?"

지우는 경멸의 눈빛을 보내며 짧게 하, 숨을 뱉었다. 혀
차는 소리에 남자의 눈썹도 세차게 꿈틀거렸다.

"지금…… 나한테 바람피웠냐고 따질 입장이야? 다른 사람도 아니고 오빠가?"

"못 물어볼 건 뭔데?"

분위기는 살벌하게 가라앉았다. 빗줄기는 그칠 기세 없이 쏟아지며 점차 굵어졌다. 빠르게 젖어 드는 지우의 두 어깨가 가늘게 떨고 있었다.

"선생님, 조금만 뒤로……."

더 참지 못하고 우산 아래로 들어가게 하고자 끌어당기려는데 번쩍하고 눈앞이 하얗게 점멸되었다. 뒤이어 귀가 터질 듯 요란하게 천둥이 울었다. 동시에 지우가 악 소리를 내지르며 바닥에 주저앉았다.

"선생님!"

쓰러지려는 지우의 팔을 붙잡고 단단히 지탱했다. 혹시나 오해받을까 싶어 그녀의 이름을 부르지도 않았고, 어깨를 감싸거나 안아 주지도 못했다.

"괜찮아요?"

그런데도 지우의 얼굴을 새파랗게 질려 있었다. 아차 싶은 얼굴로 남자의 눈치부터 살피는 그녀의 표정이 당혹스러워 보였다. 그녀가 천둥을 무서워한다는 것쯤은 당연히 옛 연인도 알고 있을 텐데.

조심조심 지우의 팔을 부축해 주며 일으키는데 비웃음

섞인 목소리가 들렸다.

"너 아직도 천둥 무서워하냐? 어린애도 아니고, 스물일 곱이나 먹고선."

내가 방금 저 남자가 하는 말을 제대로 들은 게 맞나? 남 자는 한심하다는 눈빛을 숨기지 않았고, 지우는 할 말을 잃 어버린 채 조용히 고개를 숙였다. 새빨개진 그녀의 얼굴에 서 억울함과 수치심이 온전하게 드러났다. 분노에 눈앞이 시뻘겋게 물들었다.

"나이 처먹을 대로 처먹고도 여자한테 윽박지르는 그쪽 이 나이 운운할 자격이 있나?"

감정을 다스리지 못하고 잔뜩 비꼬아 던진 말에 남자의 얼굴이 일그러졌다. 씩씩대며 다가오는 남자를 알아차린 지 우가 헉, 소리를 내며 내 앞을 막았다. 이 상황에서 나부터 지키려는 그 모습에 괜히 목울대가 시큰거렸다.

"너 방금 뭐라고 했냐?"

"유 선생님! 진정 좀 해요."

이번에는 다른 여자가 끼어들며 남자를 막았다. 그 사이, 지우의 팔을 당겨 거리를 벌렸다. 그녀는 차마 내 눈도 마 주치지 못하고서 벌벌 떨기 바빴다. 두렵기도 하겠지만, 차 가운 비를 오래 맞아 추울 터였다.

일단 집으로 향할 필요가 있었다. 저 남자는 여기서 빠져 죽든지 말든지 알 바 아니었지만, 지우는 아니었다. 남자가 지우에게 더 큰 수치심을 안겨 주기 전에 재빨리 자리를 옮겨 따뜻한 곳에서 쉬도록 하고 싶었다.

시끄럽게 고함을 치는 남자를 깔끔히 무시하고 다른 여자에게 말을 걸었다.

"따라오세요."

"아, 네."

다행히 눈치 빠른 여자가 내 뒤를 종종 쫓아오며 지우에게 우산을 씌워 주었다. 지우의 가방을 챙기고서 바위 사이 길목을 천천히 올라갔다. 머뭇거리던 지우의 입술이 살짝 벌어졌다.

"시, 시현아."

"저 괜찮아요."

내 기분이 염려되는지 연신 힐긋거리는 그녀의 표정에 짙은 걱정이 느껴졌다. 그 시선만으로도 아까보다 한결 덜 울적했다.

얼음장처럼 차가워진 그녀의 손을 꽉 붙잡고서 집으로 향했다. 비는 오래도록 쏟아질 듯했다.

8. 부족한 점이 많은 사람

푸른 지붕 아래로 빗물이 소란스레 떨어졌다. 날이 저물고 하얀 벽 곳곳에 어둠이 지자 스산한 분위기마저 감돌았다. 어쩌면 바깥보다 집 안 공기가 더 싸늘했기 때문일지도 몰랐다.

남자는 허락도 구하지 않고 무작정 집 안으로 들어왔다. 다른 집에서 자라고 밀쳐도 끄덕하지 않았으며 지우와 할 말이 많다고 고집을 부렸다. 지우는 고민 끝에 일단 그를 안으로 들였다.

그들이 화장실로 들어가 씻는 동안, 나는 두 사람이 잘 만한 장소를 찾아 열심히 머리를 굴렸다. 아무래도 각각 따로 자야 할 텐데 마땅한 장소가 없었다. 둘을 어디서 재워야 하나 고민하는데, 먼저 씻은 여자가 수건으로 젖은 머리를 닦으며 다가왔다. 그녀의 시선은 온통 고민에 잠긴 지우에게 꽂혀 있었다.

"언니, 대체 언제 돌아올 생각인데?"

부엌에서 끓여 온 차를 컵에 담다가 움찔했다. 지우는 괜히 내 눈치를 살피며 말이 없었다. 그 태도가 답답했는지 여자가 제 가슴을 콩콩 두드리면서 대답을 재촉했다.

"내가 여기까지 왜 왔겠어? 언니 설득하러 온 거잖아. 원장도 맨날 짜증 부리고, 이제 곧 가을인데…… 수능까지 얼마 안 남았어. 잊은 거 아니지?"

지우는 대답 대신 다른 말을 했다.

"그보다 먼저 말해야 할 게 있잖아. 오빠는 어떻게 알고 너 따라온 거야? 이럴 줄 알았으면, 너한테도 주소 안 알려줬어."

지우의 지적이 꽤 날카로웠다. 여자는 우물쭈물 변명하며 애꿎은 수건 자락만 만지작거렸다. 이 무거운 분위기로부터 회피하고픈 소망이 초조한 몸짓에 고스란히 묻어 있었다.

"원장이 언니 어디 있냐고 들들 볶았다니까. 내가 총대 메고서 언니 데려와 보겠다고 휴가 낸 건데, 유 선생님이

338

그걸 원장한테 들었나 봐. 대체 무슨 수로 구워삶았는지 모르겠어."

여자는 주절주절 남자 뒷담을 쏟아 내더니, 내가 건네준 차를 조심스레 들이켰다. 지우는 김이 모락모락 올라오는 찻잔을 조용히 응시했다.

"언니 보면 또 말해 줄 게 있었어. 그런데 너무 놀라지는 마?"

찻잔을 내려 둔 여자가 문밖을 살폈다. 남자가 들으면 안 될 얘기가 있는지 낮게 소곤거리는 태도가 퍽 조심스러웠다. 지우는 예민해진 얼굴로 되물었다.

"뭔데 그래."

"유 선생님, 희주랑 헤어졌대."

희주. 낯선 이름이었다. 그건 또 누구의 이름인가 싶어 돌아보는데 창백하게 질린 지우의 얼굴이 시야에 잡혔다. 검고 풍성한 속눈썹이 파르르 떨렸다.

"왜……. 어쩌다가?"

여자는 저도 모르겠다는 얼굴로 어깨를 으쓱댔다.

"몰랐지? 하긴, 유 선생님 자존심에 그걸 미주알고주알 떠들 리가 있나. 학원에 그 난리까지 쳤는데, 더 말 못 했겠지."

"어떻게 된 거냐니까."

눈살을 찌푸리고서 대답을 재촉하는 지우의 모습이 조금 낯설었다. 침묵하며 두 사람의 대화를 관찰했다.

"희주가 그만 만나자고 했대. 막상 대학교 들어가니까 또래가 더 좋았나 봐. 그것 때문에 유 선생님이 언니 다시 붙잡으려는 게 아닐까 싶어."

여자가 헝클어진 머리칼을 대충 손으로 쓱쓱 빗어 내더니 끈으로 단단히 묶었다. 아직 채 마르지도 않은 상태였건만 자꾸 흘러내리는 머리카락이 영 거슬렸던 모양이었다.

"지금 말해 줘서 미안해. 언니 얼굴 보고 직접 말해 주고 싶었어. 아직 힘든지, 그것도 걱정돼서."

울상 지은 여자의 목소리가 구슬펐다. 본의 아니게 남자를 데려온 상황이지만, 여태 지우를 걱정하던 마음만큼은 진심인 듯한 눈빛이었다. 지우는 힘겹게 미소를 짓더니 아까보다 누그러진 얼굴로 여자의 손을 잡아 주었다.

"아냐, 이렇게라도 말해 줘서 고맙지. 나한테 계속 연락해 준 것도 너밖에 없었는데."

억지로 지은 게 틀림없는 미소였다. 어색하게 올라가 경련이 일 듯한 입술 끝만 봐도 알 수 있었다. 괜찮은지 물어보기도 전에 내 얼굴을 눈짓하던 여자가 호기심을 누르지 못하고 입을 뗐다.

"그런데 언니, 이쪽은 누구야?"

질문을 듣자마자 지우의 시선이 허공을 헤맸다. 우리의 관계를 어떻게 설명하면 좋을지 몰라 난처해진 표정이었다.

"어? 아, 그게, 이쪽은…… 그러니까."

명쾌한 대답을 듣기도 전에 벌컥 문이 열렸다. 대화를 끊고 난입한 남자가 짜증 섞인 툴툴거림을 내뱉었다. 무언가 적잖이 마음에 안 든다는 표정이었다. 불만이 가득한 음성이 좁은 방을 꽉 채웠다.

"이 촌구석까지 내려와서 한다는 게, 고작 이딴 집에서 지내는 거야? 지금 이럴 여유가 있어? 참 생각 짧다, 문지우."

남자는 머리를 벅벅 긁으며 자연스레 지우의 오른쪽에 앉으려고 했다. 욱한 마음에 상체를 일으키는데 지우가 팔로 막아서더니 슬쩍 내 왼쪽으로 자리를 옮겼다.

노려보는 남자의 시선에 이 악물고 맞서는 그녀의 표정이 제법 매서웠다. 이야기를 꺼내는 목소리가 차분해서 더 날카로운 분위기를 풍겼다.

"희주랑 헤어졌다며. 사실이야?"

남자는 곧장 딴청 피우는 여자를 노려보았다. 두려워하는 여자의 태도를 보았을 때, 저 남자는 평소에도 덩치를 이용하여 강압적인 대화를 했을 확률이 높았다.

"……그래."

망설이던 남자가 순순히 사실을 인정했다. 그 순간 지우의 표정이 무시무시하게 변모했다. 나마저 깜짝 놀라 쳐다볼 정도였다. 그 까맣고 말간 눈빛에 증오가 어린 건 처음이었다.

"결국, 이럴 거였으면, 처음부터 나한테 왜…… 대체 왜 그랬어!"

"옛날이야기가 그리 중요해?"

심드렁한 목소리로 대답하는 남자의 눈빛에 귀찮음이 스쳤다. 그는 지우가 언성을 높이는 게 마음에 들지 않았는지 험상궂게 굳은 얼굴로 삿대질까지 연발했다.

"중요한 건, 내가 너 데리러 여기까지 몸소 찾아와 줬다는 거잖아. 고맙다는 말부터 해야 하지 않겠냐?"

지우는 어이없다는 얼굴로 눈을 끔뻑거렸다. 반대편에 앉은 여자도 마찬가지였다. 그녀는 대놓고 경멸의 눈길을 보내더니 짧게 혀를 찼다. 그러거나 말거나 남자의 잔소리는 꿋꿋이 이어졌다.

"그만 고집부리고 서울로 돌아가. 다시 시작해."

"고집?"

무거운 물건에 머리라도 맞은 것처럼 싸늘하게 굳은 얼굴이었다. 남자의 뾰족한, 그리고 대수롭지 않은 대답이 지우의 가슴을 무자비하게 파헤친 모양이었다.

"다시 시작하자니, 그 말이…… 쉬워?"

그녀는 믿을 수 없다는 얼굴로 거친 숨을 짧게 몰아쉬다가 입술을 짓씹었다. 피가 날 듯 하얘진 입술이 안타까울 지경이었다.

"나…… 그동안 너무 힘들어서 밥도 못 먹고, 잠도 제대로 못 잤어. 알아?"

지우의 목소리가 점점 거칠게 떨렸다. 시선을 피하는 남자의 모습이 간신배처럼 비겁했다. 그를 노려보며 외치는 지우의 음성 끄트머리에 기어이 울먹임이 묻어났다.

"매일 하루하루가 지옥 같아서, 병원 가서 상담하고 약까지 먹었어! 그런데 지금 고집이라는 말이 나와? 사람이 어쩜 그렇게 뻔뻔할 수가 있어!"

"나도 똑같았어!"

남자가 버럭 고함을 쳤다. 지우의 꼭 그러쥔 주먹이 파르르 떨렸다. 분노를 어떻게 다스려야 할지 몰라 갈팡질팡하는 느낌이었다.

"그동안 내가 잘 지낸 줄 알아? 너를 위해서 안정적인 월급까지 다 내팽개치고, 학원까지 옮겨 줬잖아! 뭘 더 바라는 건데!"

"그게 어떻게 날 위해서야!"

조금씩 목소리가 커질 때마다 가운데 낀 여자가 안절부

절못하며 내 얼굴을 흘깃거렸다. 말려 달라는 눈치였지만, 둘의 사정을 모른 채로 무작정 말릴 수 없는 노릇이었다.

"오빠 그렇게 도망쳐 버리고, 학원에서 수군거리는 걸 전부 다 내가 견뎌야 했는데! 한마디 해명도 없이 가 버려서 욕이란 욕은 내가 다 먹었어!"

"문자로 말했지. 희주, 걔가 먼저 나한테 꼬리 친 거야. 외로우니까 같이 있어 달라고, 하도 징징대서 좀 어울려 준 것뿐이라고! 애초에 내가 진심이었겠냐? 그 어린애를 상대로?"

"내 앞에서 키스까지 했잖아!"

오히려 적반하장으로 나오기 시작한 남자에게 지우가 울음 섞인 고함을 내질렀다. 끊임없이 이어지던 대화가 잠시 멈추었다. 지우는 격해진 숨을 몰아쉬며 어깨를 들썩거렸다. 그녀의 눈가에 분을 이기지 못한 눈물이 그렁그렁 맺혀 있었다.

가운데 앉아 눈치를 보던 여자 역시 깊이 침묵했다. 지우의 말이 사실이었는지 남자의 눈치를 살피는 모습에서 긴장감이 엿보였다. 남자는 고함을 듣고 잠깐 버벅거렸지만, 이내 한층 더 일그러진 얼굴을 시뻘겋게 물들었다. 그가 별안간 덤벼들 기세로 상체를 일으켰다.

"이게 어디서 소리를……."

"그 애가 설령 그랬다고 쳐, 오빠는 제정신이야? 나이 차이가 열 살도 넘는 애한테 손댄 주제에 뭐가 그렇게 당당해!"

마지막 말이 남자의 자존심을 밟아 버린 듯했다. 그는 눈을 크게 뜨더니, 딱딱한 얼굴 그대로 한쪽 손을 높이 들었다. 지우는 얼굴이 하얗게 질렸는데도 눈 하나 꿈쩍하지 않고서 그를 노려보았다.

"그만!"

이대로 있다간 정말 맞을지도 모른다는 생각에 급히 막아섰다. 뜻대로 되지 않자 폭력을 쓰려는 남자의 태도가, 그걸 막아서는 지우의 태도에도 익숙함이 느껴져서 충격적이었다. 설마 여태까지 이런 식으로 다툰 적이 많았던 걸까?

"이 여자한테…… 손대지 마."

내가 나서지 않았다면 분명 손찌검을 당했을 터였다. 지우가 맞았을지도 모른다고 생각하니 분노로 온몸이 떨렸다. 목소리까지 떨려와 울컥한 감정을 주체하기 어려웠다.

쥐를 보고도 무서워하는 사람이었다. 천둥소리를 듣고도 무서워하는 사람이었다. 그런 사람이 저보다 건장한 체격을 지닌 남자의 손찌검을 무서워하지 않을 리가 없었다.

저 남자는 지우의 옛 연인이니 그런 점을 더 잘 알고 있을 테니, 배려해 줘도 모자랄 텐데. 이 약하고 다정한 사람한테 어떻게 손을 들 생각을 할 수 있을까. 남자의 행동이 도무지 이해가 가지 않았다.

"씨발."

남자는 다짜고짜 욕설을 중얼대며 몸을 일으켰다. 나도 지우를 지탱하며 일으킨 다음 옆으로 비켜서게 했다. 멀뚱멀뚱 쳐다보던 여자도 슬그머니 일어나 옆에 섰다.

남자는 기가 막힌다는 얼굴로 나를 노려보았지만, 자신보다 건장한 체격이 신경 쓰였는지 함부로 덤벼들 몸짓은 보이지 않았다. 그 태도가 오히려 더럽고 치사해서 인상을 찌푸렸다. 예상했던 대로, 그는 곧 지우를 삿대질하며 다시 거친 말을 내뱉었다.

"그럼 너는? 문지우, 너는 당당해서 이 대가리에 피도 안 마른 새끼랑 여기서 노닥거렸냐?"

"뭐…… 뭐라고?"

뻔뻔한 지적에 지우가 비틀거렸다. 그녀의 목소리에도 힘이 빠지고 있었다. 그것만으로도 남자가 내뱉은 말이 최악이라는 게 느껴졌다.

"전화할 때마다 이 새끼랑 있었지? 새벽에만 전화하는 이유가 뭐였나 했는데, 이 촌구석에서 젊은 놈 만났다고 냅다 처박혀 지냈네. 연락도 다 무시하고 재미 좀 봤냐? 어?"

지우가 말문을 잃어 정적이 길어지자, 남자의 시선이 내 쪽으로 옮겨졌다. 그는 기어이 나한테까지 시비를 걸기 시작했다.

"너 몇 살이야?"

할 말이 없으니 나이를 찾는구나 싶어 대꾸 없이 노려보는데, 지우가 나보다 더 놀란 얼굴로 앞을 막아섰다.

"그만해!"

"얘 곧 서른인데 그건 알고 만나냐?"

그는 막아서는 지우를 밀어낼 듯 위협적으로 손을 뻗었다. 이대로 계속 보고만 있을 생각은 없었다. 입을 여는 지우보다 먼저 그에게 담담히 쏘아붙였다.

"어, 잘 알아."

야, 야, 거리는 놈한테 차려 줄 예의 같은 건 필요 없었다. 짧아진 말끝에 남자의 얼굴이 와락 구겨졌다.

"알고 있는데, 뭐 어쩌라고."

"이 자식이 근데 아까부터 말을 자꾸 짧게……."

"당신이 무슨 자격으로 자꾸 이래라저래라 하는데?"

소매를 당기는 힘이 느껴져 돌아보았다. 지우가 초조한 눈빛을 보내며 고개를 절레절레 흔들고 있었다. 발끈해서 어울리지 말라는 눈빛이었다. 그녀는 이어서 남자에게도 날카로운 목소리로 핀잔을 던졌다.

"그만해, 유치하게 시비 걸지 마."

차분한 음성에 분을 삭이려는데, 남자가 어깨를 으쓱하더니 지우의 팔을 덥석 붙잡았다.

"좋아. 대신 너는 나랑 얘기 좀 해."

"할 얘기 없다고 했잖아! 기어이 여기까지 쫓아와서 시끄럽게 만들어야 속이 시원하겠어?"

당연히 뿌리치려고 애쓰는 지우의 얼굴에 짙은 난처함이 번졌다. 내가 끼어들기 전 가까스로 팔을 떼어 낸 지우가 두 걸음 물러났다.

그녀에게 떠밀린 남자가 가볍게 비틀거리더니 또 인상을 찌푸리며 관자놀이를 짚었다. 한숨을 내쉬는 꼴이 꼭 나이만 먹고 훈계하는 노인 같았다.

"너는 늘 감정적이지."

마치 저는 이성적이고 냉철하다는 태도였다. 어이가 없어 미간을 좁혔다.

"쉽게 흥분하고 잘못 판단한다고. 그게 네 안 좋은 점이라고 누누이 말했잖아. 헤어지고 나서도 변한 점이 하나도 없다는 게 신기하다."

뚫린 입이면, 말을 함부로 해도 옳은 건가. 욱하는 마음에 다시 나서려는데 지우가 곁으로 돌아왔다. 내 얼굴을 올려다보는 그녀의 눈빛이 심각한 고민에 잠겨 있었다. 무슨 생각을 하는 걸까. 그녀의 의중을 알아내기도 전에 뜻밖의 제안이 들렸다.

"시현아, 잠깐 나가 있어."

당황스러운 제안이었다. 남자는 드디어 만족스러운 얼굴로 씩 미소를 지었다. 아예 팔짱을 끼고 고갯짓하는 그의 얼굴이 의기양양했다. 어서 나가라는 눈총을 무시하고서 지우를 바라보았다.

그녀는 나뿐만 아니라 당황한 듯한 여자도 함께 나가 줬으면 하는 눈치였다. 단둘이 얘기하고 싶은 건 알겠지만, 남자가 그녀에게 손을 올렸던 걸 목격한 이상 순순히 나가 주기 어려웠다.

"여기서 얘기해요."

"시현아."

"저 남자가 당신 어떻게 대하는지 다 봤는데, 어떻게 그냥 두고 나가요!"

괜찮다며 속삭이는 다정한 음성에도 전혀 안도감이 들지 않았다. 어떻게 안심할 수 있겠는가. 저 남자는 다른 사람의 눈 따위 신경 쓰지 않고 지우를 때리려고 했는데.

하지만 지우의 결심을 꺾을 틈새가 보이지 않았다. 어떻게 이 상황에서까지 냉정하게 굴 수가 있는지, 내 좁은 식견으로는 도저히 이해가 가지 않았다. 다만 그녀의 눈빛에서 간절함만큼은 읽을 수 있었다. 그녀는 타인의 간섭 없이 스스로 깔끔하게 마무리를 지으려 했다.

"할머니한테 가서 방이 있는지도 좀 물어보고 와. 다혜랑 같이 가서 인사드리면, 어떻게든 하룻밤 묵을 방 정도는 마련해 주시겠지."

"하지만⋯⋯."

"부탁할게."

단호하고 진심이 느껴지는 음성이었다. 이 순간만큼은 그녀 역시 비겁하게 느껴졌다. 내가 자신의 부탁을 거절할 수 없다는 걸, 잘 알고서 던진 제안 같아서.

"저 사람하고 제대로 끝낼 이야기가 남았거든. 자리 좀 비켜 줘."

방에서 떠나기 직전까지, 남자는 도통 입 열 기미를 보이지 않았다.

끝내 지우에게 떠밀리다시피 방에서 나왔다. 다혜라는 이름의 여자도 쭈뼛대며 곁으로 다가와 나란히 걸었다. 그녀에게 우산을 씌워 주면서도, 내 모든 신경은 방 안에서 남자와 다투고 있을 지우에게서 떠나지 않았다.

빗줄기는 조금 가늘어져 있었다. 바닥에는 흙탕물이 질척하게 튀겼고, 여자는 찝찝하다는 얼굴로 비틀대며 웅덩이를 피해 걸었다. 멍하니 그녀를 안내해 주며 우산을 고쳐 잡았다.

좁은 길목을 지나 넓은 터로 빠져나오는데 이리저리 옮겨 다니던 여자가 갈래 길 앞에서 멈춰 섰다. 어디로 가야 할지 몰라서 갈팡질팡하는 얼굴이었다.

"이쪽으로 오세요."

"고, 고마워요."

서둘러 올바른 길을 가리키자 여자가 멋쩍은 얼굴로 뒤를 따랐다. 여자는 남자와 달리 존대를 사용했다. 또한, 내가 지우와 무슨 사이인지 못내 궁금하다는 눈빛을 마구 쏘아 보냈다. 결국, 먼저 눈치껏 말을 걸어 주었다.

"선생님이랑 가까운 사이신가 봐요. 이 섬까지 찾아오시고."

"입사 동기라서 친하게 지냈거든요. 그 사건 일어나고 조금 서먹해졌지만."

그 사건이라는 게 대체 뭘까 궁금했는데, 아마도 방 안의 남자와 얽힌 일이겠지 싶어 더 캐묻지 않았다. 종종걸음으로 따라붙은 여자가 젖은 머리칼을 귀 뒤로 넘기며 내 얼굴을 빤히 바라보았다. 부담스러울 정도로 예리한 시선이었다.

"저기…… 정말로 지우 언니랑 무슨 사이예요?"

아무래도 감이 좋은 편인가 보다. 어차피 이 자리에 지우도 없으니, 더 거리낄 게 없었다. 고민의 틈조차 없이 솔직한 대답을 꺼냈다.

"제가 문지우 씨 좋아해요."

자조적인 덧붙임도 잊지 않았다. 나중에 서울로 돌아갈 지우를 위해서라도 괜한 소문이 퍼질 만한 거짓말을 할 수는 없었다. 모든 대답은 솔직해야만 했다.

"물론 지우 씨는 아니고요."

여자가 놀란 얼굴로 고개를 갸웃거렸다. 미심쩍은 게 있는지, 단순히 의심하는지 잘 파악할 수 없는 표정이었다. 다만 약간의 신뢰가 생겼는지 멋대로 물어보지도 않은 이야기를 들려주었다.

"아까 그 남자 말인데, 혹시 누군지 지우 언니가 얘기해 줬어요?"

고개를 저었다. 지우는 과거 얘기를 아주 깊이 털어놓은 적이 없었다. 자신이 얼마나 상처 받았는지는 얘기했지만, 정확한 경위를 설명해 주지는 않았다. 그녀가 실수로 옛 연인이 다른 사람과 키스했다는 얘기를 내뱉었던 기억만 있었다.

"전에 사귀던 사람과 헤어졌다는 얘기만……."

"아, 역시. 언니가 자기 얘기를 다 털어놓는 성격이 아니라 예상은 했어요."

여자는 그럴 줄 알았다는 얼굴로 한숨을 푹 내쉬었다. 지우가 속내를 드러내지 않는 건, 비단 나에게만 그랬던 건 아닌 모양이었다. 그 사실에 이상하리만큼 기분이 누그러졌다.

그러나 그것도 잠시뿐이었다. 이어지는 이야기를 들을수록 분노만 피어났다. 그 남자가 지우한테 했던 행동이 너무나도 무자비하고 잔인했기 때문이었다.

"전에 사귀던 남자는 맞는데, 바람을 피워서 헤어진 거예요. 그것도 언니가 가르치던 학생이랑 눈 맞아서."

"바람을 피웠다고요?"

"유상욱이…… 그러니까 저 남자가 그 학생이랑 빈 강의실에서 키스했는데, 그걸 언니가 직접 본 모양이에요. 어쩌다 그 얘기가 다른 사람 귀에도 들어가서 학부모들 사이에서도 소문이 났고, 당연히 학원도 난리가 났죠."

여자가 설명하는 광경이 눈앞에 선했다. 이 좁은 섬에 사는 동안 알게 된 게 있다면, 소문이라는 게 얼마나 빠르고 장황하게 퍼질 수 있는지였다. 엄마가 살아계실 적에도 얼마나 많은 소문이 그녀의 숨통을 졸랐었는가. 지우도 그런 일을 겪었다고 생각하니 간담이 서늘했다.

"그런데 저 남자가 느닷없이 학원을 옮겨 버린 거예요.

바람피운 학생도 대학교에 들어갔으니, 학원에 더 얼굴 비칠 일이 없었고. 결국, 언니 혼자 학원에 남게 된 거죠."

남자가 한 짓은 최악이었다. 그를 쓰레기라도 불러도 모자랄 정도였다. 이별을 고한 쪽도 그였다는 이야기에 기가 막혀서 하, 짧게 숨을 내뱉었다.

"언니가 그 후 병원에 다녔다는 건 몰랐지만, 당시 지켜본 사람이라면 누구나 다 느꼈을 거예요. 그때 얼마나 힘들어했는지."

"바람을 피웠다는 그 학생은요?"

"아, 희주요? 희주는 재수생 중에서도 우수한 편이었어요. 지우 언니가 담당한 반의 반장이기도 해서 아낀 편이었고."

바람을 피운 상대도 지우와 가까운 사이였다니. 그녀가 당시 받았을 충격과 배신감이 잘 가늠되지 않았다. 인상을 찡그리고서 희미하게 앓는 소리를 내자 여자도 안타깝다는 얼굴로 한숨을 푹푹 내쉬었다. 우산을 두드리는 빗소리가 말소리에 섞여 들었다.

"심지어 그날은 언니가 희주 대학 합격 소식을 들은 날이었어요. 반가운 마음에 출근하자마자 강의실로 가 본 건데…… 둘이 그러고 있을 줄 언니도 전혀 몰랐으니 충격이 컸겠죠."

아직도 그때의 기억이 선명했는지 여자가 눈살을 찌푸리면서 한참이나 험담을 쏟아 냈다. 인두겁을 쓰고도 어떻게 그럴 수 있냐는 둥, 구구절절 합당한 말이었다.

"알고 보니까 여름 때부터 교제했다고 하던데, 가운데 낀 지우 언니만 꼼짝없이 바보 만든 거지. 희주가 울면서 죄송하다고는 했는데 그 상황에서 사과가 중요한가요? 이미 상처 입은 사람한테 더 못 할 짓이잖아, 그게."

여자의 말에 고개를 끄덕이며 동의를 표시했다. 향도에서 지우가 당당한 태도를 자주 보여 참고만 있을 성격이 아니겠거니 싶었는데, 혼자 우울해했다니 잘 상상이 가지 않았다. 여자는 그에 대한 설명도 덧붙였다.

"원장이 끼어든 게 더 문제였어요. 지우 언니한테 유연하게 굴라고 막 다그쳤거든요."

"왜요? 지우 씨는 잘못한 게 없잖아요."

"그게…… 희주가 꽤 좋은 학교에 붙었는데, 학원 측에서는 희주 동의를 얻어야 합격자 플래카드에 이름을 올릴 수 있었거든요. 그런데 심기를 거슬리면 안 되잖아요."

여러모로 지우한테 불리하게 돌아가던 모양이었다. 선생님으로서도, 여자로서도 자존심이 깎이고 상처 받을 그 상황 속에서 남자는 비겁하게 발을 빼고 있었다. 상대한테만 책임을 전가하고서 도망가 버린 남자에 대해 비겁하고 추잡하다는 생각만 뭉게뭉게 피어났다.

"희주가 염치는 있는지, 합격자 명단에는 차마 이름을 못
올리겠다고 했어요. 그러니까 오히려 원장님 눈에 지우 언
니가 찍히는 계기가 되어 버린 거죠. 유 선생님은 경쟁 학
원에 멀쩡히 출근하니까."

만약 학원에서 지우의 편을 들어주는 사람들이 많았다
면, 그녀가 그렇게까지 힘들어하지 않았을지도 몰랐다.

"다른 선생님들도 처음에는 당연히 유 선생님 욕했는데,
시간이 지나니까 아무렇지 않게 넘어간 거예요. 계속 힘들
어하는 지우 언니더러 오히려 미련하다고 수군거리지 않
나."

하지만 여자의 얘기를 들어 보니 그 당시 지우의 편을 들
어줄 사람이 없던 듯했다. 여자조차도 원장의 눈치에 못 이
겨 퇴근한 후에만 몰래 지우를 만나 위로했다는 이야기를
했으니까.

"원장님은 지우 언니한테 문제가 있는 거 아니냐고, 그
러니까 유 선생이 학원을 옮긴 게 아니냐면서 말도 안 되는
소리를 사석에서 떠들어 대고. 유 선생님 마음에 들어 했던
학부모들한테 컴플레인까지 들어오고. 그때 언니가 참 독하
게 출근하긴 했는데…… 날이 갈수록 말라가는 게 눈에 보
일 정도였어요."

그렇지 않아도 식사를 자주 거르며 지냈다던 그녀였다. 그런 상황에서 물 한 모금, 밥 한 숟갈 편히 먹었을 리가 없었다. 향도에 도착했을 때 삐쩍 말라서 파리한 안색으로 인사하던 지우의 모습이 떠올랐다.

"그러다가 못 견디겠는지 무작정 휴가를 내 버린 거예요. 그리고 여기까지 내려온 거죠."

얼마나 힘이 들었을까, 얼마나 도망치고 싶었을까. 그녀는 살기 위해 향도를 택한 거였다. 그녀에게는 향도를 도피처로 여길 수밖에 없는 상황이었던 거다.

"지우 언니 좋아하던 학생들이 난리를 치니까, 이번에는 또 도로 데려오라고 원장님이 난리를 치고. 어쩌라는 건지 모르겠어요, 진짜."

여자는 긴 이야기 끝에 한탄을 붙이며 발을 멈췄다. 저만치 앞에 놓인 집을 발견한 까닭이었다. 지우의 외조모, 윤정숙 할머니의 집이었다.

"저 집이에요?"

까치발을 짚은 여자가 커다란 나무 옆쪽을 두리번거렸다. 이제 그녀를 데리고 들어가 인사하고 상황을 설명할 차례였다. 그렇지만 차마 발길이 떨어지지 않았다.

대화를 끝낸 지우가 돌아오기만 묵묵히 기다릴 여유가 없었다. 초조하고 불안한 마음을 이겨 내지 못하고 끝내 충동적인 결정을 내렸다.

"저…… 가 봐야겠어요."

"네?"

다짜고짜 우산을 넘겨 주자 여자의 눈이 크게 뜨였다. 그럴 법도 했다. 여태 안내까지 다 해 놓고 혼자 돌아가겠다고 나서니까. 그래도 결정을 철회할 생각은 없었다. 당장 뒤돌아 뛰고 싶은 마음을 억누르느라 나도 미칠 지경이었다.

"안에 들어가시면, 윤정숙 할머님이라고 지우 씨 외할머님이 계실 거예요. 그분께 부탁하시면 돼요."

"자, 잠깐만요!"

붙잡는 손으로부터 간신히 멀어졌다. 더 고민하지 않고 돌아서자마자 왔던 방향으로 뛰었다. 모든 사실을 알게 된 지금, 더 망설일 여유도 없었다. 지우는 혼자 그 남자를 상대하고 있었다. 어서 돌아가 그녀의 곁에 있어 줘야 한다는 생각이 머리를 떠나지 않았다.

뛰어서 집으로 돌아갔을 때는, 어느새 비가 완연히 그친 상태였다.

다만 바닥에 고인 흙탕물을 밟으며 온 탓에 신발과 바지는 온통 흙투성이가 되어 있었고, 우산도 여자에게 주고 와 비에 쫄딱 젖은 모습이었다. 그렇지만 창피하거나 숨기고 싶은 마음은 들지 않았다. 내 몰골과 상관없이 어서 지우의 곁에 있어 줘야겠다는 결심을 했었으니까.

푸른 지붕 처마 아래로 고였던 물이 주룩주룩 쏟아졌다. 수돗가 앞 대야에도 가득 고인 물이 출렁대며 넘치고 있었다. 그 위로 함께 떨어진 나뭇잎 몇 개가 둥둥 떠다녔다. 나뭇잎 옆을 유영하는 소금쟁이의 모습이 오늘따라 처량했다.

"너 솔직하게 말해!"

대문을 넘자마자 남자의 고함 소리가 들렸다. 방문은 언제부터 열려 있었는지, 바깥에서도 안이 훤히 들여다보였다.

과열된 상태로 언성을 높이던 두 사람은 내가 온 걸 알아차리지 못한 채 계속 다투었다. 목에 핏대까지 솟은 남자의 음성이 짜증과 분노를 품고 울려 퍼졌다.

"희주가 그러더라. 너한테 미안해서 도저히 안 되겠다고, 그만 만나는 게 좋겠다고."

희주라면, 남자가 지우를 두고서 바람피웠다는 그 상대를 뜻했다. 아마 그 여자가 남자한테 이별을 고했던 일에 관하여 이야기 나누는 듯했다.

"그런데 그 말을 한 시점이 너랑 따로 만난 다음이었어. 이게 뭘 의미할까?"

비웃음 섞인 그의 말에 지우도 표정을 굳혔다. 사나운 눈으로 남자를 노려보는 그녀의 모습이 꼭 벼랑 끝에 몰려 고양이를 상대하는 쥐 같았다. 그녀는 싸늘한 목소리로 나지막이 응수했다.

"무슨 말이 하고 싶은 거야? 할 말 있으면 똑바로 해. 빙빙 돌려 말하지 말고."

남자는 팔짱을 끼며 위압적인 태도를 보였다. 그녀와 단둘이 남게 되자 강압적인 모습을 보이는 남자의 표정에서 익숙함이 느껴진 걸 보면, 아마도 이런 상황이 전에도 잦았던 모양이었다.

"네가 희주한테 뭐라고 한 거 아니야?"

"……뭐?"

"그 어린애를 뭔 수로 구워삶아서 바로 이별 통보를 하게 했냐고!"

남자는 이별 통보를 받게 된 이유로 지우를 탓하고 있었다. 혀를 내두를 정도의 뻔뻔함과 당당함이 이해가 가지 않아 인상을 찌푸렸다. 지우도 나와 비슷한 생각을 했는지, 인내심을 잃고 냉소를 지었다.

"지금 그게 나한테 할 소리야?"

차갑게 내뱉은 목소리에 남자가 움찔했다. 뻔뻔하게 나왔으나 본인이 저지른 잘못을 완전히 모른 체할 수는 없을 터였다. 지우는 바득바득 이를 갈다가 언성을 높이며 소리쳤다.

"나 아무 말도 안 했어. 아니, 못 했어! 내가 뭐라고 했겠어? 오빠 계속 만나고 싶으니까, 제발 네가 헤어져 달라고 빌었겠어?"

당장 방으로 들어가고 싶었다. 하지만 눈물이 그렁그렁 맺혀서, 악에 북받쳐 소리치는 그녀의 모습에 발이 떨어지지 않았다. 지금 들어가서 그녀의 입을 다물게 하는 건 별로 옳은 선택이 아니라는 생각이 들었다.

"그냥 대학교 잘 다니라고, 다시 볼 일 없었으면 좋겠다고. 내가 할 말은 그것뿐이었어. 희주가 생각하기엔 오빠가 괜찮은 남자가 아니었나 보지. 그걸 왜 내 탓으로 돌려!"

"뭐야? 너 지금 말 다 했어……."

"그리고 지금 그딴 얘기나 하려고 여기까지 쫓아온 거야?"

날카로운 쏘아붙임에 남자가 헛숨을 들이켰다. 말문이 턱 막히게끔 하는 질문이었는지, 그는 씨근거리면서도 대답을 꺼내지 못했다. 지우의 반박은 계속 이어졌다.

"내가 분명히 말했지. 다시는 연락하지 말고, 볼 생각도 하지 말라고."

떨어질 듯 말 듯 고인 눈물이 그늘 속에서 반짝거렸다.

그녀를 둘러싼 공기가 고요한 분노를 품고 있었다. 움츠러들고 고분고분하게 말을 들었던 그녀의 변화가 못마땅했는지 남자의 얼굴이 붉으락푸르락 달아올랐다.

"오빠한테 당한 일만 생각하면, 나는 아직도 치가 떨려! 그런데 다시 만나자고? 지금도 전부 내 탓으로 돌리면서? 내가 그렇게까지 생각 없는 여자로 보여?"

정신없이 말을 쏟아 낸 지우가 거친 숨을 몰아쉬며 겨우 감정을 가라앉혔다. 남자는 팔짱을 풀고 위협적인 태도로 한 걸음 다가갔다. 지우의 얼굴에 커다랗고 짙은 그늘이 졌다. 다가오는 그를 똑바로 노려보면서 지우가 눈을 치켜떴다.

"사귀는 동안, 오빠가 누누이 말했잖아. 나 좋은 여자 아니라며. 오빠가 눈 낮추고 사귀어 주는 거니까 고맙게 생각하라며."

싸늘하게 답하는 지우의 눈빛에 묘한 기운이 감돌았다. 참고 참았던 말을 속 시원하게 뱉어 내는 쾌감이 높아진 목소리에 오롯이 담겨 있었다.

"그 얘기, 똑같이 돌려줄게. 오빠 좋은 남자 아니야. 내가 눈 낮춰서 여태까지 사귀어 준 거니까, 고맙게 생각하고 다시는 연락하지 마!"

남자의 눈이 크게 뜨였다. 아마도 마지막 말이 그의 인내심을 끊어 버린 듯했다.

"씨발, 호구처럼 들어주기만 하니까 내가 우스워!"

그는 버럭 외치며 예고 없이 주먹을 들었다. 차마 지우를
때리지는 못하겠는지, 그는 욕설과 함께 벽을 내리쳤다. 지
우의 얼굴과 근소한 차이로 떨어진 거리였고, 충분히 위협
적인 행동이었다. 그간 쌓인 감정을 터트리던 지우도 퍽 소
리에 깜짝 놀라 하얗게 질린 얼굴로 주저앉았다.

"너는 뭐가 깨끗하다고 당당하게 구는데? 어린애 만나는
건 너나, 나나 똑같은 거 아니야?"

씩씩대며 분통을 터트리는 남자의 이마에도 핏대가 솟았
다.

"바람? 그래, 그렇다고 쳐. 그런데 잠깐 한눈 좀 팔았다
고 사람을 무슨 쓰레기처럼 몰아가."

지우는 더 이상 남자를 노려보지 못했다. 두 팔로 얼굴을
감싼 채 쪼그려 앉아 덜덜 떨기만 했다. 화장실에서 마주친
쥐만으로도 그렇게 떨던 그녀였다. 당연히 눈앞이 시뻘게졌
다. 내 인내심도 뚝 소리를 내며 끊어졌다.

"다시 생각해 봐, 문지우. 너처럼 재미없는 여자를 나 아
니면 누가 만나 주겠냐. 저 어린놈이? 시간 지나면, 또래한
테 눈 돌아가느라 정신없을 걸?"

남자는 지우의 손목을 덥석 붙잡았다. 억지로 일으키는

악력에 지우가 부들거리며 고개를 저었다. 어떻게든 붙잡힌 손목을 빼려 애쓰는 그녀의 눈가가 붉게 얼룩져 있었다.

"이, 이거 놔."

"아직도 못 알아듣겠어? 사람이 좋게 말할 때, 그냥 고맙다고 받아들이란 말이야. 내가 지금까지 얼마나 양보를⋯⋯."

내가 방으로 들어간 순간, 말을 잇던 남자가 의아한 표정으로 뒤를 돌아보았다. 그대로 덤벼들었다. 우당탕 소리와 함께 나란히 바닥에서 구른 남자가 억 소리를 내며 팔다리를 휘저었다.

그 위로 올라타 인정사정 볼 것 없이 주먹을 꽂았다. 얼굴, 배, 구분하지 않고 흠씬 두들겨 팼다. 하늘에 대고 맹세컨대 사람을 때려 본 건 처음이었다.

"악! 이 새끼, 이거 안 놔!"

코피가 터지자 남자는 얼굴을 일그러트리고 내 옷자락을 붙들었다. 자제를 잃고 마구잡이로 주먹을 내질렀다. 눈앞이 캄캄해져서 아무 소리도 들리지 않았다. 그저 눈앞의 남자를 입 다물게 해야 한다는 생각만 머릿속을 장악했다. 버둥거리는 남자의 몸을 내리누른 채 한쪽 손을 높이 들었다.

"시현아, 그만해!"

지켜보던 지우가 와락 등을 끌어안았다. 동시에 소스라

치게 놀라며 주먹질을 멈췄다. 그녀가 높이 들어 올린 내 팔을 붙잡아 당겼다. 새파랗게 질린 얼굴에 식은땀이 맺혀 있었다. 입을 벌리고 멍하니 그녀를 올려다보았다.

"그, 그만…… 그만 때려."

애원하는 음성이 간절했다. 그제야 떨리던 몸이 진정되기 시작했다. 당기는 힘에 이끌려 주춤주춤 남자의 몸에서 일어나 뒤로 물러났다.

상체를 일으킨 그가 바닥에 침을 뱉었다. 피가 섞인 걸 보니 입안이 터진 모양이었다. 붉은색을 발견한 남자가 재차 이를 갈았다.

"이 새끼가 진짜…… 억!"

남자가 대뜸 지우를 당기려고 손을 뻗었다. 반사적으로 그 손을 걷어찼다. 지우는 아연실색하며 내 이름을 불렀다.

"시현아, 멈추라니까!"

"당신, 이 집에서 당장 꺼져."

그녀를 뒤로 감춘 채 남자를 싸늘하게 응시했다. 경고를 들어야 할 건 지우가 아니라 저 남자였다.

그가 지우와 한 공간에 있었다는 사실만으로도 치가 떨리게 싫었다. 내가 찾아오지 않았더라면, 그녀는 방금 저 남자한테 험한 일을 당했을지도 몰랐다. 그 생각만 해도 머릿속이 벌겋게 물들었다.

"길거리에서 자든, 바다에 빠져 죽든 당신 알아서 해. 지우한테 신경 쓰지 말고, 죽여 버리기 전에."

"뭐, 뭐 이런 새끼가……."

"나가요."

얼굴이 퉁퉁 부어 욕하는 남자의 목소리를 무시했다. 대신 돌아서서 지우의 손을 잡았다. 그녀는 어안이 벙벙한 얼굴로 입을 뻐끔거렸다. 하얀 손목에 남자가 틀어쥐었던 자국이 불그스름하게 남아 있었다. 그걸 보니 다시 분노가 들끓어 입안이 썼다.

"잠깐만, 이대로 나가면……."

"아직도 저 쓰레기가 지껄이는 말 들어 줄 마음이 남았어요?"

발에 힘을 주려던 지우가 놀란 얼굴로 쳐다보았다. 그녀를 바라보며 설득의 눈길을 보냈다. 제발, 내 말을 듣고서 돌아서기를 바랐다. 저 쓰레기 같은 남자한테 더는 자비를 베풀 이유가 없다고. 지우가 그 사실을 알아줬으면 더 바랄 게 없었다.

남자가 더 욕설을 씹어뱉는 동안, 지우는 엉거주춤한 자세로 나와 남자를 번갈아 바라보았다. 이리저리 고개를 돌릴 때마다 그녀의 얼굴이 빠르게 냉정함을 되찾았다. 마침내 손을 단단히 붙잡은 그녀가 남자를 노려보면서 굳건한 목소리로 속삭였다.

"아니, 없어."

"그럼, 가요. 여기서 나가요."

숨을 고르다가 지우를 데리고 문지방을 넘었다. 나가는 우리의 모습에 뒤편에서 남자가 고래고래 소리를 질렀지만, 둘 중 누구도 돌아보지 않았다. 침착하게 신발을 신고 대문을 넘는 순간까지도, 우리는 앞만 보면서 걷고 있었다. 지우가 지긋지긋한 과거에 이별을 고하는 한 발이었다.

무턱대고 비탈길을 걸어 올라갔다. 원하는 건 최대한 집에서 멀어지는 것, 그리고 남자가 우리를 찾을 수 없는 곳에 도착하는 것이었다. 지우가 바라는 것도 별반 다르지 않았는지 묵묵히 나를 따라 걸음을 옮겼다.

비가 그치고 갠 하늘에 뉘엿뉘엿 노을이 졌다. 언덕 꼭대기도 붉은 그늘에 잠겨 있었다. 먹구름은 온데간데없이 사라진 자리에 정자가 떡하니 모습을 드러냈다. 이전에도 수차례 지우와 함께 찾아온 곳이었다.

바닥에는 웅덩이가 고였지만, 다행히 정자는 멀쩡했다. 지우를 데리고 가장 깨끗하고 물기 없는 자리에 앉혔다. 그녀는 앉자마자 식은땀 맺힌 이마를 닦아 내고 멍하니 바다를 응시했다. 잠잠해진 파도가 소리 없이 넘실거렸다.

그녀의 옆자리에 앉아 함께 바다를 바라보았다. 지우와

처음 이 정자에 도착했을 때가 생각났다. 커피를 챙겨서 올라왔던, 변덕스러운 외출의 기억.

그녀에게 좋은 경치를 보여 주고 싶다는 생각에 비탈길을 올라오면서 얼마나 들뜨고 행복했던가.

흰 구름 사이로 쏟아지는 햇빛의 화창함과 싱그러운 여름의 향기. 지우와 공유하던 그 순간의 기억은 너무나도 강렬하게 가슴 깊이 박혀 있었다.

그날 우리는 여러 이야기를 나눴고, 웃었고…… 입을 맞췄다. 쑥스러운 듯 살짝 찡그린 눈매와 붉어진 두 볼. 수줍고 솔직한 미소. 그날의 지우는 분명 행복에 취해 있었다.

"왜 울어, 시현아."

안타깝다는 표정으로 속삭이는 지우의 말에 고개를 돌렸다. 그녀가 지적하고서야 울고 있다는 걸 알았다. 이상하게 그녀와 이 장소에 나란히 앉으니 눈물이 흐르는 걸 주체할 수가 없었다.

"부탁 하나만…… 해도 괜찮아요?"

진심을 꾹꾹 눌러 담아 입을 열었다. 내 말이 그녀에게 부담이 되지 않도록 조심했다. 흐르는 눈물을 닦지 않아 볼이 시렸지만, 손 하나 꿈쩍할 수 없었다. 지우의 흔들리는 눈빛을 오래도록 가만히 들여다보았다.

"앞으로 화나는 일이 있으면 참지 마세요. 부당한 대우를 받으면, 똑같이 응수해 줘요. 꾹꾹 눌러 참다가 병나지 말고요."

가장 중요한 한마디가 아직 남아 있었다. 계속 무겁게 잠겨 드는 목소리를 가다듬고서 숨을 내쉬었다. 어느새 지우의 눈에도 눈물이 차오르고 있었다. 이렇게 눈물이 많은 사람이었구나, 그동안 울음을 참고 견디느라 얼마나 힘이 들었을까. 안쓰러운 마음에 자꾸만 목이 메었다.

"나 안 만나 줘도 괜찮으니까 저 남자만큼은 다시 보지 말아요."

지우의 시선이 크게 흔들렸다. 내 말에 그녀가 크게 동요하고 있음이 느껴졌다.

"함부로 대하는 사람 곁에 당신이 있는 거, 죽어도 싫어요."

"입이 험한 사람이었어."

드디어 지우가 무거운 입을 뗐다. 까만 눈에 비친 내 얼굴이 눈물에 젖어 흔들거렸다. 속사정을 털어놓기를 거부하던 그녀가 처음으로 내 앞에서 꺼내는 이야기였다.

"바람피운 거 들켰을 때도 뻔뻔하게 모든 책임을 나한테 떠안겼지. 자기가 다른 여자한테 한눈판 건 전부 내가 매력이 없는 탓이었다고 했어."

"……."

"그 사람이 떠나니까, 나는 어린애를 질투해서 쫓아낸 사람이 되었더라. 눈덩이처럼 불어나는 소문을 어디서부터 고쳐야 할지 몰라서, 그냥 참기만 했어. 그럼 언젠가 자연스럽게 사라질 줄 알았어."

그녀가 손을 잡았다. 바람 앞 촛불처럼 가늘게 떨리는 그녀의 손이 차게 식어 있었다. 그게 슬퍼서 꽉 붙잡았다. 그 손이 따뜻해지기를 바라며 이야기에 귀를 기울였다.

"자기관리가 부족해서 애인도 제대로 간수 못 하는 칠푼이. 그런 취급을 받는 게 지옥 같았어. 내 잘못이 아닌데, 나 잘못한 거 하나도 없는데…… 왜 내가 가해자처럼 소문이 와전되는지. 도저히 버틸 수가 없어서 향도로 도망친 거야."

손끝으로 그녀의 눈가를 조심스레 쓸었다. 손가락에 아롱지며 매달린 눈물방울이 살며시 부서졌다. 그게 마치 신호인 것처럼, 그녀 역시 손을 뻗어 내 뺨을 흠뻑 적신 눈물을 닦아 주었다. 이상하게 그녀 앞에서만 눈물을 참기 어려웠다.

"네 마음, 의심해서 미안해. 그 남자 때문에 누군가를 믿는 게 너무 어려워졌어. 상대방이 진심이라는 걸 알아도 의심부터 생겼어. 가까워지고, 마음이 향할 때마다 무서워졌어."

지우는 말을 잇다가 짧게 흐느끼며 눈을 감았다. 지그시 감은 눈꺼풀 위로 속눈썹이 파르르 떨렸다. 사이사이 맺힌 눈물을 닦아 주며 뺨을 감쌌다. 식었던 볼이 눈물에 젖어 조금씩 따듯해졌다.

"시간이 지나면 너도 변하겠거니 싶었어. 내가 완벽하지 않고 부족한 사람이니까, 네 마음도 변할지 모른다고……."

그녀의 말이 완전히 틀린 건 아니었다. 애처로이 떠는 눈가를 빤히 바라보다가 첫날에 느꼈던 감상을 털어놓기로 했다.

"처음 봤을 때는 당신이 완벽한 사람처럼 느껴졌어요. 그래서 끌린다고 생각했고."

나와 전혀 다른 사람이기에 끌린다고 생각했다. 그녀처럼 멋지고 아름다운 여자를 미처 본 적이 없어서, 그토록 매력적인 미소를 본 적이 없어서. 여러 가지 이유를 가져다 붙이며 그녀를 마음에 품었다.

"나보다 아는 것도, 가진 것도 많으니까. 나보다 더 성숙한 당신의 이야기를 들을 때마다 더 멋지고 잘난 사람처럼 보였죠."

손을 떨어트리고 작게 웃었다. 지우가 내 앞에서 보여 준 빈틈 어린 상황들이 머릿속을 스쳐 지나갔다. 그녀가 완벽한 사람이 아니라, 나처럼 부족한 점이 있는 사람이어서 매력적이었다는 깨달음. 그 깨달음을 얻고 나니 자연스레 미소가 지어졌다.

"그런데 함께 지내다 보니까 다른 면이 눈에 들어오는 거예요. 당신은 요리 간도 제대로 못 맞추고, 묘목 하나 심는 일도 힘들어하고. 엄청나게 작은 쥐까지 무서워 덜덜 떨었잖아요."

"……."

"부족한 게 많다는 건 좋은 일이에요. 내가 채워 줄 부분이 남았다는 거니까. 당신이 나 없이도 얼마든지 잘 살 수 있다면, 그건 좀 많이 슬프겠지만."

지우의 가슴이 심하게 들썩거렸다. 그녀는 감았던 눈을 뜨고 아까보다 더 굵은 눈물을 방울방울 떨어트렸다. 숨이 차 가쁘게 호흡하면서 아무 말도 내뱉지 못했지만, 그녀가 무슨 말을 하려는지 다 알았다. 눈을 바라보는 것만으로도 느낄 수 있었다. 우리는 이미 그런 사이가 되어 있었으니까.

"당신이 완벽하지 않은 사람이라서 좋아. 부족한 점이 있는 사람이라서 좋아요."

무너지는 그녀의 몸을 꽉 끌어안았다. 어깨에 얼굴을 묻은 그녀가 엉엉 소리 내어 울기 시작했을 때, 비로소 내 눈물이 그쳤다. 그녀가 마음 편히 울어서 그간 쌓인 고통을 전부 버렸으면 좋겠다. 이 섬에서만큼은 나쁜 기억을 가지지 않도록, 좋은 기억만 가져가도록……

"내가 비집고 들어갈 틈을 남겨 두는 사람이라서, 혼자서 씩씩하게 잘 사는 사람이 아니라서."

마른 몸을 세게 끌어안고서 담담히 고백을 속삭였다. 초조함에 못 이겨 뱉어 내듯 했던 고백과 달랐다. 지금이라면, 그녀만큼이나 어른스럽게, 또 편안한 마음으로 말할 수 있으리라는 확신이 섰다. 나 역시 그녀를 만남으로서 많은 부분이 변했다고 생각했다.

"그래야 당신 마음에 들어갈 자리가 생길 테니까. 당신 곁에 있을 핑계가 생기니까, 좋아요."

그녀가 고개를 들었다. 어깨를 놓아주고서 그녀에게 이마를 맞댔다. 눈물을 글썽이던 눈동자가 내 얼굴을 비쳤다. 부드럽고 다정하게 진심을 소곤거렸다.

"사랑해요."

지우는 나를 밀쳐 내거나 뿌리치지 않았다. 전처럼 그만하라고 외치지도 않았고, 도망가려는 기미도 보이지 않았다. 그녀는 내 진심을 해석하고, 파헤치고서 완전히 의심이 걷힌 눈빛으로 올려다보았다. 꽉 잠긴 목소리가 가늘게 흘러나왔다.

"……나도."

들려오는 대답이 마치 꿈속에 있는 것처럼 흐릿하고 몽롱했다. 내가 지금 꿈을 꾸는 건 아니겠지. 이렇게 행복한 순간에, 갑자기 깨어나는 건 아니겠지. 믿지 못하는 내 표정에 지우가 그제야 웃었다. 그녀의 미소를 보니 정말로 꿈이 아니라는 게 느껴졌다.

"나도 사랑해, 시현아."

지우가 나한테 사랑을 말하고 있었다. 관계를 맺는 일에 상처를 입고 이곳까지 도망친 그녀가, 새로운 관계를 정립할 수 있게끔 도움을 주었다는 것만으로도 행복했다.

그런 트라우마에서 벗어나는 일이 얼마나 고되고 힘든지 잘 알고 있었다. 나 역시 모친의 죽음 이후로 한동안 입을 열지 않았을 만큼 깊이 앓았으니까. 그런데 지금 이 순간 그녀가 나를 사랑한다니. 문지우가 나를 사랑한다고 말해 주다니.

"사랑……."

더 속삭이는 그녀의 입술을 그대로 삼켜 버렸다. 놀란 듯 움찔하던 지우가 스르륵 눈을 감았다.

그녀의 얼굴이 사과처럼 붉게 물드는 게 보였다. 노을 때문이었는지, 아니면 키스 때문이었는지 모르겠으나 어떤 이유였든 상관없었다.

문지우가 나를 사랑한다. 그 사실만으로도 충분했다. 향도에 도착한 지우를 처음 만났던 그 순간처럼, 가슴이 요란스럽게 뛰었다.

에필로그

향도의 여름

폭풍 같은 하루가 지나고 아침이 왔다.

수탉이 길게 울며 높이 뜬 해를 반겼고, 향도 사람들은 분주히 일을 시작했다.

정숙의 소개로 다른 집에서 하룻밤을 의탁한 다혜도 일찍 짐을 챙겨 선착장으로 달려갔다. 지우의 조모로부터 낚싯배가 올 시간을 당부 받은 덕분이었다. 어디서 잠을 지새웠는지 모를 상욱도 덜덜 떨면서 선착장에 서 있었다.

"유 선생님, 지우 언니는요?"

"나한테 묻지 마. 나도 모르니까!"

만나자마자 버럭 소리를 지른 상욱이 거칠게 재채기를

내뱉었다. 다혜는 기겁하면서 두 걸음 물러났다.

'뭐야, 분노 조절에 문제가 있나.'

따뜻한 방을 빌려 잠을 청했던 자신과 다르게 상욱의 안색은 영 좋지 못했다. 기분이 안 좋나 싶어서 슬그머니 물러나던 찰나였다.

얼마 지나지 않아 푸른 물결을 헤치고 낚싯배가 다가왔다. 바위와 멀찍이 떨어진 거리에 낚싯배를 댄 남자가 밀짚모자를 푹 눌러쓰고서 손을 흔들었다. 가까이 다가와 뱃삯부터 내라는 소리였다. 다혜는 허겁지겁 지갑을 뒤져서 초록색 지폐 몇 장을 넘겼다.

"두 사람분이요."

돈을 받은 남자가 무뚝뚝하게 올라타라며 손짓했다. 가방을 먼저 넘긴 다혜가 그의 손을 잡고 조심조심 배에 올랐다. 미적미적 움직이던 상욱도 뒤돌아보던 걸 멈추고 배에 올라탔다. 미련 가득한 그의 표정으로 미루어 보건대, 간밤의 대화가 잘 풀리지 않았다는 걸 알 수 있었다.

'언니는 마중도 안 오려나? 어디 있는 거지?'

다혜는 찜찜한 마음으로 낚싯배 위쪽에 자리를 잡았다. 상욱이 투덜거리며 배에 오르자 크게 기우뚱 흔들리는 바닥이 불안했다. 올 때처럼 멀미할까 싶어 멀미약까지 먹었는데도 속은 여전히 답답했다.

"그럼, 출발······."

"다혜야!"

조타석에 선 남자의 목소리가 다른 이의 목소리에 가려졌다. 다혜는 깜짝 놀라 고개를 들었다. 안쪽으로 들어오던 상욱도 가방을 떨어트리며 뒤를 돌아보았다. 두 사람이 허겁지겁 선착장으로 뛰어오고 있었다. 한 명은 문지우, 다른 하나는 김시현이었다.

"언니, 어제 어디 있었어요! 얼굴도 못 보고 가나 했네."

반가운 얼굴로 인사를 건네는 다혜 앞을 상욱이 막아섰다. 당황한 다혜가 입을 닫기 무섭게 그가 언성을 높였다.

"문지우, 다시 생각해 봤어?"

지우는 상욱의 구겨진 정장과 정돈되지 못해 떡 진 머리를 번갈아 바라보았다. 이보다 초라하고 비루한 꼴이 없었다. 내가 한때 저 사람에게 사랑을 바라며 매달렸다니, 가진 것 없이 자존감만 높은 저 남자를 그리워했다니. 과거의 자신을 도저히 이해할 수 없었다.

"뭘 다시 생각해."

퉁명스러운 대답에 상욱의 눈썹이 꿈틀거렸다. 딱딱하게 당긴 턱이 그의 분노가 서서히 끓어오르고 있음을 드러냈다. 그가 한마디를 더 던지려고 할 때, 지켜보던 시현이 지우의 옆에서 거들었다.

"지우 씨는 당신처럼 저열하고 비겁한 인간이 아니야. 당신 같은 건 깔끔하게 잊어버릴 거라고."

시현은 그 어느 때보다도 냉정한 마음이었다. 지우의 고백은 그에게 더할 나위 없는 용기와 확신을 주었기에 더는 흔들리지 않았다. 상욱을 상대할 때도 주눅 들 이유가 없었다. 자신은 이제 지우의 연인이었으니까.

"그러니까 애꿎은 미련 가지고 매달리지 마. 또 근처에 얼씬거리면……."

"시현아, 내가 말할게."

부드러운 음성이 그의 분노를 가라앉혔다. 시현은 순순히 물러나 지우의 옆에 섰다. 마지막을 직접 끝내려는 지우의 의지를 존중해야 마땅했다. 지우는 한마디 대꾸도 없이 곧이곧대로 물러나는 시현을 바라보면서 작게 웃었다. 그리고 이 모습을 지켜보며 인상을 구기던 상욱에게 눈을 돌렸다.

"마지막으로 줄 게 있어서 온 거야."

"줄 거?"

"내가 오빠한테 직접 주는 게 좋을 것 같아서."

그 순간, 낚싯배가 출발했다. 격렬하게 돌아가는 엔진 소리와 함께 배가 크게 흔들렸다. 상욱은 기우뚱 흔들리며 비틀대다가 겨우 밧줄을 잡았다. 다혜는 이미 뒤쪽에 얌전히 앉아서 지우의 모습을 신기하게 쳐다보고 있었다.

낚싯배를 내려다보는 지우의 입가에 잔잔한 미소가 번져 있었다. 다혜가 그녀를 다시 만난 후 처음으로 보는, 제대로 된 미소였다. 보는 사람의 마음마저 상쾌하게 만드는 후련함이 그 미소에 오롯이 담겨 있었다.

"이거나 가져가, 이 나쁜 새끼야."

미소만큼이나 산뜻한 목소리로 외친 지우가 주머니를 뒤져 꺼낸 물건을 배로 던졌다. 상욱은 얼떨결에 그 물건을 받아 들었다. 작고 동그란 반지가 손바닥 위에서 데구루루 굴렀다. 사귈 당시 지우와 나눠 낀 반지였다.

"문지우, 너…… 마지막까지 이딴 식으로 굴래!"

"마지막이니까 이렇게 굴지, 안 그러면 또 언제 이래 보겠어?"

바락바락 악을 쓰는 남자의 꼴이 우스웠다. 지우는 소리 높여 웃은 다음, 보란 듯 손까지 흔들었다. 더럽고 지독하게 끝내야 다시 만날 일조차 없으리라는 걸 알고 있었다. 애매하게 끝내면, 저 남자한테 애꿎은 미련의 끈만 줄 뿐이었다.

이별을 선고받은 남자가 큰소리로 욕을 뱉는 동안, 다혜는 소리 죽여 웃음을 참았다. 지우의 곁에 서 있던 시현이 그녀를 발견하고 가볍게 고개를 숙여 작별인사를 건넸다.

다혜도 고개를 끄덕거리며 손을 흔들었다. 지우 언니, 잘 부탁해요. 그녀의 미소는 꼭 그렇게 말하는 듯했다.

"앞으로는 나잇값 좀 하고 살아라!"

마음속에서 뿌듯하게 차오르는 후련함에 지우의 몸이 앞으로 쏠렸다. 한 손을 높이 들고 소리치는 그녀가 금방이라도 바다에 빠질 것만 같았다. 시현은 허겁지겁 그녀의 허리를 부여잡으며 진땀을 뺐다. 그러면서도 함께 웃었다.

"후. 속 시원하다, 진짜."

마침내 낚싯배가 멀어지고 까맣고 작은 점으로 보일 때쯤, 지우가 씩 미소 지으며 시현의 품에 안겼다. 여태 뭉친 응어리가 풀린 기분이 상쾌하기 그지없었다. 단단히 체했던 속이 뚫린 느낌이 그간 느꼈던 어느 순간보다도 좋았다.

"멋있었어요, 지우 씨."

다정한 음성이 그녀의 이별을 축하해 줬다. 지우는 해사하게 웃으며 저를 응시하는 시현의 밤색 눈을 오래도록 바라보았다. 순수한 애정으로 일렁이는 진갈색 눈동자가 아침 햇살을 받아 더 예쁘게 반짝였다.

"앞으로 선생님이라고 안 부를 거야?"

짓궂은 질문이었다. 시현은 웃던 걸 멈추고 일부러 점잖은 척 목소리를 가다듬었다.

"다, 당연하죠. 그렇게 부르면 자꾸 어린애 대하듯 할 거잖아요. 이제 이름으로 부를 거예요."

"누나도 싫어?"

"싫어요. 그냥 지우 씨라고 부를래."

지우를 품에 안았지만, 시현은 마치 제가 안긴 듯 그녀의 어깨에 고개를 깊이 묻었다. 애정으로 절절하게 끓는 그의 음성에 지우의 눈시울이 다시금 붉어졌다.

"고마워, 시현아."

너를 만나서 다행이야. 내가 너를 좋아해서, 네가 나를 좋아해서 다행이야. 그저 도피처라고 여겼던 섬이 너라는 선물을 줄 거라고는 생각도 못 했는데, 향도가 나한테 이런 곳이 되리라고는 생각 못 했는데.

온갖 생각이 떠오르다가 물거품처럼 사라졌다. 모든 생각의 끝은 전부 김시현을 향한 사랑으로 귀결되었다. 지우는 만족스러운 얼굴로 눈을 감았다. 시현의 가슴이 듣기 좋게 방망이질하고 있었다.

유상욱의 방문과 그가 외손녀한테 했던 일을 알게 된 윤정숙은 그놈 상관이라도 보자며 날뛰었다. 아주 흠씬 두들겨 패 주겠다는 그녀를 말리느라 지우와 시현은 한참을 쩔

쩔매야 했다.

다만 그 여파 덕분인지, 시현과 연인이 되었다는 말을 전했을 때 윤정숙은 흔쾌히 그 사실을 받아들였다. 어디서 굴렀을지 모를 서울 놈팡이보다 오래도록 지켜보았으며 성실하고 착한 시현이 훨씬 마음에 든다는 눈치였다.

혹여나 나이 차이로 잔소리를 듣지 않을까 염려하던 지우도 한시름 마음을 놓았다. 시현도 마냥 좋아서 방싯방싯 웃기 바빴다. 허락도 받았으니 더 망설일 게 없었다.

"저도 같이 서울로 올라갈게요."

예상했던 선언이었다. 다만 지우의 뜻은 달랐다. 그녀는 조심스레 자신이 생각한 바를 시현에게 물어보기로 했다.

"나 할 말 있어."

"뭔데요?"

두 사람은 마루에 나란히 앉아 노을이 저무는 바다의 풍경을 바라보았다. 푸른 지붕에 하얀 벽을 지닌 집. 그림 같은 집의 모습도 찬찬히 눈에 담으며 지우가 고개를 들었다.

"향도에서 조금 더 쉬다가 떠날 수 없을까?"

"여기서요?"

그건 정말 예상치 못했던 말이었다. 시현은 커다란 눈을 끔뻑거리며 그녀를 바라보았다. 지우의 눈가에 이미 굳은 결심이 서려 있었다. 그녀는 침착하게 이유를 설명했다.

"나 학원에 사표 낼 생각이거든. 다른 학원으로 옮길 거야. 이미 스카우트 제안도 왔고…… 내가 이래 봬도 애들 가르치는 건 기가 막히거든."

지우가 가르치는데 탁월한 재주가 있다는 건 누구보다도 시현이 가장 잘 알고 있었다. 몸소 체험한 게 있었으니까. 다만 이 정도로 빨리 학원을 옮기겠다고 선언할 줄은 몰라서 다소 당황스러웠다.

"내년부터 다닐 생각이라서, 너만 괜찮으면…… 겨울까지 향도에서 좀 쉬다가 서울로 올라가고 싶어."

"겨울까지요?"

"응. 여름을 지냈으니까, 이왕 온 거 가을, 겨울의 향도도 전부 보고 싶어. 네가 살았던 섬이잖아."

진심 가득한 말에 시현의 목울대가 크게 움찔거렸다. 감동에 젖어 흔들리는 눈빛에 지우가 사르르 웃었다. 꼭 붙잡은 손이 떨리고 있음을 알 수 있었다.

"그리고 봄이 되면, 그때는 내가 너 데리고 서울 구경시켜 줄게. 서울에서도 사계절을 함께 보내자."

알았지? 다짐을 받아 낸 지우가 시현의 볼에 살짝 입술을 맞췄다. 그가 놀랄 틈도 없이, 마루에서 내려온 그녀가 간 곳은 수돗가 근처 묘목이 있는 자리였다.

"물 며칠 안 줬다고 시들시들하더니, 겨우 살아났네."

지우는 울상을 지으며 묘목을 살펴보았다. 시현은 멍하니 묘목과 지우의 모습을 바라보았다. 시들었던 묘목이 살아나고, 지우의 마음은 이제 제 곁에 있었다.

"네, 다시…… 원래대로 돌아왔네요."

이유 모를 울컥함으로 목소리가 잠겼다. 시현은 한걸음에 달려가 지우의 등을 꽉 끌어안았다. 장난스럽게 울려 퍼지는 웃음소리에 행복이 가득했다. 사랑한다고 아무리 외쳐도 모자람이 없는 상대와 함께 있는 한, 이 섬은 도피처가 아니었다. 이 섬은 이제 또 다른 집이었다.

외전

항도에 겨울이 오면

〈간 김에 엄마 김치도 좀 가져와.〉

김장하러 향도에 내려가게 되었다는 지우의 말에 모친은
짧고 간단한, 또 뻔뻔한 부탁을 내세웠다. 이번에 모친이
향한 곳은 태국이라고 했다. 태국에서 찍은 사진을 여러 장
첨부한 메신저 끝에 익살스러운 이모티콘이 하트를 보내고
있었다.

공교롭게도 메신저는 시현의 눈에 먼저 띄고 말았다. 그
탓에 시현은 종류별로 가득 만들어 보내 드려야겠다며 아주
열정적인 태도였다. 만약 지우가 먼저 보았다면 잽싸게 무

시했을 내용이었으나 시현에게는 아니었다.

"으, 추워."

"그러니까 목도리 두르라고 했잖아요. 자, 고개 숙여요."

배에서 내리자마자 거센 바닷바람이 불어왔다. 시현은
안절부절못하다가 기회다 싶어 재빨리 지우에게 목도리를
둘러 주었다. 평소에는 지우가 거추장스러운 걸 싫어하는
탓에 권하지 못했다. 다행히 추웠는지, 지우는 거절하지 않
고 그가 둘러 준 목도리에 턱을 묻었다.

"재작년 봄에 왔었나, 우리? 그때도 추웠는데 지금은 더
춥다. 이 정도면 바닷물이 언다고 해도 믿겠네."

지우가 몸을 부르르 떨며 손을 내밀었다. 시현은 그녀의
손을 잡아 주며 조심스레 돌계단을 밟아 올라갔다. 아직도
선착장이라고 부르기 민망한 나루터에는 여전히 고즈넉한
분위기가 감돌았다. 갈매기 우는 소리가 사라진 것만 뺀다
면, 언제 와도 똑같은 풍경이었다.

"앞에 조심해요."

다정다감한 시현의 당부에 지우가 고개를 끄덕거렸다.
코끝이 발갛게 물든 걸 보니 고집스레 추위를 견뎠던 모양
이었다.

시현은 안쓰러운 마음에 몇 걸음 떼다 자주 멈춰 서서 그
녀의 상태를 살폈다. 두꺼운 패딩을 입은 시현의 덩치가 평

소보다 더 듬직하게 보였다.

"김치는 잘 먹지도 않는데 김장이라니. 그냥 우리 보고 싶어서 부른 걸 거야."

"그래도 오랜만에 내려오니까 섬도 반갑잖아요. 김장은 제가 다 할 테니까 그냥 쉬고 있어요."

싱글벙글 웃는 시현의 볼도 지우의 코만큼이나 불그스름했다.

평소 집안일 역시 지우가 손도 대지 못하도록 굴던 시현이었다.

덕분에 지우는 온전히 일에만 집중할 수 있었고, 예상보다 더 빨리 새로운 직장에서 자리를 잡았다. 전보다 훨씬 학생도 많아진 데다가 평판도 좋아진 건 분명 시현의 공로 덕분이었다.

시현은 그녀와 함께 서울로 올라오자마자 검정고시와 수능을 쳤고, 무사히 대학교에 진학할 수 있었다. 심지어 지우가 나온 대학교였다.

시현의 합격 발표 날, 지우는 그만 엉엉 울고 말았다. 여태 가르친 그 누구보다 뿌듯함이 강하게 느껴져 눈물을 참을 수가 없었다.

그도 전부 지우의 덕분이라며 발갛게 물든 눈가를 반달 모양으로 예쁘게 휘며 웃었다.

처음 서울로 올라왔을 때만 해도 적응하느라 정신이 없던 시현이었다. 그랬던 그가 지금은 완전한 도시 사람이 되어 누구보다도 완벽하게 서울 생활에 열중하고 있었다.

시현은 학교 다닐 때 공부만 열심히 했던 지우와 달랐다. 대학생으로서 최대한 많은 경험을 누리기 위해 노력하고 바쁘게 돌아다녔다. 동아리는 물론이고 주말이면 봉사 활동까지 했다. 학점도 소홀히 여기지 않고 알차게 채워 나갔다. 그가 대학 생활에서 해 보지 못한 게 있다면, 소개팅이나 미팅일 것이다.

"지우 씨."

지우와 연애를 시작한 날부터, 시현은 그녀를 선생님이라고 부르지 않았다. 꼭 이름으로 다정하게 부르며 다가왔다. 수줍은 태도는 여전했지만, 전보다 성숙하고 여유로운 행동이 눈에 띄었다.

지우가 새로 취직한 학원에 적응하느라 바쁠 때도 시현은 어른스럽게 묵묵히 곁을 지켰다. 그녀와 보내는 시간이 부족하다거나, 얼굴 볼 날이 드물어 서운하다는 투정을 단 한 번도 한 적이 없었다. 가끔은 그가 지우보다 더 성숙한 어른처럼 느껴질 정도였다.

'나도 좀 어른스럽게 굴어야지.'

지우는 문득, 자신이 투덜거리는 모습에 시현이 불편할까 싶어서 재빨리 태도를 고쳤다.

이번에는 등 떠밀리듯 오게 되었으나, 향도는 여전히 두 사람에게 소중한 장소였다. 서로에게 문지우라는 여자를, 김시현이라는 남자를 만나게 한 장소였으니까.

"우선 집으로 가자."

지우는 자연스럽게 집이라는 단어를 입에 담았다. 서울에 두고 온 장소도 집이었지만, 향도에서 잠시나마 시현과 함께 머물렀던 그곳도 집이었다.

두 사람은 가끔 향도에 들렀을 때도 자연히 그 집에서 함께 잠을 청했다. 향도 사람들은 모두 두 사람의 관계를 알고 있었기에 따로 설명할 필요도 없었다.

"졸업장도 가져왔어?"

"아, 네. 다들 저 서울에서 어떻게 지내는지 궁금해하셨거든요. 학교 잘 다녔다는 증거로 보여 드리려고요."

시현은 며칠 전 무사히 졸업식을 마쳤다. 지우는 차를 타고 한걸음에 달려가 그의 졸업을 축하해 주었다. 새카만 가운과 학사모를 입고서 화사하게 미소 지은 시현의 사진도 휴대폰 사진첩에 멋들어지게 저장되어 있었다.

"어휴, 기특해라. 그랬어?"

지우는 장난스럽게 시현의 엉덩이를 툭툭 두들기며 비탈길을 올라갔다.

향도의 겨울은 서울보다 추운 대신 공기가 맑고 하늘이 깨끗했다. 미세먼지도 없었고, 숨을 들이켤 때마다 숲과 바다의 향기가 폐부 깊숙이 스며들었다.

과거 잠시 이곳에 머물렀을 때가 생각났다. 공기 좋고 물 좋은 이곳에서 지내던 그 시간을 떠올릴 때마다 기분 좋은 향수가 느껴졌다.

괜히 울컥한 마음에 지우가 시현의 손을 꽉 붙잡고서 걸음을 재촉했다.

"저희 왔어요!"

대문을 열고 크게 외치자마자 멀리서 대야가 와르르 무너지는 소리가 들렸다. 분명 외할머니가 일감을 내던지고 달려오는 소리일 터였다.

아니나 다를까, 곧 지우의 예감대로 자주색 패딩 조끼를 입은 노인이 부랴부랴 달려왔다.

"아이고. 오는데 안 추웠나?"

"할머니 손이 더 차갑다. 계속 밖에 있었어요?"

"채소 다듬느라……. 아니, 시현아! 키가 더 큰 거냐?"

지우의 손을 조물거리던 외할머니가 금세 옆쪽으로 방향

을 틀었다. 지우는 그럴 줄 알았다는 얼굴로 한 걸음 물러
났다. 머쓱하게 웃는 시현의 등을 두드리는 외할머니의 몸
짓에 그리움과 기특함이 반반 묻어 있었다.

"살이 붙으니 애가 인물이 훤해졌네!"

"올 때마다 똑같은 말만 하시네. 시현이가 부담스러워하
잖아요, 할머니."

지우가 타박해도 외할머니는 방싯거리며 시현의 등을 쓰
다듬었다. 시현도 쑥스러운 표정을 하면서도 그 애정 어린
손길이 반가웠는지, 계속 고개를 꾸벅대며 웃기만 했다.

훈훈한 두 사람의 모습에 저 멀리 마당 구석에서 파를 다
듬던 할머니들도 우르르 몰려왔다. 자연스레 떠밀린 지우가
대청마루에 걸터앉은 채 멍하니 그 모습을 구경했다.

"아주 도시 사람 다 됐네! 옷도 멋지게 빼입고, 아주 장성
했어."

"서울에서는 잘 지냈냐?"

두런두런 이야기를 꺼내는 할머니들을 상대하느라 시현
은 진땀을 빼고 있었다. 가끔 도와 달라며 눈빛도 보냈지
만, 지우는 작게 웃으며 관망하기 바빴다. 저기 끼어들었다
가는 대화의 표적이 자신으로 바뀔 거라는 걸 직감한 까닭
이었다.

그대로 서서 10분을 보낸 후에야, 할머니들은 시현을 놓

아주었다. 뒤늦게 곁으로 다가온 지우가 슬쩍 그의 허리를 찔렀다. 시현은 짧게 원망 아닌 원망 어린 시선을 보내다가 맥없이 웃어 버렸다. 지우가 허리를 껴안고 가벼운 애교를 선보이고 있었다.

"춥지?"

"괜찮아요. 지우 씨는요?"

"나도 괜찮아. 슬슬 도와 드리자."

시현은 대야에 한가득 담긴 배추와 대파, 무채를 하나둘 부엌으로 옮기기 시작했다. 장독을 씻고 굴려서 말리는 작업도 하고, 삽을 들어 얼어 버린 땅도 파냈다. 여태 아무도 해치우지 못한 일을 뚝딱 해내는 그 모습에 외할머니가 지우를 부르고 핀잔을 줬다.

"저 착한 애를 네가 냉큼 데려가서 우리 일손이 부족해졌다. 어쩌니."

"그러게요. 홀랑 데려가기를 잘했네. 내가 선수 쳐서 정말 다행이다."

농담으로 응수하는 지우를 보며 외할머니가 와하하 웃음을 터트렸다. 제 어미를 닮아서 지지 않는다고 하면서도 내심 당차게 큰 손주를 기특하게 여기는 듯했다.

지우는 손을 씻고 외할머니의 곁으로 다가와 납작한 의자에 쪼그려 앉았다. 자그마한 칼을 들고 파를 다듬고 있자니 조금씩 매운 기운이 몰려왔다.

사람들은 분주하게 움직였다. 부엌에서는 양념장을 준비하는 소리로 시끌벅적했다. 갓 대신 해초를 넣는지 이따금 비린내도 느껴졌다.

매실청은 어디 있냐고, 고춧가루는 이걸로 충분하냐고 외치는 소리가 마당까지 들릴 만큼 크고 우렁찼다. 향도 주민이 다 같이 모여 치르는 연례행사인 만큼 북적대는 모습이 아주 장관이었다.

"시현아, 퍼뜩 고무장갑 껴라."

"네, 지금 낄게요."

빨간 고무대야를 가운데 두고 둘러앉은 노인들이 시현에게 고무장갑을 내밀었다. 시현은 서둘러 소매를 걷어붙이고 그들 사이에 앉아 고무장갑을 받았다.

그리고 자연스럽게 검지의 반지를 뺐다. 주머니에 넣으려는 찰나, 귀신처럼 반지의 존재를 알아차린 노인들이 목소리를 높였다.

"시현아, 그게 뭐냐?"

"척 보면 모르나? 반지 아닌가, 반지!"

"벌써 둘이 식도 올렸든가?"

왁자지껄하게 언성을 높이는 노인들 사이에서 시현이 머쓱하게 웃었다. 미리 말한다는 게 깜빡해서 이런 상황이 되었으니, 어찌 보면 제 탓이었다. 그는 반지를 바지 주머니에 소중하게 찔러 넣었다.

"아직요. 내년에 식 올리기로 했어요."

시현이 설명을 이으려는데, 뒤쪽에서 지우가 깍둑썰기한 무를 한 대접 들고서 나타났다.

시현은 깜짝 놀라 돌아보았다. 눈이 마주친 지우가 그만큼이나 쑥스러운 얼굴로 어색하게 웃고 있었다. 시현이 냉큼 일어나 그녀에게서 대접을 뺏어 들자 노인들 사이에서 묘한 웃음이 터져 나왔다.

"아이고, 자기 색시 될 사람이라고 무거운 것도 못 들게 하는 거 봐라."

"우리 시현이가 언제 이렇게 컸나. 다 컸다, 다 컸어."

노인들의 농담에 시현이 묵묵히 대접을 내려놓았다. 그의 귓불이 발갛게 달아올라 있었다.

차마 부정하지도 못하고 끙끙대는 모습이 노인들의 눈에는 제법 귀여웠는지, 그는 양념을 만드는 내내 낯부끄러운 농담을 들어야 했다.

지우는 외할머니와 함께 소금에 절인 배추를 하나씩 정리하면서 쩔쩔매는 시현의 모습을 흐뭇하게 구경했다. 그녀도 시현과 나눠 낀 반지를 벗고 소중하게 주머니에 넣어 둔 참이었다. 문득 옛날 생각이 났다.

지우가 겨우 학원에 적응을 시작하고, 조금 생활이 느슨해질 때 즈음이었다. 평소와 다를 바 없는 저녁 식사 자리에 시현은 대뜸 꽃다발과 반지를 내밀었다.

시현이 차려 준 북엇국을 한 숟갈 뜨던 지우는 반지를 발견하자마자 쩡쩡 얼어붙었다.

"선물이에요, 지우 씨."

"이게 뭐야? 언제 준비했어?"

"얼마 안 하니까 부담 가지지 마세요."

시현은 바쁜 대학 생활에 아르바이트까지 병행하며 어떻게든 지우에게 부담을 주지 않도록 노력했다. 아마 반지를 마련하기 위해 쉬지도 못하고 일을 했던 게 틀림없었다.

물론 지우가 버는 돈에 비하면, 그다지 값비싼 브랜드의 반지는 아니었다. 그래도 지우는 무척 기쁘게 반지를 꼈다.

원래 장신구를 즐겨 착용하지 않았던 그녀였으나 이 반지만큼은 그 어떤 것보다도 탐이 날 만큼 마음에 쏙 들었다. 순수하게 기뻐하는 그녀의 모습에 시현도 걱정하던 마음을 감추고서 헤실헤실 웃었다.

언제쯤 시현이 가져다준 이 소소한 기쁨에 관한 보답을

할 수 있을까. 지우는 정신없는 일상을 보내면서도 오직 그 것만을 고민했다. 그리고 시현의 졸업식이 되어서야 겨우 보답을 할 수 있었다.

"시현아, 우리…… 결혼할까?"

지우는 이 안정감 있는 일상을 그와 함께 오래도록 이어가고 싶었다. 시현도 그녀와 다르지 않다고 믿었다. 아니나 다를까, 시현은 새카만 눈에 눈물을 그렁그렁 맺힌 채로 그녀를 와락 껴안으며 고백을 수락했다.

그 역시 쭉 품고 있었던 소망이라고 했다. 하지만 자신이 너무나도 욕심을 부리는 것 같아서, 지우에게 부담이 될까 봐 무서워 망설이던 고백이었다고. 게다가 대학을 졸업하기 전까지는 아무리 노력해도 믿음을 주기 어려울 거라는 판단에 시간이 흐르기를 기다렸다고 했다. 시현의 그런 생각이 지우에게는 참 성숙하고 현명하게 다가왔다.

시현도 알고 있던 것이다. 지우를 좋아하는 마음만 품고도 행복하게 살 수 있겠지만, 더욱 평온하고 안정적인 일상을 위해서 많은 준비가 필요하다는 걸 말이다.

다시 그들의 삶이 흔들릴 정도로 위협적인 일이 벌어지더라도 도망치지 않고 서로를 믿은 채 맞서기 위해서.

'시현이랑 결혼하면 반드시 행복할 거야.'

지우는 흐뭇하게 미소 지으며 시현의 뒷모습을 오래도록 바라보았다.

따스한 가족의 풍경이 겨울 하늘 아래서 정답게 그려졌다. 김장을 마친 두 사람은 해가 다 저물고서야 하얀 벽에 파란 지붕이 매력적인 집으로 돌아올 수 있었다.

"아, 피곤하다."

지우는 따끈따끈한 아랫목에 냅다 드러누웠다. 재빨리 다가온 시현이 장롱을 열어 미리 준비된 이불을 차례대로 꺼내 펼쳤고, 지우를 김밥 말듯이 굴려 이불에 올려 주었다. 두 팔을 활짝 벌린 지우가 그를 바라보며 소곤거렸다.

"이리 와, 시현아. 나 추워."

"추워요?"

일부러 부엌에서 불을 떼고 들어온 건데 아직도 춥다니, 시현은 의아하면서도 그녀가 시키는 대로 얌전히 그 품에 안겼다. 그리고 뜨끈뜨끈한 이불을 느낀 후에야 지우가 추운 게 아니라, 그저 그와 포옹하길 원한 것뿐이라는 걸 알아차렸다.

"귤 먹을래요?"

그대로 잠을 청하려던 지우의 신경을 뺏어 버리는 한마

디였다. 지우는 눈을 빛내며 고개를 내밀었고, 시현은 풋
웃으며 몸을 일으켰다.

"잠깐만, 나 얼굴만 씻고."

"까고 있을 테니까 다녀와요."

"응, 응."

시현이 구석에서 바구니 안의 귤을 하나둘 까는 동안, 지
우는 화장실에서 옷을 갈아입고 간단히 씻었다.

"나 왔······어."

그녀가 머리를 묶고 방으로 돌아왔을 때, 시현은 벽에 등
을 대고 꾸벅꾸벅 졸고 있었다. 손에는 껍질을 까던 귤이
들린 채였다. 바구니에는 그가 까 놓은 귤 여러 개가 주황
빛으로 탱글탱글 반짝거렸다.

'오늘 힘들었겠지. 혼자서 남들보다 몇 배는 더 일했으니
까. 다들 너무 일꾼처럼 부려먹었어.'

지우는 살금살금 그의 앞으로 다가가 쪼그려 앉았다. 코
앞에 앉았는데도 시현은 계속 졸고 있었다. 날렵한 턱선이
오늘따라 더 말라 보였다. 지우와 그녀 모친의 몫까지 김장
하느라 피로한 그늘이 눈가 아래로 내려와 있었다.

살며시 손을 뻗어 머리카락을 건드렸는데도 시현은 잠에
서 깨지 않았다. 가만히 머리를 쓰다듬는 지우의 눈가가 부
드럽게 휘어졌다.

고된 하루에 짧은 휴식을 취하는 시현의 모습이 수채화처럼 정적인 아름다움을 흠뻑 머금고 있었다. 이마를 가리는 머리카락과 하얀 피부, 생기 어린 입술. 곧 새까만 속눈썹이 팔랑거렸다.

"음……. 왔어요?"

아직 졸음에 취해서 낮게 갈라진 음성이 지우를 불렀다. 지우는 순간 뭉클해지는 감정을 느끼며 그의 옆으로 다가가 앉았다. 시현은 반쯤 감긴 눈으로 마저 까던 귤 한 조각을 그녀의 입으로 가져갔다.

"먹어 봐요."

"음, 맛있네. 하나도 안 시큼하고 달콤해."

"그렇죠?"

그가 해사하게 웃으며 마저 귤을 그녀의 입에 넣어 주었다. 지우는 새처럼 그가 주는 귤을 날름 받아먹다가, 그를 따라 귤 한 조각을 내밀었다. 너도 먹으라는 눈빛에 시현이 웃으며 받아먹었다. 즙이 묻어난 검지를 살짝 핥는 시현의 표정이 요요했다.

"맛있다."

지우가 움찔하는 찰나, 곧바로 입술이 다가왔다. 시현은 부드럽게 지우의 아랫입술을 물었다. 그대로 삼켜 핥아 보자 새콤달콤한 향기가 입안 가득 번져왔다. 지우도 똑같이 생각했는지 귤껍질을 곁눈질하며 사르르 미소 지었다.

멀어질 듯하던 입술이 다시 다가와 키스를 이어 갔다. 입맞춤은 점점 깊어졌고, 끈적한 소리가 달뜬 숨결에 섞여 들었다.

시현은 지우에게 입을 맞출 때마다, 꼭 자신이 처음 그녀를 보았던 그때로 돌아가는 기분이라고 생각했다. 심장이 어찌나 세게 뛰는지 가슴 안에서 뾰족한 모양으로 응어리진 느낌이었다.

입맞춤에 열정적으로 응하는 건 지우도 똑같았다. 그녀는 시현의 두 어깨를 끌어당기고 이대로 쓰러져 몸을 섞고 싶다는 생각에 잠겼지만, 온종일 고생했을 그를 생각하며 자제했다. 물론 원한다고 말한다면 시현은 거절하지 않고 수락할 게 뻔했다.

지난 시간 동안, 그의 체력을 누구보다 가까이에서 오래도록 겪었던 지우였다.

시현은 그녀가 일에 치여 며칠 동안 안지 못해도 불만을 드러내지 않았다. 도리어 피로가 회복될 때까지 맛있는 음식을 먹이고, 어깨를 주물러 주고 푹 재워 주며 기다렸다. 지우가 모든 피로를 떨쳐 낼 주말을.

마침내 주말이 오면, 지우는 아침에 눈을 뜨고 정신없이 시현에게 안겼다. 처음 그 상황을 겪었을 때는 정말 눈앞이 노랗게 변할 정도였다.

새벽이 되어 지친 그녀가 애원할 때도 시현은 지치지 않았다. 그 무시무시한 체력 앞에서 지우는 끝내 백기를 들었다. 게다가 무거운 졸음도 시현과 섹스 할 때 얻는 쾌감 앞에서는 그 힘을 잃었다.

'오늘도 마찬가지지. 괜히 자극하지 말자.'

물론 이 집에서 살을 섞는 건 또 다른 반가움이겠지만, 오늘은 시현을 쉬게 해 주고 싶었다. 자신 역시 그의 품에 안겨 나른한 밤을 보내고 싶었다. 시현의 품에 안긴 그녀가 고양이처럼 나른하게 늘어졌다.

"오늘 어땠어?"

지우가 대수롭지 않게 던진 질문에도 시현은 여러 번 곱씹어 생각했다. 잠깐의 대화조차 허투루 나누고 싶지 않은 까닭이었다. 대답을 기대하며 습관처럼 입술을 오물거리는 지우의 얼굴을 관찰하는 것 역시 소소한 즐거움이었다.

"좋았어요."

"뭐가?"

"다 함께 김장하고, 수육도 먹고. 애인이랑 한 건 처음이었으니까."

장난스럽게 속삭이는 시현의 숨결이 귓가를 스쳤다. 지우는 어깨를 바르르 떨다가 아예 그의 품을 파고들고서 굴을 먹었다.

기분 좋게 배가 채워지자 조금씩 졸음이 찾아왔다. 시현이 낮게 소곤거리는 음성 때문에 더 졸렸는지도 몰랐다. 그의 목소리는 때때로 아이를 달래고 어르는 부모의 자장가처럼 다정하고 간지러웠다.

"이런 게 진짜 가족이라는 걸지도 몰라요."

시현은 잠깐 옛날 생각을 했다. 이제 얼굴조차도 제대로 생각나지 않을 만큼, 흐릿해진 모친의 얼굴을 떠올리다가 씁쓸하게 웃었다. 만약 그녀도 여태까지 살아 있었더라면 오늘의 따스함을 함께 느꼈을 텐데.

상념을 곱씹는 시현의 코를 지우가 살며시 꼬집었다. 시현은 흠칫하며 시선을 내렸다. 지우는 그의 머릿속을 전부 읽었다는 표정으로 빤히 바라보고 있었다. 애정으로 일렁이는 눈동자가 어두운 생각은 하지 말라고 질책하는 듯했다.

"고생했어, 오늘. 나도 덕분에 김장이 재밌다고 처음 생각했네. 한 건 별로 없었지만……."

"아니에요, 지우 씨도 바빴잖아요."

그걸 바쁘게 일했다고 말할 수 있을까. 지우는 머쓱한 마음에 볼을 긁적였다.

시현이 부지런히 이리저리 돌아다녔던 것과 달리, 자신이 한 일이라고는 거실의 TV를 보면서 나이 지긋한 노인들의 대화 상대가 되어 준 것뿐이었다.

체력이 부족해서 김장에 참여하지 못하는 이들은 지우의
서울 얘기를 아주 재미나게 들었다.

"이리 와요. 어깨 주물러 줄게요."

시현은 지우의 몸을 끌어당겨 제 품에 두고서 어깨를 주
무르기 시작했다. 적당한 악력의 안마로 피로가 풀리자 자
연히 노곤해졌다. 지우는 나른하게 한숨을 내뱉으며 그의
가슴팍에 등을 기댔다. 두근두근 울리는 심장 박동이 느껴
졌다.

시현은 귤이 든 바구니를 구석으로 치우고 이불을 끌어
당겼다. 지우의 눈꺼풀은 이미 반이나 감겨 끔뻑거리고 있
었다. 반면 짧게 졸았던 덕분에 잠기운이 달아나 버린 시현
은 여유롭게 그녀의 팔과 어깨를 주물러 줬다.

"지우 씨, 졸려요?"

"응……. 아니……."

예전에도 지금과 비슷한 대화를 나눈 적이 있었다. 시현
은 잠에 빠져 가는 지우를 붙들고, 더 얘기 나누고 싶어 어
쩔 줄 몰랐던 때를 떠올렸다.

눈꺼풀이 감기며 점점 고요해지는 지우의 숨소리에 가만
히 귀를 기울이면 저도 모르게 차분해졌다. 어두운 바닷가
에 홀로 서서 선선한 바람을 맞이하는 느낌이었다.

"아까 들어올 때 보니까 별이 많더라고요."

시현은 지우를 끌어안고서 정수리에 가볍게 키스를 흘렸다. 이불로 온몸을 꽁꽁 싸맨 그녀로부터 달콤하고 기분 좋은 향기가 났다. 약간의 귤 향기, 그리고 익숙한 섬의 향기. 그녀는 이 세상의 가장 다정하고 상냥한 것들로만 골라서 빚은 작품 같았다.

그는 옛 생각에 잠긴 채 여리고 말랑한 그녀의 몸을 빠짐없이 꽉 끌어안았다. 지우의 머리끈이 풀리며 머리카락이 부드럽게 흘러내렸다. 피부에 닿아 간질거리는 머리칼에서도 여전히 좋은 향기가 났다.

"옛날에 이 집 마루에서 맥주 마셨던 거 기억나요? 향도 들어온 다음, 나 여기서 지내도 괜찮다고 허락해 준 날이요."

서울에서 흔히 볼 수 없는 밤하늘의 별을 발견하는 날이면, 시현은 꼭 그때의 기억을 떠올렸다.

곁에 앉은 지우가 맥주를 홀짝거리던 소리, 맥주 캔에 맺힌 이슬이 바닥으로 떨어지는 소리. 가끔 들려오던 매미 울음과 선선한 바닷바람의 짠 내. 더불어 첫 키스의 기억까지.

"그때도 별이 많이 떠 있었잖아요."

"응……."

"지우 씨는 하늘만 보는데, 나는 지우 씨 얼굴 보느라 정신이 없었어요. 눈에 별이 반짝반짝 담겨서 얼마나 예뻤는지 몰라요."

지우의 눈에는 향도의 풍경이 있었다. 서울에서 온 손님의 신비로운 그 풍경에 자신은 얼마나 오래도록 시선을 빼앗겼는가. 먼 곳을 보는 눈을 하고서, 가끔 회한의 감정을 곱씹던 그 눈가에 얼마나 깊은 외로움이 있었는가.

자신이 그녀를 보면서 외로움을 걷어 내고 싶다고 생각한 건 어쩌면 운명이었는지도 몰랐다. 시현은 적어도 그렇게 생각했다.

"사랑해요."

지우의 입술 너머로 색색 숨소리가 들렸다. 가지런히 감긴 눈꺼풀 아래로 속눈썹의 그늘이 졌다. 시현은 그녀의 뽀얀 볼에 연거푸 입을 맞췄다. 선잠에 취한 그녀가 자그맣게 대답을 흘렸다.

"나도……."

잠시 멈칫한 시현이 감격에 찬 얼굴로 팔에 힘을 주었다. 아무리 꽉 끌어안아도 부족했다. 이토록 사랑스러운 사람이 제 곁에 있다는 사실이 때때로 믿기지 않았다. 아마도 그의 인생에서 가장 가는 행운일 것이다. 시현은 평생이 가도 이 행운을 놓칠 생각이 전혀 없었다.

지우는 완연한 잠에 빠져들며 기분 좋게 미소 지었다. 모든 게 좋았다. 저를 감싸고 토닥여 주는 시현의 손길도, 그의 따뜻한 품도.

모든 게 향도에서 얻은 기적이었다.

작가 후기

안녕하세요, 작가 린혜입니다.
초여름부터 공들여 작업한 종이책이 드디어 세상에 나오
게 되었습니다.

〈섬은 도피처가 아니다〉는 각기 다른 환경에서 자란 두 사
람이 우연한 만남을 통해 서로의 상처를 치유하고 보듬어가
며 행복한 미래를 그리는 이야기입니다. 가랑비에 옷 젖는
줄 모른다고, 가늘고 촉촉한 사랑에 조금씩 젖어 가는 지우
와 시현의 모습을 담고 싶었습니다.

부디 청량한 여름 햇살과 소금기 머금은 바닷바람, 바닷새의 노래가 독자님의 가슴까지 잔잔하게나마 전해졌기를 바랍니다. 그리하여 두 사람이 머물던 향도가 기억에 오래도록 남았으면 좋겠습니다.

　집필하는 동안 많은 도움을 주신 담당자님, 응원해 준 친구들. 그리고 항상 다음 작품을 기대해 주시는 독자님들께 감사드립니다. 덕분에 좋은 책을 집필할 수 있었습니다. 마지막으로 언제나 저를 믿어 주는 가족에게도 깊은 사랑과 감사를 보냅니다.

　조금 더 성장한 작품으로 금방 찾아뵙겠습니다!

―린혜 올림